新聞

ANGELICA

女郎

點子出版
IDEA PUBLICATION

新聞女郎

ANGELICA

》

PREFACE

》　　近年跑出很多自稱作家的作者，行字不順詞不達意。但憑著同理心和時事觸覺仍在亂世中迅速冒起，他們是網絡爆破造成速食文化的得益者。作者和作家兩者最大分別，在於自稱和被稱。作者是喜以文字跟讀者交流的職稱，而作家則是人們冠名，有社會地位的職銜。

　　有人用讀者人數作兩者分野，擁有一定數量讀者的作者便被公認為作家；對此我有一點質疑。資訊發達，人們對閱讀的要求早已大不如前，從前講求內容質素、緊湊性和字裡行間的隱意。但今天的閱讀模式早已取向可觀性多於可讀性，特別是在這個文字不再值錢的數碼世代，只要有爆點、夠即時，再多加一份煽情共鳴，文章必火。一個初心作者能憑一篇爆炸性文章人氣急升，但人氣真能代表其文字功力，能稱得上真正的作家？

　　我認為，作家和幻想家只是一線之差。幻想家可以天馬行空表達內心世界，而作家，除了筆墨流暢揮灑自如，最重要是多一份貼近社會、忠於人性的責任心。作品除了可讀，還要有勇氣面對社會的真實，從而誘導讀者加以思考。

　　諾貝爾文學獎得主莫言曾說過，僅僅描寫美好的東西是一種不負責任的表現，作家是有責任把人性的不完美揭露。現代文學著名作家、新文化運動的領導人魯迅亦多次利申，寫作使命就是

透過文學抒發對迂腐政局的無力，藉以把訊息傳達讓讀者反思和啟發更多。兩位大師的風範，已足證「作家」一詞的定義。作家不僅懂寫好字，還要多存一份社會責任心。

要平衡可觀性和可讀意義從來不易，詳盡資料搜集寫成《壹獄壹世界》揭露一個不見光的社會文化，藉以重設普羅大眾的固有概念；玩命式代入法寫成《殘忍的偷戀》引爆男女間不尋常倫理關係的內幕，人與人錯綜複雜的心理投射，不是旁人所想的片面；返璞歸真重翻日記簿寫成《十八歲留學日記》率真地描述親情、友情和兩地文化差所異造成的人性多面觀。

我希望筆下的作品有趣之餘，亦能獨當一面成為一個個文化寫照，一個個獨立故事為讀者帶來一個個訊息，從而啟發更多思考。我深信從事文字創作的人是必須勇往直前，在創作上不斷突破之外，其存在亦對這世界有著一點正面意義，那怕只是一個「哦原來係咁！」的小長智。

這次《新聞女郎》是我人生花得最多時間創作的一部，單單上集的十四萬字已用足半年，亦是我在創作路途上走過最艱辛的路。整理資料搜集固然痛苦，原來排序功夫更是苦不堪言。要好好整理一條五年的時間軸實在吃力不討好，加上這五年發生的事太多太瑣碎，一大堆又一大堆資訊、舊聞和反思每天擠在腦中不

斷盤旋。每天茶飯不思就是為豐富故事內容的可觀性，加強故事整體的可讀性而付出。所謂「有幾耐風流，有幾耐折墮」，這半年不眠不休埋頭苦幹的無休止生活慘過吃三噚屎。但每當氣餒之時我都想起魯迅、想起莫言、想起鄺俊宇⋯⋯從而令我繼續堅持，堅持完成一個社會任務。

故事由一個傳奇結束開始，再圍繞一個字頭誕生所造成的災難伸延。大大小小走馬看花都記錄在案，用一個病態之情貫穿，就是為可觀性和可讀性之間取得平衡而設。這部書稱不上香港的大事回顧錄，只希望能讓善忘的香港人記得這遍土地曾經有這些大小二便發生過。

88

于日辰

CONTENTS

NEWS 2014

NEWS 2015

新聞女郎

ANGELICA

NO

NEWS 2011

014 - 039

新聞女郎
ANGELICA

但有一個夢不會死

● REC

「一節新聞提要，已故香港民運領袖、支聯會主席司徒華嘅安息禮
於禮拜後結束，幾百個親友喺六長四短嘅鐘聲下向佢作出最後致
敬。家人透露，司徒華喺策動教師運動時曾被港英政府抹黑，而
六四事件後家人又經常受到滋擾，但佢哋相信，哥哥一生光明磊
落，所以仍然以佢為榮，陳志輝報導。」

噹…………噹…………噹…………噹…………噹…………噹………
噹…噹…噹…噹…

「六長四短嘅鐘聲迎接司徒華靈寢，代表司徒華一生對六四嘅付
出。幾百名親友喺牧師帶領下祈禱，願呢位民主鬥士得到安息。選
擇踏上民主之路，司徒華無畏無懼。出席人士逐一瞻仰遺容，獻上
黃色鮮花。八名好友扶靈，移送離開禮堂。寫住『完美句號』嘅靈
車，代表佢一生無憾。靈車經過九龍東，呢個佢生前一直服務嘅立
法會選區，再去到歌連臣角火葬場火化。無視電視記者允芷兒報
導。」

00:00:00:38

　　我把一束黃色鮮花拋進龍鼓灘海面上，感謝華叔一生為民主
奮力抗爭，May Uncle Wah rest in piece。

高登定律

● REC

「近年網絡論壇興起，唔少年青人都鍾意瀏覽論壇，藉此交流同分享心得。一啲年輕創業家就睇中呢點，喺筲箕灣開設一間小食店並利用網絡宣傳，深得網民支持，開張以嚟都大排長龍，允芷兒就去咗呢間小店同大家了解一吓。」

「一間 50 呎唔夠，冇特別裝潢以及誇張招牌嘅小店，每日竟然吸引過百位客人光顧，非常唔簡單。店主話試業時客人多數都係網民。之後論壇愈炒愈熱，更有唔少傳媒嚟到報導，亦多咗好多慕名而來嘅客人。店主為一個主流論壇用戶，半年前喺論壇同網民討論開店。由概念、實行到開業全程都喺網上分享，吸引大批網民討論。店主相信呢個就係網絡力量。無視電視記者允芷兒報導。」

00:00:00:22

　　雖然高登炸雞抽水味濃，但也不得不承認創辦人的創業智慧。除了能集腋成裘啟發經營概念，我還因為曾經討論過、分享過、鼓勵過而不自覺地緊貼追隨。初期我們是為高登炸雞的實行感到振奮，除了改歌詞和潮語錄，我們高登更有一間炸雞店，平地一聲雷在東區打響名堂。不瞞你說，東大街這個選址是我提議的，嘿！

可惜高登有一個定律叫「逢紅必反」，這定律能稱得上是梅菲定律的網絡版。這個殘酷的地方龍蛇混雜老中青嫩；有高智慧高教育的專業人士、有幼稚傻的嗎小學雞、有字字珠璣的智者，也有滿口粗言穢語的精神病人。但這裡卻有一些共同文化，例如鋤強扶弱。

這些年來，不少名不經傳的歌手演員創作人因受高登仔賞識被大力推上報而得名。網絡大典認為，此定律產生很大可能是因為高登仔希望口味與大眾不同，以示清高所致。但如果你紅起來便成高登公敵，愈紅愈反，明明一年前被欣賞被追捧被支持的人，一年後慘遭討伐、中傷、譴責，又說當事人江郎才盡、又說純粹曇花一現、借高登上位。被反的有柴九、淫 Kay、肥茍、公廁、宇宙 GEM、艾辛、大文豪……最近連陳醫生都被反了。無他，神如四屆世界足球先生美欺都被高登仔評為中學學界水平，還有誰夠班被高登仔推崇？當今世上只剩黃子華。

水能載舟亦能覆舟，高登炸雞很快被譴責成借高登上位，利用巴打過橋的歹毒黑店。名聲直插谷底一沉百踩，還連累那位可愛女店員被起底組大搜查。這個速食世界，要成功創業只有兩條路，一是創造歷史；一是成為歷史。前者萬中無一，後者比比皆是。高登炸雞創造了歷史，但同時間亦即將成為歷史。這些那些，無視新聞也沒有報導，只因他們對高登的認識以及其資料搜集也

止於片面，過於皮毛。

　　我深信日新月異的網絡文化終有一天會取代每況愈下的傳統媒體，屆時高登仔便能統治香港。

第一章第三節

大帽山上

● REC

「早晨！」

「早晨呀盤菜盈…唔好意思陸慧文。」

「哈…而家仲係好凍喎⋯⋯」

「係呀，寒冷天氣警告生效緊，天文台表示呢個 1 月係自 1977 年以嚟最凍嘅 1 月，平均氣溫 13.7℃。」

「有市民就趁嚴寒，專登喺清晨時分上大帽山觀賞結霜，由允芷兒帶大家睇吓。」

「近日本港氣溫持續寒冷，市區平均溫度 13.7℃，新界多處地區更錄得 9℃以下。就以大帽山為例，而家我哋用測溫器檢查一下山上氣溫⋯⋯可以見到…呢度只有…1℃ ⋯⋯加上陣陣寒風，可以話係凍到僵硬⋯⋯但唔少市民都專登上嚟觀賞結霜情況，唔少人拎住…相機…拍低⋯⋯難得嘅港…港雪奇景，直到太陽完全升起。無視電視新聞記者，允芷兒喺大帽山報導。」

00:00:00:45

乞乞乞乞乞…乞嚏⋯⋯

被窩熱烘烘，一起來便便便便乞嚏⋯⋯冷得僵硬。萬般不想起床，究竟是哪個天才發明返工？

打開電視、刷牙洗臉…邊剃鬚邊看著電視機裡的大帽山，除了迷霧，就只看到冰凍和寒冷，難為這位女記者比倒塔更早就要上山採訪。見她一身禦寒配件仍不斷震顫，究竟1℃的大帽山能夠冷到甚麼程度？她是否得罪了高層而受罰？她令我想起公司一位老員工。

雜誌社工時長，因此我們的上班時間都比較彈性，唯獨這位老員工每朝都要準時八時半開門收件，就算昨晚加班得日月無光，第二朝一樣八三零報到。傳說是因為他曾打翻過老細的水杯而被委派此重任。對，方丈是好小氣。

不知何解冷僵了的女記者異常吸引我的注意，她勉強端出的笑容難掩惡劣環境下的辛酸、堅定的眼神也不自覺流露一絲軟弱。大帽山上的On9龍友真有報導的價值？與其天寒地凍叫人凌晨四時多走上山，倒不如外購多點外電報導，讓觀眾得知更多國際消息吧！由昨天晚間新聞至今，這十小時一定發生很多事，何必浪費一個記者團隊的整個清晨，浪費觀眾寶貴的五分鐘？

說實，這位採訪記者比主播室兩條港女專業得多，起碼人家在嚴寒下仍然堅持專業，不會連拍擋的名字也叫錯。乞嚏……冷得連J都著涼了，還是Sick leave一天穩陣。

第一章第四節
致一眾投選咗高登列車嘅巴打們

● REC

「近月,港鐵首次舉辦列車設計比賽,市民透過列車設計表達對港鐵的感想,得獎作品由網民投票選出。」

港鐵經理:「呢次活動希望畀到市民一個創意空間,透過創意同藝術反映對港鐵嘅感受,做到『心繫生活每一程』呢個方針。每個得獎設計都由市民以一人一票投選出嚟,感謝市民對港鐵嘅支持!」

「十六個得獎作品分別印成列車車身於每一卡出現,一架色彩繽紛嘅列車極為搶眼,其中以『有速度、唔會慢、夠快』為口號嘅車卡反應最為熱烈,受廣大網民支持。呢架『萬人 Like』列車由今日開始分別於港島及荃灣線來回行駛,為期兩個月。無視電視新聞記者,允芷兒報導。」

00:00:00:31

　　身為高登其中一員,前晚 Real time 直擊狗屎港鐵試圖篤數造馬,突出龜頭穿褲浪,力保榜首的黑廟車設計。可幸我們一眾巴打及早發現,立即發動網絡力量以海量票及人肉監票,把牠技術性擊倒,成就二叔榮登榜首。這個可加可減不知廉恥的公營機構千算萬算,就是算不到高登力量如此強大!你猜其市場部員工

昨晚一分鐘 F5F5F5F5F5F5F5F5F5F5F5F5F5 幾多次高登？
應該比我和你還要多。

「經理，搞唔掂喇，佢哋每分鐘都 Check 到實，篤唔到數。我哋
都係畀班高登仔贏啦，唔係實唱到我哋執笠……」

「唔好意思，阻住你黑箱作業。」

　　勇奪設計大獎的高登仔「二叔」贏得獎項一天後，我們再次
由團結一致讓高登衝出宇宙，魯芬急轉彎到逢紅必反梅菲定律。
有人眼紅他有 iPad 做獎品，揚言參加者是他，但獎品應該屬於大
家。

　　高登仔實在是只可共患難，不能共富貴族裔中的佼佼者。是
夜，我為二叔在時事台發聲，標題是「致一眾投選咗高登列車嘅
巴打們」，內文開首便是：「屌你老母你班 Hihi，邊個整咪邊個
袋囉，乜撚嘢叫投票？係咪你投咗隻燒鵝做區議員就有得加入禮
義廉換人民幣？投咗票就要回報、就要分贓，咁第時點普選、點
公投呀屌你班仆街！」

　　大家好像醒覺了一樣不再作聲、沒有爭議，也沒有人回覆……
Be the first of your friends to like this。

　　最後二叔沒有去領獎，大概是怕見報後被上位。那部 iPad 大概淪為了狗屎地鐵的春茗晚會抽獎禮物。

李克勤訪港

● REC

「今早抵港嘅副總理李克強下晝到訪多處了解民生。李克勤喺行政
長官曾蔭權同運輸及房屋局局長鄭汝樺陪同下，參觀何文田房委會
總部，了解本港公營房屋發展。又探訪區內一間老人院，送咗一部
55 吋大電視同一部電動企立式輪椅。李克強又去到藍田一個公屋
同私人屋苑探訪兩個家庭，了解住屋同物價。而家睇吓六合彩攪珠
結果⋯⋯」

00:00:00:20

　　要不是他來港做慈善騷，我根本分不清李海強、李克強、李
克勤和陳克勤。李克勤來港送禮，其實跟了解民生有何關係？為
何送 55 吋大電視而不送『如果電話亭』來創造一個更好的新世
界？難道李海強認為老人家活著就是為了收看電視節目？為何是
55 吋而不是 64 吋？陳克勤有沒有請黎耀祥幫你日日賺？

　　再說，訪問兩個家庭可以了解幾多住屋問題？陳法拉、陳法
蓉、法拉利三者又有何關係？還有快必、陳振聰、顏射偉；楊天
經、楊天命、李天命；劉德華、劉江華、江華；張學良、張學明、
張學潤、張學友⋯⋯到底這堆人是否同一個人？鄭裕玲跟鄭裕彤
是否兄妹？我很迷惘。

事後，李克勤在微博抽水，指報導員可能是他的歌迷……我笑而不語，他到底知不知道自己真名叫送禮勤？

奴資

〰〰●〰〰

● REC

「基層勞工爭取咗十年嘅最低工資今日正式生效，我哋由允芷兒帶大家探討吓。」

「最低工資今個月起正式生效，立法原意係保障低技術工人有基本收入應付生計。但外間就有唔少意見，勞資雙方都有唔同睇法，連消費者都有所影響，究竟最低工資係好事定壞事？」

清潔工人：「而家休息日又有錢食飯時間又有錢，根本唔會多咗好多囉！班議員搞到咁大，成日嘈喧巴閉話幫我哋爭取乜乜乜，最後加得嗰 $1、200，唉相嗌唔好口，無謂啦！」

業主立案法團：「政府立法我哋理應去跟，不過佢推行出嚟又唔清晰又唔全面，留咗好多灰色地帶畀我哋同管理公司執手尾！個最低工資一出，每戶要畀多 $400 幾管理費，個個都唔制！」

工會：「休息日唔需要跟最低工資計，係跟合約。嚀如果合約係 $6500，咁除三十日乘四，就係 $867，所以呢個員工呢個月嘅人工就係最低工資 $5824 喇，再加返 $867 有薪假期……」

李生：「政府淨係話 $28 個鐘，又冇話有冇飯鐘，連放假都可能

● REC

冇錢！但係你同事頭拗咩？拗咪炒咗你請過個新移民嚟頂囉，根本呀，就係搞分化！」

遊行人士：「高官午膳有薪！基層飯鐘冇錢！張局長！飯鐘要有錢呀，唔好做無良僱主呀！」

「最低工資推行失當，令社會各界失衡，政府鼓勵勞資雙方有商有量去處理最低工資初期推行帶嚟嘅各種問題以達至雙贏局面。無視電視新聞記者允芷兒報導。」

▭▭▭   00:00:02:31

　　講起我就扯火！聽我朋友説，最低工資未推行時翠華已出賤招戴頭盔應對！新合約是無薪休息日、把工時縮減，再把年終雙糧改為每月獎金，即你一有依郁或跟經理關係不好便立即跌錢。屎橋可直接令時薪符合政府的最低工資要求，又能反剝削員工每年 6000 個大洋的一石二鳥之計，可恥（朋友不是我）。

　　能力不足的人往往愈幫愈忙，害了本來的受助者，又或愚政背後是有一個大陰謀。香港打正旗號是自由港，自由貿易、自由

買賣，但今次政府出手干預自由市場，把五十年來的遊戲規則斷然破壞。

最錯，是牠一味效法外國成功例子而沒有考慮香港的資本制背景，搬字過紙沒有作出相應措施或條例改善。香港實際上不患寡而患不均，當下貧者愈貧富者愈富，與其搞屎棍扶貧，不如從稅制上劫富，減低貧富差距；這個 21 世紀的香港只有限富才能扶貧。

可惜沙士一役後，經濟低迷令政府急功近利，為盡快重振雄風而大力推行投資移民，只需 $1000 萬入場費便能換領香港身分證。於是，受盡共產黨打壓的有錢大陸人紛紛南下，開始大肆炒樓買金洗黑錢，令香港物價短時間內光速起飛，通貨膨脹、零售生態與及地產市道一下子急促潮汐，但本地人的薪金卻沒有在水漲船高之下上升，令香港出現經濟斷層。這個一廂情願的政府，就是令港人陷入水深火熱的原兇。

再說，最低工資生不逢時，倘若早三十年在經濟起飛時實施，根本不成社會問題。因為當年欠人手不缺財，經濟大環境好，有資格講公平。現在？公司倒垃圾「Jer Jer」每次出糧前都被清潔判頭恐嚇：「你知唔知我請個新移民幾錢？」

　　新入行工人月薪過高，基於經營成本限制變相減低老手加薪機會，節流乏術唯有提高銷售價格開源，此舉直接進一步加劇通貨膨脹，令基層市民的生活寸步難行。

　　民生以外，政策陰謀論來了。曾蔭權在任幾年已把香港愈描愈赤，最低工資這把雙刃刀成功分化勞資兩方，更是官商勾結汰弱留強的好方法。不久將來，最低工資將會加重中小企經營負擔而導致它們逐一收皮，剩下大財團一色壟斷。到時香港會由獨市生意為所欲為，一粒黃豆賣一百個大洋，你還要先唱首《義勇軍進行曲》才可結帳。

　　吸食經濟鴉片多年，香港已被迂腐政策弄得危在旦夕。

亞視嚟嘅喂

〜〜〜 〜〜〜〜

● REC

「本台啱啱收到消息,前國家主席江澤民病逝,終年 85 歲。本台將會有今晚…特備節目…請……大家敬請留意。」

「前中共總書記國家主席、中央軍委主席江澤民病逝,享年 84 歲。江澤民主席在位期間,中國經濟起飛,國力日漸強大,又確立三個代表嘅重要思想內涵……本台今晚九點半至十點半會有特備節目,細談江澤民嘅一生。」

……

「廣管局就亞洲電視誤報江澤民死訊事件作出裁決,裁定亞視不準確報導新聞,因延誤更正錯誤報導而罰款 $30 萬,又對亞視回應局方查詢時採取不負責任嘅態度表示遺憾。外界一直關注事件係咪涉及亞視管理層干預新聞自由,立法會曾經召開特別會議討論。」

「亞視喺 7 月 6 號『六點鐘新聞』報導江澤民病逝,將紅色台徽改成灰色以作悼念,去到夜晚又臨時抽起江澤民特備節目,但十點半台徽變返原色,夜間新聞再次報導江澤民病逝。到 7 月 7 號新華社發稿否認江澤民逝世,中聯辦指亞視嚴重違反新聞職業操守。亞視發聲明撤回報導並向觀眾、江澤民及其家人致歉。主管新聞部高級

● REC

副總裁梁家榮辭職，指自己誤信他人播出新聞。江澤民嚟緊 10 月會現身出席北京紀念辛亥革命百周年大會。無視電視記者允芷兒報導。」

▬▬▬   00:00:05:39

看過這一節新聞後只想起兩首歌和近來的一篇文章，兩首歌分別是：「佢家吓黃色衫，又變返綠色衫，又變返黃色衫，騬眼望吓好似綠色衫。」和 AC 米蘭名將岩布仙尼的名曲：「Happy birthday to me，happy birthday to me……」而該篇文章是：「仆你個街亞視嚟嘅？！」

愛因斯坦說過，這世上只有宇宙和戇鳩是無盡的。亞視這次足以作為例證，完美演繹了戇鳩無極限這個相對論。去年就有一位高登巴打臥薪嘗膽到亞視見工，並在高登分享賽後報告。

他抱以見識心態，天未亮就爬起床從北角坐「可加可減」到大埔墟再轉廠巴，車程長過上深圳。來到大埔墟，雖然人生路不熟，但只能問途人：「請問去大埔工業邨嘅接駁巴士喺邊？」等到別人問去哪間公司才陰聲細氣結結巴巴吐出兩字：「亞…

視⋯⋯」眼角也不敢偷望，怕別人露出不屑神情。

人事部姐姐說過廠巴很準時，果然十分來到十分即走，慢兩秒就上不了車。亞視廠巴真身更是驚異，是一輛極具霸氣的十六座位小巴；幸好亞視人不多，不然恐怕要坐車頂。

踏足張家輝曾工作過的亞視，在人事部姐姐帶領之下左穿右插，空無一人的走廊盡顯冠冕堂皇。來到會議室，職員先叫他以中英文各書寫一段文章，英文是要他寫一個英文節目內容。他只想到「魚樂無窮」，於是胸有成竹地寫上：「Fish is swimming to left，is swimming to right，is swimming to left⋯⋯」而中文則要應徵者寫一篇笑話。他認為「仆你個街亞視嚟嘅喂？」就是最短小精鋼的笑話。同期對面的肌肉男坐了半小時也寫不出半個字，早叫大家多看一點電影長智。

終於被叫進去面試，面試官是個中年女人。一番自我介紹後，中年女人問：「如果叫你構思一個綜藝節目，你會有咩建議？」說到創意，身為高登仔當然滔滔不絕：「我有睇明珠台嘅『飛黃騰達』，用呢個形式叫一大班人去創業，應該唔錯！」

中年女人面有難色：「咁叫你構思飲食節目呢？」

巴打再次語出驚人：「最近日日睇『街坊廚神』，小儀同金剛幾得意，而且呢種尋找街頭小食嘅方式幾好，可以叫陳啟泰同陳啟泰去試吓！」

中年女人面色更難：「你知唔知呢份工係做乜嘢？」

巴打如實回答：「知呀！除咗寫稿畀主持同嘉賓，仲要負責節目流程、約人採訪、道具安排、拍攝錄影，總之咩都要做，最好一個人完成晒個節目嘛！」

中年女人終於露出一絲笑容，巴打心想這次機會大了，直至中年女人問：「你最鍾意我哋邊一個藝人同節目？」

巴打二話不説，衝口而出：「一定係張家輝，《賭俠1999》！」

中年女人大罵：「同我躝！」

欣賞亞視寧缺勿濫，更欣賞巴打深入虎穴的冒險精神。説實，這個年頭還會有人到亞視見工嗎？猜想是它用了匿名刊登招聘廣告掩飾其真身，令求職者不以為然墮入圈套，直到來到大埔工業區才如夢初醒：「仆你個街亞視嚟嘅喂？」大家在招聘網看到Job location是Tai Po的時候，記緊要加強意識，慎防中伏。

出会って4秒で合体

● REC

「行政長官提名期結束，三名候選人唐英年、梁振英及何俊仁分別到選舉事務署提交選委提名，當中以唐英年嘅提名為三人之中最多；有390個。而梁振英亦攞到305個提名，允芷兒報導。」

「三位行政長官候選人先後到選舉事務署提交更多選舉提名，其中唐英年以390個提名為最高提名者，以九倉系為主，當中包括集團主席吳光正、副主席吳天海仲有地產建設商會梁志堅，但係吳光正因為填錯身分證而被取消提名。唐英年話選舉期間不停被抹黑，令人憂慮，希望選舉可以重回正軌。另外，大約有300個選委冇提名任何人參選，1200名選委將會喺明年3月25號投票，選出第四任香港特區行政長官，候選人要攞到至少601票先可以成功當選。無視新聞記者，允芷兒報導。」

00:00:07:05

　　老實講，誰當選都不重要了，反正共產黨遲早也會收回香港，無論是老懵董和煲呔曾都只能順從。我只慶幸自己生得早，能夠親身體驗英治時代的安定繁榮。自回歸後香港已再沒有一天安寧，新移民襲港、自由行潮湧入、廿三條立法、雙普選無期、傳媒黑箱作業、地產霸權極端化；這些那些都是五十年不變之中的漸變，

溫水煮蛙根本不是特首能控制或阻止的事。

假使我是千幾個選委其中一員，也不懂票該歸何處。唐英年一臉敗家臭臉，所謂相由心生，身為政務司司長卻掩不住輕佻驕傲的嘴臉，要是他當選了，真不知道每天會有多少部電視被打爆。Next！

梁振英？而我不知梁振英是誰，廿八座振英？英？哪裡英？今天讀報紙才知道他是上屆特首選舉召集人，現在無端端來選特首？Next！

何俊仁……實在認真便輸了，一區之首的樣子不能太滑稽，重點是他跟吉村卓長得一模一樣，要是當選了，日本 AV 廠一定用吉村卓推出《香港最高経営責任者の生姦野望》，對象為熟女向觀眾；女優為激似政治家的六十路人妻如范徐麗泰、葉劉淑儀、周梁淑怡、林鄭月娥火拼吉村卓出会って 4 秒で合体、凄テクを我慢できれば生中出、混欲風呂生ハメ大作戰、1 日 10 回射精 SEX 甚至夫之目前犯……想起都作嘔。

Anyway……認真了，其實特首選舉從來也不是我們 700 萬人的事，只望當選特首的人知道甚麼叫「道歉時露胸部是常識吧」。責有攸歸，不要搞出爛攤子就說腳痛走人。

第一章第九節
21.6% 的通脹

● REC

「仲有半個鐘就踏入 2012 年，而家已經有大批市民集結喺維港兩岸準備欣賞除夕煙花匯演。今年同上年嘅最大分別，就係會由維港東面開始，十座大廈嘅天台逐一發放 10 至 1 數字形狀嘅煙花同市民一同倒數；踏正零時零分，國金同其餘九座大廈都會一齊發放煙火。旅發局透露會以國金二期為龍頭，打橫連接兩公里長嘅大廈天台營造出五彩巨龍效果，歷時四分十五秒。煙火製作公司負責人表示，屋頂好大風，所以圖案有機會偏差。喺呢度先祝大家新年快樂，新一年事事順利。無視電視新聞記者允芷兒報導。」

00:00:00:24

　　我嘗試用力回想這年做過甚麼，重複想也真沒有甚麼可回顧。今年跟上年一樣，繼續呆在這間老派雜誌社當個翻譯編輯，每天看著一本本美帝雜誌，把一頁頁千篇一律的音響、紅酒、食譜、高爾夫美帝資訊翻譯成繁體中文，日日如是，無限重複。

　　公司的取向守舊，作風一成不變。經過多年的浸淫，我也被同化成一個墨守成規的人，躲在 Comfort Zone 貪圖安逸地生活。公司出版的書籍針對寶島市場，因此行文也要較台向。甚麼是台向？即人們說的台式中文。但請不要把國語誤會成普通話，雖然

同為中文，但説法用字截然不同，讀語言的人會非常認真分辨台灣的國語、大陸的蝗語以及星馬的華語。不同文化就衍生不同風格的用字，只有傻 Hi 才會認為語言分類是分化國情的手段；國語就是國語，蝗語就是蝗語，不能混作一談。

　　大學時因為考不進英文系而轉修翻譯，每天學習當一部會走路吃飯拉屎的快譯通，得過且過慢流三年直到尾袋。畢業時巧逢經濟低迷，找到工作已算一大幸，我以為自己是被選中的小孩，豈料一做便六年，薪酬卻沒有隨著年資遞增。當年以月薪 $6500 入職到現在 $9300，屈指一算，六年來薪金升幅為 3%。根據香港通脹率統計表，2005 年到 2011 年通脹總數為 39.6%，而我的加薪率為 43%，比通脹多了 3.4%。撇除通脹帶來的升幅，這些年來在這公司的經驗和努力只值得微調 $104。我亦知道，剛入職同事的起薪點大概是 $9100。

　　薪酬低，工作環境也非常一般，加上老細是一個自以為是橫蠻衝動又諸多理論的台灣人，不時聽他破口大罵出言侮辱員工。特別是上下班的時候，人們都很怕跟他有所接觸。我算是這裡的老鬼，因為一般人不夠三個月便撐不住辭退。我能待如此多年，主要是因為公司跟我家非常近，工作量也不算多。雖然薪金數字不能反映優勢，但在其他方面我是有一點小厚待，例如有特許的彈性上班時間、上 ThisAV 也沒有人為意的死角位，以及六年來

每年遞增的年假。

公司對我如此放任，是因為能把英語翻譯成台式中文的本地人才並不多（又或許只是沒有人喜歡在這裡工作，所以留住我是唯一減輕人才流失比率的辦法），而我的台式中文其實不過是多看書和追「康熙來了」學回來的，根本沒有專業技術可言。

雖然生活安定，但也希望 2012 年有所轉變，總不能永遠當頭菜鳥，浪費所有青春在這裡損龜。

NO

NEWS 2012

GNAL

012 - 085

新聞女郎
ANGELICA

D&G 露出胸部是常識吧？

● REC

「幾百人不滿廣東道一間名店唔畀香港市民影相，響應網上呼籲一齊喺商店外影相抗議，而家由允芷兒報導。」

開門！開門！開門！開門！開門！開門！

「幾百名市民響應網上號召，喺廣東道 D&G 門外聚集，大家紛紛拎住手機、相機、長鏡短炮甚至攝錄機對準店門影相，表達對 D&G 歧視香港人嘅不滿。」

學生：「點解內地人可以影相香港人唔影得？仲話香港人會影相去做老翻！」

主婦：「喺香港地方開舖頭但歧視香港人，點會唔嬲呀？」

工程師：「擺得出嚟櫥窗就畀得人影相㗎啦！而家塊地又唔係佢嘅！」

攝影師：「賣名牌就可以咁霸道嘅咩？定內地人先夠資格做佢哋客人？」

「海港城發言人表示，保安係接獲商舖要求後前往了解事件。發言人承認保安以知識產權為由阻止拍攝係培訓不足引起，今後會多加留意。而 D&G 方面並未對事件作出回應。社交網站有唔少群組就

● REC

事件作出聲討，呼籲網民作出進一步行動，網上已經有 7000 人響應，D&G 官方網頁亦被網民攻陷，留言譴責其帶有歧視嘅行為同處理手法。無視電視新聞，允芷兒報導。」

00:00:04:11

「喂阿元，我見到你上電視喎哈哈哈哈哈！」

「上乜電視？」

「你上咗新聞呀！」

「吓…點解我自己都唔知……」

「D&G 呀！」

「哦…哦係呀……」

「屌佢老母又抵死嘅咁樣恰鳩我哋香港人，喂係喎肥仔話今晚不如……」

噢…我竟然在新聞報導中不慎露出了，就在女記者左後方綠色軍褸拿著相機高叫「道歉！道歉！道歉！」的那個……真是難為情。對，今日見無所事事便跟兩個朋友一起響應「D&G 萬人影相活動」，並拍了幾張照片上載到 Facebook 呃 Like。要認真計算人次，我敢肯定 D&G 門外不止幾百人佔領過，但無視新聞就是

愛搞維穩報細數；六四是、七一是、連今次 D&G 萬人集會也是。但維穩還維穩，篤數也應適可而止，偏偏每次篤數被秒殺悉破，還是屢敗屢戰繼續篤，簡直視受眾如糞土。

是次事件由法例分辯至人權爭議、由現實世界走進網絡媒體，再用網上召集回到實體抗議，這宗國際要聞可真涉及廣泛。打網戰最重要是人力配合，我們就是次事件回歸人多好辦事的王道，短短幾天先把 D&G 的 Facebook Page 攻陷至癱瘓，然後呼籲高登上下齊心響應，繼而引來各路傳媒把事件無限放大，到今天千人逼爆廣東道討伐 D&G，話題熱點由尖沙咀衝出宇宙，連意大利報章也有報導這一宗糗事。

不過名店老早知機，所以關門大吉避重就輕，相信 D&G 管理層一定有上高登明察暗訪。這次多得高登力量，被完爆的 D&G 終於知道香港人不好欺負，我也再一次見證高登這片自由樂土的威力。雖然平日能為一粒黃豆爾虞我詐鬧得面紅耳赤，但一有大事就立即團結一致槍口對外，這是高登的可愛之處。作為高登仔其中一員，I'm so proud of our power so powerful！

但話說回頭，D&G 禁止香港人攝影風波只是揭開港人捍衞自由的序章，事件反映出中共當道蝗蟲入侵已不再是溫水之暖，赤化氛圍火燒眼眉，我們最不期待的畫面快將出現 .jpg。

第二章第二節
孤獨的水星

● REC

「第二大近地小行星愛神星,將於今晚凌晨時分掠過香港,由允芷兒報導。」

「由德國天文學家發現嘅愛神星,係地球第二大嘅近地小行星,每隔四十四年就會接近地球一次。將於今晚凌晨時分最接近地球,距地球只有 0.179 天文單位,即 2677 萬 8019 公里。美國國家航空航天局 NASA 早喺 1996 年發射升空近地小行星『會合一舒梅克號』進入愛神星嘅軌道,主要研究愛神星嘅構造,並確保愛神星同地球軌道唔會有不尋常嘅情況。無視電視新聞記者,允芷兒報導。」

00:00:00:51

　　Near-Earth Asteroids——我曾在雜誌見過這個天文學術詞。縱使工作上我其實不用了解太深,但好奇心驅使我找來不少相關資訊。Near-Earth Asteroids 中文叫近地小行星,指軌道跟我們地球相交的小行星。在這之前,我是分不清甚麼是衛星甚麼是行星,以為全都一樣,就是月球吧?但原來除了月球,圍繞地球走的小行星數以百計,而直徑 4000 米的小行星就有數百個,1000 米大小的更有 2000 多個。小行星會因為重疊周期軌道而碰撞,大的會把小的撞至粉碎飛出太陽系,而被撞傷的大行星能靠

吸力自我療傷，傷口碎片會變成另一個行星生生不息，可以說是宇宙間的汰弱留強。

地球、月球和行星的關係，我覺得有點像中國宮廷裡的鬥爭，地球是皇帝，月球是皇后，大大小小的行星就是後宮妃嬪；而 NASA 就是那些大太監，終日監察和阻止妃子太接近皇上而引起危機。身為一國之君的地球，跟月球皇后朝夕相見，話雖至親，但從看不見皇后陰險的背後，而幾千公里外的大小妃子會為接近皇上而爭風吃醋拚個你死我活。有些小行星或許一生也未能接近皇上半光年就被撞散了。今晚，433 愛神終能一睹皇上龍顏，跟他近距離相見。我們不會知道她要經歷幾多難關、考驗和運氣才能達陣來到，只知道大太監不斷分析其傷害性。據報章解說，愛神星上有一座山，分別被命名為賈寶玉和林黛玉隕石坑，很是浪漫。

我以為九大行星都是九個不同皇帝，但發現原來水星是沒有衛星伴隨，因為它太接近太陽，而由於軌道無法容納更細小的星球，所以十億年來，它都是孤苦伶仃的。

滿以為獨居的我夜裡總是孤單，原來水星比我更孤獨。

第二章第三節
GO 唔 GO

● REC

「近年南韓潮流喺香港愈嚟愈流行,無論係時裝、旅遊、電器、飲食文化甚至影視業都深受港人歡迎,韓流盛行究竟對香港人有咩影響?南韓文化又有幾吸引?允芷兒帶大家了解吓。」

「南韓熱潮大行其道,去年二十場 K‑POP 演唱會吸引咗超過 10 萬觀眾入場,足證韓風魅力。電視劇嘅普及度亦同港人一直追捧嘅日劇睇齊,生活文化逐漸融入社會。社會上各界聲音包括社評人、學者、明星同網民都極為關注、研究同模仿,好似近日就有…Hum…就有位本地藝人模仿南韓一位著名組合成員…Hum…得到網民熱烈討論。南韓駐港總領事趙鏞天表示,近年愈嚟愈多香港人學習韓語,亦有唔少人去南韓進修留學或者參加工作假期。其實南韓人都十分關注中國文化,大部分韓國人都有睇過《三國演義》、《水滸傳》等名著,亦有唔少港產片愛好者。趙鏞天希望南韓同香港可以有更多交流,促進兩地文化共鳴。無視電視新聞記者,允芷兒報導。」

00:00:02:32

你踩唔死我,踩唔死我,唔死唔死唔死……

樂壇小強阮民安今次挺有創意,連記者姐姐都忍不住偷笑幾

下。阮民安借 G-Dragon 上位，把《Crayon》改編成中文詞自嘲，Cover 一出火速惹起公憤，怒轟小強低俗無品，褻瀆哈韓族神靈。傳媒也借機踏多兩腳，一沉百踩送小強上路，成為韓風其中一具亡魂。這是一般人看得見的表面，但內裡其實存有更多的啟示。

是次網絡處決，小強身先士卒以寡敵眾向韓迷宣戰，最後跌得損手爛腳，但我認為《踩我唔死》實情是一首極具控訴的作品。首先他以韓潮尖子 G-Dragon 為目標，用其名曲諷刺 K-POP 狗唔搭柒的畸形風格，以至港人盲目追捧的風氣。但被哈韓族以五十步炮轟小強詞不達意，這班自稱 VIP 的 GD 狂迷只為護主而目空一切，GD 唔 GD，他們根本對原曲歌詞也是知啲唔知啲。

「I'm a G to the D gold n Diamonds boy，今天的 DJ 我是阿徹妳是美愛，小姐小姐我是純情志龍先生，過來我這裡小可愛，對妳男友也只能說聲不好意思……」究竟藏有甚麼意思？就算有專業的中譯字幕，還是讀得出但看不明，Swag，check；Swag，check。

整容、洗腦、浮誇、買點擊率……K-POP 只不過是利用無限銀彈生產一個又一個新型人造人並加以訓練，然後拼湊成一伙又一伙群組推上市，再以海量式市場推廣硬銷捧成歌影視紅星。受

眾長期受到密集式宣傳、洗腦音樂和誘惑視覺而被攻陷，變成一個個失去自我的韓迷。說穿了，韓潮如宗教又如集體中毒，更是一股軟實力，南韓明顯有再次統治地球的野心。中降的人不以為然，繼續沉醉在紙醉金迷之中，泥足深陷。

　　小強犧牲自己去揶揄盲迷，是勇氣可嘉的。一首惡搞作品得來 40 萬點擊率，連續高居香港本地 YouTube 榜首兩周半，縱使劣評如潮，但至少創下 e-Kids 時代無法得到的佳績。

　　原版有 280 萬點擊，1 萬 1000 個正評；阮民安的惡搞版本雖然只有 40 萬點擊率，卻有 1 萬 3000 個負評。姑置勿論正評劣評的區分，單以參與度來看，小強的惡搞版本是完勝了。再者，原版有幾多係真票幾多係買 Click 篤數大家心裡有數。再看惡搞版本竟有 2400 個留言，可是香港 YouTube 史上前無古人的紀錄。既然被評得一文不值，到底還有甚麼值得討論？好奇心促使我逐一瀏覽，發現不少留言叫人哭笑不得⋯⋯

「Tommy 先生，請你尊重一下志龍同佢首歌好嗎？我哋呢班 VIP 忍受唔到你呢種侮辱！」
「嘩正，我覺得 Tommy version 好過原版 Hahaha！」
「妖你好撚黑人憎！收歛吓啦好唔好？你同 GD 仲差一大段呀！」
「GD 整出嚟嘅歌唔係畀你個仆街聽㗎！好好哋一首歌就咁畀你條

粉皮搞到唔知似乜！」

「仲叫 Oppa 同你影相！人哋唔告你已經要感恩啦！我哋 VIP 每人吐一啖口水都浸死你呀仆街仔！」

「屌好樣衰！唔知醜 Fuck off 啦！」

「原裝根本就好難聽，Tommy 點玩都唔會比之前更差囉其實。」

「On 9！」

「收皮啦扮咩 GD！你十世都扮唔到啦！唔好映低 GD Oppa 同一眾韓星 Oppa 啦！」

「咪 Q 學 GD 啦！唔知 7，死小學雞！」

「抄歌不知所謂！GD 好聽好多！你要抄就抄返香港歌手嗰啲啦！」

「垃圾！」

「上面嗰位，我想問人哋抄歌關你咩事？GD 係你老竇？」

「我只係戙 GD Oppa 唔抵！唔夠料唔該唔好扮 GD Oppa！！！」

「咁請問邊個夠料呢？」

「香港根本冇人夠料扮 GD Oppa，再講點解要扮？係有料就好似BigBand 咁紅啦！」

「你串錯字喇，你係咪想講 BigBang？」

「捉人錯字你就叻！你根本唔明白 GD Oppa 喺背後有幾努力！」

「其實我都好努力打工，你會唔會一樣咁崇拜我？」

「無聊！」

「韓狗。」

「韓狗？你羨慕人哋出名就話人係狗，我覺得你連狗都不如！！！」

「我話緊你呀！」

「香港人嘅質素就係咁低。」

「咁你係咩人呢請問？」

「我係 VIP。」

「乜鳩 VIP？」

「同你講都嘥氣，井底之蛙 -_-」

「VIP 係咪即係嗰啲酒店雞？」

「-_-」

「聽講一次要成 $8000。」

「可唔可以唔好再侮辱我哋 VIP？我哋唔會放過你！」

「嘩好驚喎！食屎啦韓狗，做雞都冇你哋咁賤。」

「已經報咗警，等被起訴，係咁！」

「唔夠人講就報警，因住你俾人反告浪費警力呀韓狗！」

「88」

「快啲同你個柒頭 GD Oppa say gdbye 啦！」

「幼稚。」

　　現在市面上任何一種牙膏都標榜自己的產品含有獨家研制的 Fluoride，即氟化物。聲稱能夠防止蛀牙還可令牙齒更潔白，結尾再加一兩個乜柒柒牙醫都推薦等屁話是牙膏廣告的公式。但你

有聽過刷得牙多會變蠢嗎？其實早早在 2006 年已被證實。

根據美國科學院（National Research Council，NRC）2006 報告指出，由氟化物轉化成的氟化磷酸鈣是會累積在小孩的腦部松果體，造成智商下降的情況。身為 70 後 80 後的你是否總覺得 90 後的年青人心智較幼稚，意志也較薄弱？是錯覺還是人一旦老了就會端起食鹽多過你食米的態度？不，我深信這是跟牙膏的研究發展有關，最大可能是我們三代人童年時所用過的牙膏有所出入。你能說出每天放在口中兩次的牙膏有哪幾種含量？為何我們會把一些不熟悉不知明的東西習以為常的使用？就因為人類早已被社教被洗腦。不同民族衍生出不同語言、飲食、教育、氣節、禮儀、文化，但無論強國人、日本人、泡菜人、北歐人、南美人甚至戰鬥民族，我們都用牙膏刷牙，這是最可怕的地方。

所謂一蟹不如一蟹，如今，人類已經無法阻止無知少女迷戀韓星，或許你會說是個別例子，又或許你認為韓星的而且確比港星帥氣有才華。我只好笑而不語，所謂百貨應百客，正如 Justin Bieber 都有死忠一樣；而牙膏，就是強制人類過度進化的工具。

第二章第四節
理想和現實

● REC

「以前攝影可能只係攝影師嘅一種專門技術，但係自從攝影器材同科技愈嚟愈普及之後，唔少人都開始研究攝影又或者用攝影記錄生活，上載到網上同朋友分享，攝影已經同我哋日常生活息息相關。最近就有個別樹一格嘅攝影比賽，由允芷兒帶大家睇吓。」

「近日，一間連鎖快餐店推出咗一款特色食品，呢款食品只會喺每年推出一段短時間，唔少特色漢堡包愛好者都會趁呢個時間品嚐一番。網上亦出現咗一班另類捧場客，專門拍攝呢款漢堡包嘅真實賣相，並舉行咗一個比賽。

由於呢款食品以黑椒為配料，餐廳為滿足食客要求所以特別多加醬汁去增加漢堡包味道，但亦因此而令賣相有異，同宣傳刊物上面嘅預想圖有所偏差。有網民將其食品嘅賣相拍低，再分享上討論區得到好大迴響，繼而開始分享心得，互相交換其食品賣相最大落差嘅作品。主題雖然敏感，但呢個網絡比賽帶動了更多的食客光顧。」

男生一：「吓…Err…幾好食吖…係個賣相核突咗少少啫！」
男生二：「唔…都想佢哋（餐廳）整好啲先拎出嚟賣嘅……」
女生：「唔會叫…唔…會食到個嘴好污糟…尤其啲黑椒好似…哈哈哈……」

● REC

男人：「我覺得都冇問題嘅，食完屙返出嚟都係咁㗎啦……」

「餐廳方面表示已經諮詢多方面意見，並為該款產品作出檢討，希望為顧客帶嚟更好嘅食物同服務。無視電視新聞記者，允芷兒報導。」

00:00:06:07

　　昨天好奇在高登按入「理想與現實爛屎比賽」而中了個大伏，幾乎隔夜飯都要嘔出來。貨不對辦早早已是麥記的招牌概念，肉不夠厚菜不夠鮮飯不夠多湯不夠熱就梗了！加上「啲凳有咁窄得咁窄啲飲管有咁粗得咁粗啲冰有咁大粒得咁大粒啲薯條有咁熱氣得咁熱氣，等啲嘅仔食完之後有咁口渴得咁口渴」的銷量態度和方針我們都早有共識。麥當勞叔叔氹小朋友生 Cancer 是常識吧？但今次黑椒漢堡也實在離罩得過分。

　　巴打們以最簡單直接的方法把一個個黑椒漢堡變成一個個屎坑一灘灘爛屎。沾上黑椒汁的包裝紙跟扠屎後掉落馬桶裡的廁紙真假難分，配合黑椒汁有意無意弄在手上，就似急性腹瀉時把十公斤屎醬用力排出射滿整個馬桶，連馬桶邊都被噴得一臉骯髒，

整個廁所臭氣沖天，衫尾亦被薰得一陣屎味之時，才發現廁格沒有廁紙……剛爆發的屁眼仍有屎汁一滴兩滴苟延殘喘，邊際沾著濃濃污液總不能閉上眼便把褲子拉回吧？此時或許……要徒手稍為擦抹，起碼令後庭不致滴汁，就像你傷風時沒有紙巾都會徒手把鼻涕抹走一樣……最後一手是屎，把褲子穿回滿有粘感，每一步彷彿聽到「Fea…fea…fea……」內褲跟屁眼隔著屎醬一交一合，手上的臭味任憑塗上幾多潔手液幾大力擦抹也是於事無補徒勞無功，因為屎跡已經藏在指甲之中。昨天的牛腩麵、今早的雞扒腸仔及中午的咸魚雞粒炒飯一直伴隨左手五指間……這些照片，讓我有所感覺。

其實這種比賽已不是第一次，上一次咖哩漢堡更離譜，淺啡色的醬汁更似腹瀉製品！比賽主旨雖然噁心，但卻令人看得津津樂道大快人心，因為麥記每次推出的限定產品都是如此失敗。例如和風滋味蝦堡，廣告用日劇風標明鮮甜大蝦配千島醬，最後沒有和風也沒有大蝦，只有一陣陣疑似用來沾麥樂雞的芥末醬。但沒有最垃圾只有更垃圾，上兩個月推出的隊長漢堡，裡面的薯餅、煙肉、芝士、牛肉……他媽的分明就是早晨全餐重新組合！當我弱智嗎？套餐還要配薯角，果然符合國情以薯仔為主食！

這個爛屎比賽既噁心又好笑，是糅合幽默與控訴的藝術攝影比賽。大家以極致的手法對麥記甚至人生作出理想與現實的強烈

控訴、資本主義的偽善，與及大財團反智的營銷方式。比賽舉辦得如此成功，除了歸功於麥記一班腦殘市場策劃吃屎吃著豆，被高登仔追捧的動新聞也是功不可沒。說話回頭，如果你看過爛屎比賽的參賽作品後仍能把一個黑椒漢堡放進口，證明你下次腹瀉把馬桶炸過滿瀉時，都能把頭伸進去大吃一餐。謹記不要浪費廁邊的水花痕跡，暖暖的水溫，濃濃的醬汁。

第二章第五節
一個字頭的誕生

● REC

「選舉主任即將公佈選舉結果，請各候選人移步到台上。」

啪啪啪啪啪啪啪……

「我現在公佈於 2012 年 3 月 25 日舉行嘅行政長官選舉，第一輪投票中，有效嘅選票總共為 1132 票，點票結果如下：一號候選人梁振英先生，所得到嘅票數為 689 票；二號候選人何俊仁先生所得票數為 76 票，三號候選人唐英年先生所得票數為 285 票。一號候選人梁振英先生在選舉中取得超過 601 張有效票，所以我現在根據行政長官選舉條例第二十八條宣佈，梁先生當選。」

「我哋啱啱睇到選舉主任宣佈咗第四屆行政長官選舉嘅結果，有效票係 1385…唔好意思，係 1132 票，而一號候選人梁振英就得到 689 票，佔全票數六成而當選第四屆行政長官。梁振英喺選舉中嘅得票比提名時所得嘅 305 票大幅增加超過一倍，相反，獲最多選委提名嘅唐英年喺選舉中流失咗超過 100 票，令梁振英在僅僅超過選舉票數最低下限 601 票嘅情況下，當選第四屆行政長官，並在今年 7 月 1 日開始履行職務。我允芷兒嘅報導係咁多，交返畀新聞直播室同事。」

00:00:03:56

呼……這半年選舉真人騷終於完結，相比十五年前第一屆楊鐵樑、吳光正和董建華的君子之爭、第三屆梁家傑輕挑曾蔭權，今屆選舉可謂歷屆最醜陋的一次。家暴、黑金、僭建、脅迫、賄選、地下黨、催淚彈、婚姻醜聞、黑幫飯局、豬狼熊關係圖、建制派鬼打鬼互挖瘡疤……來到最後，是誰當選已不重要，歷時半年的黑金政權鬥爭早已令兩位建制派候選人兩敗俱傷，就算唐英年當選，豬格亦早已破產，民望難有起色。反觀口齒較為伶俐懂兜圈耍點子的梁振英是較合適。但其實這個三煞位只是有名無實，決策權始終在中央，特首只是一個西環傳話者，他可以改變我們未來嗎？

　　由商人治港到公務員式管理，來到現在順我者昌的西環時代，中聯辦明目張膽介入選舉，想得到 1132 票當中有幾多投得不明不白，敢怒不敢言？2008 年以後，中聯辦不斷滲透港政之中，他們以為無聲無色，但稍有意識的人都看得出西環之野望。我想起《大內密探零零發》內的一個奸角——無相王兒子使出黑白無常輪流轉但被總被零零發悉破：「喂大哥，你咁大對腳喺下邊穿晒崩喎，當我死㗎？」

　　回歸後時常掛在口邊的一國兩制五十年不變，可悲的是歷屆特首也無法履行承諾好好為港人把關。回歸後諸事連連，97 金融風暴、2000 科網爆破、03 年沙士、廿三條。老董心知不妙腳痛

溜走，由紅褲子出生的曾蔭權繼任。公務員出身是較為討好，起碼他的港英背景令人暫時忘記溫水赤化，可惜晚節不保，竟在卸任前被揭發收受利益官商勾結。

但三個特首之中，以今天由中聯辦選出來的梁振英最為不討好，因為他的額頭鑿了一面五星紅旗。一想到 700 萬香港人的命運就取決於那 1132 人的意向，就覺可悲。再者，這千多人幾多被捏著陰莖欲言又止有名無實？想到此頓覺毛骨悚然。

巴膠的浪漫

● REC

「俗稱熱狗嘅非空調巴士行駛已經超過六十年，今日終於全面退役，四條路線喺尋晚已經開出最後班次，市民專程去乘搭尾班車，懷念昔日情懷，亦為服務咗我哋六十年嘅巴士歡送道別。由允芷兒講吓。」

「最後一班熱狗巴士由旺角開出，有 400 個市民於起點歡送，九巴亦特別加開八班車，等 400 位巴士迷可以同熱狗一同走完最後嘅路。專登嚟歡送熱狗嘅乘客唔少都係同熱狗有不解之緣。」

男：「我爸爸係九巴司機，以前阿媽唔得閒湊我，我咪坐喺呢個位睇住爸爸，同佢行晒成條 5A 線，好深刻呀，因為我係唯一個會喺巴士上面做功課嘅乘客。」

女：「婆婆每日接我放學，然後就搭熱狗返去。夏天佢會全程幫我撥扇，冬天會捉住我隻手幫我取暖，我好掛住佢……」

男女：「讀書嗰陣朝朝返學逼埋一齊，不過有位都唔坐，因為夏天通常都畀人坐到濕晒，咁啱佢又係，大家覺得好好笑咁就識咗！而家個仔 3 歲，專登帶佢嚟坐一次熱狗，想佢記得 Daddy Mammy 識嘅地方哈哈哈……」

● REC

司機：「係就係熱啲，不過我係因為熱狗先加入公司。揸同坐其實都係冷氣巴好啲嘅，不過熱狗係一種感情，都唔係講話舒唔舒服㗎喇……」

「熱狗已經為香港服務咗超過六十年，隨住時代進步空調巴士普及，呢啲舊式櫈同開得嘅窗都即將成為歷史，唔少市民最懷念嘅都係炎炎夏日打開車窗涼吓涼風，同出面接觸多啲，感受城市。今晚我同車上百多位乘客一同喺呢度乘搭最後一班車嚟到藍田廣田邨。多謝熱狗帶畀香港人呢六十年嘅貢獻同回憶。無視電視新聞記者，允芷兒喺熱狗報導。」

 　　　　　　　　　　　　　　　　　　　00:00:13:14

　　繼 2008 年新巴最後一部熱狗退役，今天輪到九巴，熱狗時代正式宣佈結束。小時候家住秀茂坪，每天乘 93K 到油麻地上學。記得炎炎夏日的早上，逼爆的車廂內沒有一位乘客不汗流滿額，遇上臭狐更是全車陪葬，由寶達邨一直二十秒一呼、二十秒一吸到碧街下車。

　　當年空調巴士還未普及，只會間歇性出現，比例大概是四班

熱狗就有一班空調巴，每次等車多希望下一班來的是空調巴士，上天主教小學的我每天都在車站禱告：「我們的天父，願你的名受顯揚；願你的國來臨；願你的旨意奉行在人間如同在天上。求你今天賞給我們日用的食糧和派一班冷氣巴打救我們這班虔誠教徒，阿們。」如果那天出現的是空調巴，我會衷心感謝天父的恩典；但如果那天來的是熱狗，我會怒罵陳日君妖言惑眾。

想不到今天會特地回到秀茂坪，乘坐最後一班熱狗，跟巴膠逼在車上戀戀風情。見巴膠不斷用長鏡短炮對著巴士，大如車窗扶手叫站鍵、細至椅腳螺絲電線甚至一片污跡都一一攝下，感覺就像動漫節對著電玩女郎的雞心和裙底猛按快門一樣變態。他們拿著相機一臉猥瑣，一邊拍一邊看，還跟身邊同伴分享椅腳邊那片塵封了的香口膠跡：「影低佢影低佢！返去 Share 畀從來不坐吉都。」同伴非常著緊地叫攝影者替每一粒沙塵留影。終於明白為何真會有人偷偷在深夜潛入巴士廠脫褲子掏出老二抽插死氣喉。能對一件事瘋狂迷戀，其實是幸福的。

非巴膠，我對熱狗的感情全因回憶所致，小學背起書包揹水壺的青蔥歲月、中學情竇初開，沒有銀彈跟女友拍拖，除了吃快餐逛宜家，主要節目都在 74A 上度過。女友住太和邨，每次約會後我會跟她到啟業邨乘 74A 出發，搖足四十個站直到太和邨下車。一路上，我們坐在上層後排打開車窗，她依偎著我看窗外沿途風

景，而我就把全數神經集中到手肘，感受軟綿綿的質感。

那年還未有安慈路站，經歷足足四十個站以後到達太和總站，她會盡地主之誼陪我等回程車。74A 假日一小時才一班，四野無人的總站中，我們會來一點纏綿，打個車輪，也會偷攢幾下過手癮。直到車長從更亭出來準備開車，我們才依依不捨的道別，羞澀得如牛郎織女般詩意。浪漫是要付上代價，74A 一來一回需時足足三小時，跟史詩式愛情鉅著《鐵達尼號》電影一樣長。你會提議我乘火車轉地鐵，一定比巴士快捷。但你有否想過火車站的地理環境不適合一對中三情侶互攬解愁？再說中學時代最多就是時間，用不著爭分奪秒。

如果荔園、哈迪斯、皇后碼頭、啟德機場、牛頭角下邨是地標性回憶，熱狗就是我們 7、80 後的流動回憶。但隨著時代進步，還有多少留得低？Use it or Lose it，倘若我有閒錢，倒想把一部熱狗投標回來，把童年回憶永遠留住。可惜當時的女友跟熱巴一樣，都退役了……嚴格來說她是嫁了人，但我到現在仍然記得那年有多喜歡她。

別了，我的回憶。

允芷兒

━━━━━━╫┝━━━━━━

● REC

「一節風暴消息，天文台啱啱喺凌晨十二點四十五分發出十號颶風信號，令韋森特成為十三年嚟首個十號颶風信號，九巴同龍運巴士所有通宵班次已經完全停駛。韋森特而家集結喺香港西南偏南約 110 公里，預料初時向西北移動，時速大約係 20 公里，估計會向珠江口以西一帶移動，會於香港西南 100 公里之內掠過。多處地區已經受到暴風嚴重影響，我哋交畀杏花邨海旁嘅允芷兒講吓。」

「呼呼而…呼而家…呼呼杏花邨海旁…呼呼…可以話呼呼呼可以話係橫風橫雨呼…冇瓦遮頭呼呼嘅地方情況更差，呼呼…呼呼呼因為暴雨令呼呼呼呼…能見呼令能見度非常低…海面仲呼呼呼呼…不…不時…不時呼呼不時翻起巨浪……見到呼見到我呼呼呼整個…呼人都…都…都…呼吹歪晒就知呼呼韋森特風力有呼呼呼有幾強呼呼…有大學生用呼呼…呼用測風計喺呢度測風…呼呼呼測到風速每小時 121 公里…不過…呼呼希望佢哋可以呼呼呼呼…可以呼呼呼可以盡快呼呼呼盡快返屋企呼呼呼呼…唔好留喺街上呼呼…呼呼呼呼因為街上情況真係好惡劣呼呼呼呼呼呼……我哋會呼呼呼呼會繼續呼呼呼…繼續留意呢度嘅呼呼呼呢度嘅最新情況…而家報導暫時呼呼呼呼…暫時係咁多…先交呼呼…交返畀新聞部……」

● REC

「唔該晒出面嘅同事，請注意安全。我哋會繼續為大家跟進最新風暴動向。」

▬▬▬   00:00:04:22

李氏力場失守，香港終於打得起十號波，我在彼岸也能感受得到報導員那邊的惡劣情況。油塘雖然被高山環抱，但韋森特實在洶湧得連這邊也打得地動山搖。

望向窗外猶如災難的景象，無視電視是否要收買人命？竟在這時間派記者出外採訪？121 公里風速到底有幾誇張？只需把車開到 121km/h 然後伸手出窗外就能感受到，不過香港是沒有公路能開上這速度。要不是韋森特，我們也無法感受到甚麼叫颱風信號。這女記者真可憐……唔…她…她看上去有點面善…

噢對了！是上年寒冬晨早上山報導龍友的那位女記者！想不到今次十號波又再被上頭派上場？我已確認她是因為得罪高層所致。一個弱質纖纖嬌小玲瓏的小女孩竟要一邊抵抗 121 公里風速一邊看著攝錄機鏡頭報新聞會否太嚴苛？上次被叫上山在零度下

講早晨，今次差點被吹出羅湖口岸講風速，下次會是甚麼？是飛往伊拉克報導宇宙大爆炸嗎？究竟無視新聞怎樣分配人手？這位女記者為打好份工而一直在玩命中。

究竟她是為了甚麼上刀山落油鍋如此拼搏？風一直猛打，見她連手上的咪也捉不緊，嘴巴也被吹得張不開，這份對工作的熱誠和報導的堅持，把我感動了……

允芷兒……

以後要多加留意這名字。

第二章第八節

仍難盡清楚地說在目前和今後

● REC

「一節奧運消息。被視為香港獎牌希望嘅香港單車選手李慧詩今日出戰奧運單車女子場地賽決賽，不負眾望喺賽事中成功勇奪香港史上第三面奧運銅牌，同風帆好手李麗珊、乒乓孖寶李靜、高禮澤一樣為香港爭光。而家李慧詩啱啱接受咗本台記者訪問，我哋一齊到現場睇吓。」

「多謝教練、多謝神。我唔係一個好嘅運動員，亦都唔係一個好嘅基督徒，但係我每一次比賽嗰時都會祈禱。同埋…我成日鬧教練，係囉…我……多謝我屋企人，我家姐叫我多謝佢哈哈哈哈……今次我跟住教練嘅計劃去做，同埋…我對自己有信心，同埋身邊有好多人支持我……多謝體院所有工作人員…多謝 Champion System。中間係有段時間好辛苦，所以真係好希望攞到獎……其實我諗住攞第一喫哈哈哈……其實冇乜壓力但都好驚自己入唔到前八強入唔到決賽，如果輸咗就會喊喋喇哈哈哈……多謝教練同工作人員嘅配合…其實我真係一個好差嘅運動員…成日鬧佢哋哈哈哈…閉幕禮之後我就返嚟，希望可以留喺香港耐啲…我會再做好啲，多謝你哋……」

「其實李慧詩啱啱贏過世界盃倫敦站銀牌，所以呢度可以話係佢嘅福地。今次贏得奧運銅牌，佢要多謝體院上下工作人員以及教練，

佢話會將榮耀歸於佢哋，亦多謝屋企人嘅支持。我相信你同我一樣都為李慧詩感到驕傲，因為我哋都係香港人，希望佢可以繼續努力。駐倫敦奧運記者，允芷兒喺現場報導。」

　　「因為我哋都係香港人」這句話深深印在腦裡揮之不散，這不會是照稿讀字的感情。我相信她是真心為李慧詩的成績而喜悅，不顧持平加插一句充滿情懷的結尾，但此舉反而更令作為觀眾的我感動。李慧詩以堅韌的意志力和對運動精神的犧牲讓香港特區區旗、中共五星紅旗和英國米字國旗聚首一堂冉冉升起，這個充滿內容的畫面，讓每一個香港人都想得很多。身為香港人的我會為李慧詩的成績感到驕傲，亦為妳的真情流露報以欣喜，允芷兒。

第二章第九節
向國教說 Fuck

● REC

「三十個民間團體下午遊行，要求政府撤回國民教育科並再公開諮詢。警方公佈遊行人數有 1 萬 9000 人，而發起團體指真實數字最少有 9 萬人。」

「今日好熱，但酷熱警告無損市民參加遊行，唔少家長帶同子女一同遊行，由維園出發沿軒尼詩道向添馬艦政府總部進發。天氣炎熱，唔少家長都用各種消暑方法為子女散熱。有家長話，今日上街遊行係為咗下一代。」

要自由，反洗腦，群力必做到……

家長甲：「我對政治了解唔多，但我唔希望自己小朋友將來會喺一個咁嘅教育環境下長大。」

家長乙：「政府夾硬推出嚟，仲話得少數人反對真係好過分，我諗今日見到咁多人都應該唔少數喇掛？」

家長丙：「作為家長，當然唔希望小朋友即將俾國民教育洗腦，作為香港人，更加要企出嚟用行動表示政治化教育制度同手段嘅不滿。」

家長丁：「係幾辛苦，小朋友都覺得好熱，但點辛苦都要帶佢出嚟表達聲音，同佢哋一齊經歷。」

國民教育家長關注組陳惜姿：「既然我哋都冇辦法選到任何官員出嚟，佢哋又做一啲我哋唔接受嘅政策，我哋只能夠透過遊行去話畀佢哋聽我哋係唔滿意……但佢哋都係一意孤行，我覺得呢個唔係聽民意嘅政府。」

撤！撤！撤！撤！撤！撤！撤！撤！撤！

「發起團體指，教育局出版嘅中國模式國情專題教育手冊內容甚為偏頗，國民教育課程指引亦有相當嘅問題，科目唔應該以情感為評核準則，咁係有違對知識嘅公平同理性。但政府話遊街人數嘅多寡都唔會影響推行國民教育嘅進度。而家大批市民集喺政府總部外圍，大批穿上黑衫嘅市民一同高叫口號，表達對國民教育科嘅不滿。無視電視新聞記者，允芷兒報導。」

公民教育的宗旨是「維持社會安定及促進對社會的責任感」

是以社會即我們的地方為教育目的，培養出學生具有批判性思考的能力以及主動參與公共事務，運用公民權力履行公民義務，重點是民主、法治和人權。回歸後特區開始淡化「公民」一詞，以「國民」切入「認識自己的國民身分，致力貢獻國家和社會」。慢慢把題目刪改至剩下「國家」而沒有「社會」，特區更在用詞上偷偷把港人變成國民，這地方不是社會，是國家。

07年施政報告直言「特區政府會不遺餘力推行國民教育」使年青一代為國家、為民族爭光和貢獻力量的志氣。造文者利用語言偽術推行情感化教育方針，「情感評核」的潛台詞即是「以後老師話啱就啱！」進一步加強階級觀念，建立嚴管政策。當老師的話就是道理，知識便會變得模棱兩可，學生也變得是非不分。在不久的將來，老師會變成共產黨工場的生產部管工甚至啤機，掩著眼啤出一個個黨孩。

我有為之而感到憤怒，因為從前的「德育訓練」是為加強學生自身的個人品格和德行；到「公民教育」是培養學生對社會的責任心以及認識權力和了解義務。全是為學生個人發展以及這片土地的利益為依歸。但自回歸以後，中共便極速施壓，口說五十年不變，卻早已烹水煮酒，難掩其急性子的極權野心。先開大閘放蝗溝淡香港人種比例，再以經濟掛帥利誘商人賣港。今次洗腦教育貫徹橫蠻性格愚昧思維，自以為策略無敵，推行無阻港人受

落，這種一廂情願總是叫人啼笑皆非。那個「港人治港」的標語早已抹得一乾二淨三俐落。

政總門外，盡是激動的人民跟漠視民意的政府城門對視，大門始終未有打開，我們只能使勁高叫，喚醒更多被蒙在鼓裡、對政治冷感、事不關己的人，以至守在門後的管理員。水浸眼眉，香港已到危急關頭，是否到了火燒罟寮一發不可收拾的時候才後知後覺？假如我是直播記者，絕對不會再裝得一腔持平，站在局外只報導事實表面。如果要埋沒良心，那倒不如把心一橫豁出所有，在百多萬人前說出事實！就算十秒內被「訊號故障」中斷，我相信這數秒會被放上 YouTube 名留千古。

老實說，自上次李慧詩勇奪銅牌後，我很期待允芷兒能有更多真性表現，因為她比一般記者有血肉。平實報導中，她的嘴角總帶有一絲含意。

或許我比人較為激進，但都只是出於對香港的關心，

允芷兒……你呢？

第二章第十節
Dry Martini

● REC

「國慶煙花匯演另一邊發生咗一宗嚴重撞船意外事故,肇事船隻係港燈公司所擁有嘅『南丫四號』,喺八點二十分由南丫島港燈發電廠出發前往到中環欣賞國慶煙花,但途中同另一艘船隻相撞,而家由現場記者允芷兒報導。允芷兒,妳嗰邊情況而家係點樣?」

「我而家身處海怡碼頭,撞船意外發生之後大批救援人員迅速趕到現場,乘客陸續被救上岸以保暖毯包住身體保持體溫,傷者經初步治療後轉乘救護車前往就近醫院。好多乘客驚魂未定,又有複述撞船經過……」

王太:「我都諗住冇㗎喇⋯點知朋友啱啱好捉到我隻腳然後救咗我上水面⋯跟住……跟住佢就唔見咗……」

陳生:「撞咗之後啲人跌晒落地下,我同老婆同個仔就失散咗,我好彩及時爬上船頂⋯當時情況好混亂,我見唔到老婆同個仔立即跳返入水搵,最後好彩搵到個仔但⋯但⋯但係老婆搵唔返……」

梁小姐:「我困咗喺船底,啲水浸到上下巴度⋯好凍……好彩有人嚟救,將頭頂啲板扑爛救咗我上水……」

消防司令：「我哋已經派出 200 多位救援人員努力搜救，而家救出 123 個乘客，當中有 82 位送咗去就近醫院⋯⋯另外有 17 位乘客救咗上嚟但已經冇呼吸冇脈搏⋯我哋會繼續搜索，盡最大努力搵齊船上所有乘客⋯⋯」

女人：「我搵唔返個女呀⋯我搵唔返個女呀⋯你哋有冇人搵到我個女⋯⋯」

「沉船意外發生後消防員、救援人員仲有醫療服務隊同聖約翰救傷隊迅速趕到現場，但海面光線微弱令救援行動困難，而家船身已經完全沉沒，消防處公佈現時有 17 位乘客已經死亡⋯⋯救出嘅 82 位乘客當中⋯有⋯有 8 位乘客送院後死亡⋯令罹難人數增至 25 位⋯⋯消⋯消防隊伍承諾繼續會努⋯會努力搜索⋯唔好意思⋯⋯消防隊伍承諾會繼續努力搜索剩餘嘅乘客，我哋亦會繼續留守，為大家報導最新消息。我喺呢度嘅報導暫時係咁多，交⋯交畀新聞部⋯⋯⋯⋯⋯⋯嗚⋯⋯嗚⋯⋯」

00:00:10:01

現場直播總是有錯漏，畫面還未轉回主播室，現場報導的允

芷兒已無法按捺悲傷，放下咪高峰掩著雙眼哭成淚人。這刻所有觀眾的心情也跟她同樣沉重……但她一定比我們更難過，因為災難現場往往比我們想象中更可怕。要一個女生拿著咪牌上山下海已經夠殘忍，今天還要她面對生離死別。看著允芷兒失控地落淚，心裡除了對死難者的哀傷，還有一種莫名的憐惜，很想遞上紙巾甚至一個擁抱，安撫這顆柔弱的心靈與疲憊的身軀。

因為允芷兒的真性情，我開始留意新聞節目，也漸漸成了每天習慣。師奶由八時開始追看連續劇到十時半，我就由十一時開始收看新聞，每次也期待她的報導。大如國家新聞小如街坊爭執，只要有她的演出，我就會格外關注。留意她在報導時的表情變化以、講稿的修辭用字，以及在持平中立之中留有一些個人化表達。例如正面的、喜慶的事件上她會用上「我們」為主體，在一些具爭議性題目上，眉頭會皺起，語氣較堅定，加上她有意無意流露出的真性情更是亮麗的點綴。記得她說到韓流襲港 Tommy 揶揄 G-Dragon 會偷笑、嚴寒在山頂報導冷得結結巴巴、李慧詩在奧運奪獎加插支持字句，今次為死難者偷泣更叫人印象深刻。她極具生命力的演繹手法，在一眾人肉讀稿機中可謂萬綠中一點紅，漆黑中的螢火蟲，是份外親切的。

祝願南丫島沉船意外傷者早日康復，死者一路好走，亦希望允芷兒能收拾心情放下悲傷，繼續為新聞業努力。

劏房 • 空姐 • 滿地金

● REC

「繼續受到韓流影響，香港持續寒冷同乾燥，天文台今日喺尖沙咀錄到嘅氣溫最高有 10℃，而最低只有 2℃，相對濕度百分之八十二，十一點鐘嘅氣溫係 7.8℃，我嘅相對濕度仲有百分之九十三…真係好濕，仲有啲熱……不過韓冷天氣警告現正生效，大家記住著多件衫。而家交畀允芷兒同大家講吓……」

Oppa Gangnam Style！Gangnam Style！

Najeneun ttasaroun inganjeogin yeoja，
Keopi hanjanui yeoyureul aneun pumgyeok inneun yeoja，
Bami omyeon simjangi tteugeowojineun yeoja，
Geureon banjeon inneun yeoja，Naneun Sanai，
Najeneun neomankeum ttasaroun geureon Sanai，
Keopi sikgido jeone wonsyat ttaerineun Sanai，
Bami omyeon simjangi teojyeobeorineun Sanai，
Geureon Sanai。
Areumdawo，sarangseureowo，
Geurae neo，HEY！Geurae baro neo，HEY！
Areumdawo sarangseureowo，
Geurae neo，HEY！Geurae baro neo，HEY！

● REC

Jigeumbuteo gal dekkaji gabolkka……

Oppa Gangnam Style！Gangnam Style！
Op…Op…Op……Op Oppa Gangnam Style！
Op…Op…Op……Op Oppa Gangnam Style！
Eh………………Sexy lady！
Op…Op…Op……Op Oppa Gangnam Style！
Eh………………Sexy lady！
Op…Op…Op……Op Oppa Gangnam Style……

00:00:03:46

　　邊報天氣邊脫衣的天氣小姐後…畫面一轉不是氣象先生的
「呃？哦！」而是允芷兒化身成鄭多燕，在一個白色背景領著一
堆 Cosplay 大跳騎馬舞，Op…Op…Op……Op Oppa Gangnam
Style……身穿深藍色窄身連身裙配上黑絲襪的允芷兒跟荒唐的騎
馬舞出奇地配合，激烈的躍動還捲起了她裙尾，每次曲腳都讓紅
邊小內褲跑出來，很是誘惑……

　　我走近電視機前，伸出舌頭嘗試舔一下螢幕裡的她，竟有一

陣說不出的幽香……看著她念念有詞的嘴巴不禁有所反應，拔出繃硬的老二，插進電視機一個接駁口，繼而來回抽抽插插……我感受到一種以想不到的快感，濕潤且溫暖…不消多久，頭上便有一個念頭，一個舒暢的念頭…唔……允芷兒的舞姿太誘惑，唔……但怎說也不應在節目中露底…這刻有多人在看……噢有幾多人跟我一起丁著她…唔唔…念頭愈濃，我由「唔」變成「嗚…由嗚…變成…嗚呀！」

呼……

我感到褲襠有點濕潤…很黏很漿很嘔心…我必須清理…唔…？剛才是做夢？呼……這個奇怪的綺夢。綺夢經常碰見性愛場面乃正常之事，但今次劇情可真夠新穎，竟然是跟客廳的 Konka 廉價電視連接上…老二插進旁邊 USB 插口，有夠科幻……呼……

這陣子哪裡都聽到這首騎呢泡菜洗腦歌，韓風已吹到人人眼盲，明星效應爭相仿效，令這首怪歌愈炒愈熱，食店、酒吧、商場、波樓重複廣播，巴士上公司裡不斷響起的手提鈴聲又是它、連同事們唱 K 消遣都連點幾次……縱使心裡有多抗拒，還是敵不過這個死肥仔的強攻；縱使我對允芷兒只是出於關心和欣賞，不由自主的潛意識還是把她沾污了。

醒來後再看一看電話…起床…脫掉內褲…拋到臉盤…揭開廁板…如廁……篤篤篤篤篤……低頭看著軟綿綿的老二，我感到相當罪疚；沖廁…洗澡…沙沙沙沙沙…抹身…看到電視機，我感到非常難堪……

我是劏房人口其中之一，每月 $7000 租住油塘一幢工廈四樓，一個由 500 呎改建成六房的獨立套房。話雖工業區，但治安其實不錯，鄰居也不算差，是浴室比較遜色。一行四房均有獨立浴室和坐廁，但差在我們是共用一條排污渠。管道密封程度亦不夠，即任一位鄰居辦工，除了排水聲聲響耳，味覺也有一番享受…每晚師奶劇播完不久，夜香便逐漸撲鼻，唔…唔……看來鄰居今天吃了濃濃的沙爹牛肉公仔麵……

但人類是一種懂得習慣和適應的高智慧生物，這個叫人嘔心的夜香時間已經適應和習慣，通常十時半我會先下樓散步，一來舒緩飽肚感，二來避過排糞時間。十時半的油塘像死城一樣，特別是工業區，但今晚有點不同。下樓時，發現對面街有一位空姐從大益工廈走出來，噢？連空姐都要住劏房？抑或男友跟我一樣是落難人口，為愛情而紆尊降貴？好奇心驅使我一直跟隨，看來她正朝地鐵站方向，是乘機鐵到機場執勤嗎？

空姐可是一種高檔行業，又怎會愛上一個劏房男？男友會是

個懷才不遇的音樂才子？還是一個有理想有目標的創業青年？不介意男友出身能同舟共濟的的女生，這年頭真是買少見少，她的背影令我不其然報以誠懇的尊敬。跟空姐距離逐漸拉近，相差只有幾米距離，她沒有發現我。紅領黑白色的制服到底是哪一家航空？真想走前多步一睹她的容貌…直到嘉榮街路口，突然遠處有個阿叔大聲呼喚：「咦阿蓉！未收工呀？」她回眸一笑，嘩屌！原來是新興的外賣阿姐……

嚇一跳後折返回家，見房客都驚惶失色走到走廊外嘰嘩鬼叫，一問之下原來三號單位的排污渠突然爆裂，屎尿黃痰紙巾 M 巾棉花棒統統從污渠中爆出，情況一發不可收拾……三號室固然頓成澤國遍地黃金，湧出的糞水也從門縫牆隙流出，水位足夠波及所有鄰居，住在一號室的我也不例外。Oh shit，我的 Air Jordan 11 玩完了……

凌晨時分根本沒有工人願意前來急救，眼見遍地一灘又一灘夜香，有些鄰居把難過發洩在三號室的內地女人身上，辱罵她如廁過於用力射爆屎坑所致。有些鄰居索性一走了之，冇眼屎乾淨盲。我看見自己的電腦、球鞋和衣服統統葬身於屎海之中，欲哭無淚，只怪自己喜歡把東西撒在地上。如果人生有個「Shift + Delete 掣」，我會立即把這個檔案永久刪除不作解釋……

但幻想跟現實是同父異母的襟兄弟，我才剛剛交租，根本無處可逃。最後還是跟鄰居一起戴上手套蹲在地上把一灘又一灘暖暖的夜香拾進垃圾袋，他媽的，夜香被廁水浸軟了，抓上手一捏就散。二號的太太樂觀地笑著：「咪當喺雪糕店做，舀緊朱古力雪糕囉！」我憑著其中一堆顏色較深的雪糕裡找到一條未經消化的公仔麵條，認出是三號阿叔今早的早餐。看著被沾成啡色的絕版珍藏波鞋，我把阿叔的早餐放進口試了一口，唔……沙嗲的風韻仍猶存在濃烈的氨基酸之中……

世界末日

● REC

「今日係 2012 年 12 月 21 日，唔少人相信今日就係古代瑪雅曆法預言嘅世界末日，近年亦有大量預言充斥喺互聯網，更有唔少關於世界末日嘅電影，究竟今日係咪真係瑪雅人所講嘅世界末日？我哋由允芷兒為大家了解吓。」

「今日係冬至，亦係瑪雅民族所計算嘅世界末日。世界各地唔少人都蜂擁到法國南部一個山區小鎮，傳聞話可以避過一劫；台中亦有數百人集結喺自然科學博物館裡面嘅仿馬雅神殿倒數牌前，迎接末日一刻。瑪雅文明學家解釋，今日只係瑪雅曆法一個循環嘅完結，就好似瑪雅人嘅大除夕一樣，無需過分恐懼同焦慮。無論你信唔信世界末日論都好，希望大家都可以努力生活，珍惜每一秒，允芷兒希望聽日同樣時間繼續同大家報導。」

00:00:12:21

　　我這刻也同樣有著依依不捨的心情，特別是允芷兒最後一句「希望聽日同樣時間繼續同大家報導」。如果今天完結前就要末日，全地球就這樣完結，我們就這樣消失，明天再沒有明天和然後，今天我還有甚麼未了事？這二十八年又做過了甚麼？看著允芷兒的白色套裝，我想起了阿蓮，她說今晚要跟家人吃飯，跟他

們度過最後一夜。而我……就被遺忘在這裡，跟剩下的出前一丁、一罐喝不完的芬達和翻炒的《Home Alone 3》。

阿蓮是我的女友，三年前在雜誌社認識。她是公司以實習名義招聘回來的設計員，工作是為一本銷量欠佳的高爾夫球雜誌處理排版工作。那是一本日本雜誌，公司買來該雜誌的代理權，然後翻譯成中字重新出售。日本出版那邊每月會寄來十幾枚光碟連同新出爐的實體雜誌，光碟裡面是刊登的日文稿檔、圖片、字形和 Pagemaker 檔案。翻譯編輯要花一星期把日文轉為中字，然後交給阿蓮重新排版，工作相當乏味。因為她只能拿著一堆電腦檔件跟著原書重新拼砌一次。老闆認為日本雜誌設計精美，高爾夫球愛好者亦會喜歡日系設計，所以除了文字之外，中譯書跟原版要 100% 一樣。於是阿蓮每天就像一部複製機，拿著凌亂瑣碎的檔案，用小鎚仔一頁一頁地倒模，直到一天揼好 230 頁。

在這之前，我跟阿蓮在公事上沒有太多接觸，極其量是寫高爾夫球時找不到好用照片，會請求她偷偷送我幾張。阿蓮不算漂亮，但勝在皮膚夠白，文靜的性格亦叫人多一份保護慾。一次她給火爆的老闆責備，類似她打錯了發行人（即老闆本人）的姓氏部首，以及其中一頁用錯高爾夫球手的照片，被老闆拍枱拍櫈罵得狗血淋頭，更因而扣掉她原本已不多的實習車馬費。阿蓮掩著臉從房中步出抽泣，我遞上紙巾給她抹淚。但由於公司氛圍一貫

嚴肅寂靜，談話顯得非常礙眼，於是靜靜寫了自己的MSN電郵給她，把開解的說話移到光纖上對話框，除了一些老土安慰「唔好唔開心啦」還笑說曾俊華也勸勉大學生不要計較實習生沒有工資。憑我的風趣幽默和老馬識途的經驗，兩個不同部門的同事沒多少意外地聊多了，到一起吃飯、下班、過節、牽手和交往。

我是喜歡阿蓮的，她是個不錯的女孩，至少不會亂發脾氣，但三年來過得實在太平淡。她沒有多少興趣，除了設計之外沒有甚麼技能，閒來只是在家煲韓劇、打手機遊戲和買化妝品。我們在一起時都是逛街看電影，吃飯前她會花幾分鐘時間為食物拍攝，繼而花數分鐘上載到Facebook，我會打開Puzzle & Dragons邊轉邊等。情侶間最重要的床事也不算精彩，阿蓮皮膚嫩白但身材一般、胸脯不大、乳頭不粉、腰不幼、腿不修長，加上性格含蓄反應一般。雖然她會應我要求完成指定動作，但總是心有餘而力不足，例如因為骨架不夠婀娜，穿起情趣睡衣不夠誘惑、口交時總是咬到老二、騎乘生硬打擊性慾……我們的床事就是不愉快。加上阿蓮不熱衷床事，每次都純粹為我個人需要而借出下陰。「孤掌難鳴」一詞能完全解釋我倆在床上的情況。

所以，今天不打算叫她過來一同度過瑪雅曆法計出的最後一天。寧願看完新聞報導跟右手來一個小親密便洗澡上床，睡前給她發一個訊息：「親愛的晚安了，世界末日後再見。」

幾分鐘後收到她的回覆：「Haha don't worry la，I'm watching《擁抱太陽的月亮》，so brilliant，gdnite ^^。」

末日時間其實是跟美國的 12 月 21 日終結，即明天中午才到。收到阿蓮的訊息，我已沒有再為末日而釋出更多感慨，全世界好像只有我疲憊。無所謂，反正難過就敷衍走一回，只希望明天能繼續看到允芷兒的報導。

NO

NEWS 2013

GNAL

088 - 137

新聞女郎
ANGELICA

第三章第一節

雲吞二千

● REC

「銅鑼灣一間經營四十多年嘅粥麵店因為承受唔到加租超過一倍嘅租金，今日終於結業。最後一日營業，200 多位食客喺門外排隊輪候，希望入去品嚐到最後一次，我哋由允芷兒帶大家睇吓。」

「四十多年嘅收銀機、枱櫈同燈飾，都同舖頭一齊共度最後一日。四十年前，呢度嘅雲吞麵只係賣 $1，而家要 $28。加價嘅大部分原因係因為租金不斷上升，要喺銅鑼灣企得住，唯有同舖租同步加價。因為以前 $2000 租，而家已經加到 $60 萬租。」

負責人：「我同業主本身係好朋友，當時佢好平咁租畀我哋，但到下一代已經唔同，之前加到 $30 萬已經令經營好困難，而家一下加到 $60 萬…真係做唔住……好感謝咁多位顧客多年嚟嘅支持，後會有期。」

地產員：「而家大部分都係一啲出名嘅珠寶鐘錶店，因為佢哋一個月利潤可以有 $1、$2000 萬，相對嚟講 $4、$500 萬租金都仲可以接受。但普通小本經營嘅舖頭一定冇可能支付得起咁高昂嘅舖租。」

「銅鑼灣已經成為全球租金最高嘅地段，店舖要面對每年升幅達一

● REC

倍嘅租金情況可以話難以招架，政府會有咩方法舒緩店舖經營嘅壓
力？新一代特首班子應該如何處理？但點都好，我哋都會希望老店
可以繼續支持落去，並感謝佢哋多年來帶畀香港人嘅回憶。無視新
聞記者允芷兒報導。」

▱   00:00:02:40

記得讀書的時候很喜歡來這裡吃他們的滑牛粥，他們醃製的
鮮牛肉非常鬆軟，色水潤澤肉汁夠多，落在白粥之中也不失其咬
感，是一級美味的粥品。我的讀書時代，以至我爸媽的年輕時代
也有過它的印記，但今天也終告結業。九巴之後，又一個童年回
憶絕跡。如果每個童年回憶都能夠像天星碼頭可以駁回被消失的
厄運，你說多好？

但事實上，一個銅鑼灣小舖現索價＄60萬，只要稍稍計算已
知結業有理，他們在 1971 年舖租 ＄2000 的時候，一碗雲吞麵售
價 ＄0.8，每月賣到 2500 碗就能平數，2500 碗不算少數目，每天
起碼要賣到 84 碗。今天加到 ＄60 萬租，雖然每碗雲吞麵加價至
＄28，但每月仍要賣出 2 萬 1428 碗才剛夠交租，除開來看，每天

必須賣到 714 碗，傻的嗎？就算每天有 714 位客人，每碗雲吞麵有三粒雲吞，師傅也不夠人手做出 2000 多隻雲吞吧？售價跟隨通脹不斷調整，但始終無法跟得上飆升的舖租，對於一間小本經營的麵店來說，$60 萬月租可是天方夜譚。

但在商言商，眼見老竇的舖位明明能租出 $80 萬，即每個月都能買一部 GTR，又或每兩月就能支付一筆首期；而且，要是左鄰右里早已發大達，你還堅守老竇四十年前所謂的難兄難弟象徵式收費？$60 萬都已經打了七折！就只怪他們四十年前選錯店址。銅鑼灣的地舖可不是用來開食店，國情緊張，現在同胞最需要的是手袋、奶粉、化妝品和金器，才不是 TMD 雲吞麵！好了，由利苑粥麵結業第一天開始，就是這個二代地主不勞而獲的開始。我不會怪業主，誰會嫌錢腥臊？只怪中央為中港交融而無度放寬入境量，為溝稀中港族群而犧牲當中沙石。在這個蛻變過程中留得低的只有莎莎、翠華和周生生。

見允芷兒穿得一身整潔，在人頭湧湧之中品嚐一口雲吞，再帶有批判語調說出現實情況，斗膽在鏡頭前質問新政府有何對策，實屬人中之鳳。感性的她心裡一定百感交雜，為絕響的雲吞惋惜、為支持粥店的客人感動，更為政府的無能而憤怒。我知道，因為我也是。

第三章第二節
無題

● REC

「今日係大年初二，亦都係車公誕，鄉議局主席劉皇發朝早到沙田車公廟為香港求得一支下籤。王淑美同大家睇吓。」

「鄉議局主席劉皇發今早嚟到沙田車公廟，為香港求得第九十五籤為下籤，內容為『駟馬高車出遠述，今朝亦腳返回盧；莫非不第人還井，亦似經營乏本歸』，指要防範小人。雖然係下籤，但主席劉皇發仍然覺得係好，強調此謂政通人和，人和政通，香港會繼續繁榮安定。而小人方面，佢話唔方便再進一步解釋籤文，希望市民自行判斷。相傳車公係宋代名將，除咗平賊有功，佢仲可以平息疫症。明代時沙田發生過瘟疫，村民建廟供奉車公，瘟疫隨即消失。車公廟 1994 年改建，幾年前完成優化工程，繼續成為市民求籤作福嘅地方。無視電視新聞記者，王淑美報導。」

00:00:00:00

無聊、冗長、片面！
把主播的引子重複讀一次浪費觀眾時間，失敗！
沒有劉皇發親口拒絕訪問的片段，失敗！
劉皇發一跳就跳到歷史背景毫無關聯，失敗！
無緣故開題又毫無先兆地收題，失敗！

最後沒有回到香港的運情作結，失敗之中的失敗！

小小報導聽得人側目，到底這部讀稿機有沒有用心編過稿？報導如此低質，簡直浪費納稅人的寶貴時間，我人生又浪費了兩分鐘年華！允芷兒跑到哪了？已有一整個星期沒有見她蹤影，請了大假外遊嗎？在家小休抑或辭工了？這十天，一部部讀稿機已夠令我生厭，如果這單新聞由她報導，相信會有更具立體和啟發性的內容，至少不會以「繼續成為市民求籤作福嘅地方」作結。

允芷兒妳到哪了？

第三章第三節
無題二

● REC

「運輸及房屋局局長張炳良宣佈，今日行政會議批准九巴嘅加價申請，加幅為 4.9%，於 3 月 17 日開始生效。九巴稱大約四分三乘客每程車費的加價都不超過 $0.4，由王雅珍報導。」

「張炳良指，今次批出嘅加價申請係公道加幅，除咗考慮到巴士公司營運成本同回報率等因素，亦有考慮到市民承唔承擔到同接唔接受到。上一次加價係喺 2011 年 5 月，兩年間有 6.31% 嘅通脹率，今次 4.9% 係十分合理，市民又點睇？」

陳先生：「啲班次密啲都仲可以接受，而家 79K 下下等成半個鐘都未有車，仲講加價？」

劉先生：「油價減咗佢都冇減返畀我哋啦！而家就話因為通脹所以加，我哋又可以點？」

梁小姐：「淨係識得賺，之前仲話要加 8.5%，根本由始至終都想賺到盡！」

李先生：「加完又加仲話蝕！佢哋個 RoadShow 賺到笑啦，又唔見細聲少少？」

王小姐：「呢兩年我人工都冇加過，佢哋就已經加咗兩次……仲快過通脹。」

「九巴原本嘅 8.5% 加幅被行政議會削減至 4.9%，九巴表示非常遺憾，指公司正面對住嚴峻嘅財政壓力，成本都受外圍環境因素影響而上升，希望盡快可以重組路線減省開支成本，並希望得到市民支持共渡難關。無視電視新聞記者，王雅珍報導。」

00:00:00:00

　　得寸進尺、貪得無厭！載通國際明明盈利激增七成，多得強迫乘客觀看的 RoadShow 深得客仔歡心，開台半年已經賺個滿堂紅，純盈達兩億！九巴竟説自己面對財困？還要我們跟牠共渡難關？大石砸死蟹，我們又可以怎樣？小本經營加價，客人能衡量消費價值而作出選擇；但公營機構加價，市民根本別無他選只能無奈接受，官商勾結不是第一天的事，但也不要做得如此猖狂好嗎？

　　再説這個姓王的記者，其報導更叫人側目，她就如九巴的傳話筒，通過電視新聞為九巴求情，完全沒有中立地説出真相，究竟收了多少錢利是要如此偏頗？難道連新聞都有植入式廣告？除了電視劇，現在連新聞報導都賣位了！沒有允芷兒，無視新聞還有甚麼意義？她到底跑到哪去？平時一星期只有一天假期，這

兩個多月卻是完全失蹤，是否已經被消失了？是受方丈迫害？還是被辦公室政治迫走？是被其他新聞台高薪挖角？是哪一間電視台？我該到哪去找她？沒有允芷兒……電視還有意義嗎？

　　不斷出現的事會變成習慣，習慣讓人感到安好，但當習慣一旦消失，會令人倉皇失措。然後我就知道允芷兒已經不知不覺間成了我的習慣。

● REC

「吳蔚婷，而家已經 3 月，香港就嚟春天，但北京近日就好似落起罕見嘅大雪喎？」

「係呀王善美，北京今日落咗一場非常大嘅雪，當地人稱『鵝毛大雪』，即係話雪好似鵝毛咁大片，而且氣溫非常冷。由允芷兒講吓。」

「受一股北向南移動嘅中等強度冷空氣影響，北京今日落咗一場非常大嘅雪，連內蒙南部同河北北部都同時受影響。氣溫介乎喺 -10℃ 至 -3℃ 之間，部分馬路更因為結冰而被封鎖。大家可見雪仲未停，我身後嘅馬路已經披上一層非常厚嘅雪，所有嘢都白濛一片。交通部一度發出危險訊號，提醒駕駛者要注意安全，氣象學家認為今次大雪利多於弊，因為大雪有效緩解北京嘅空氣污染，令空氣淨化，四圍都乾淨啲。我呢度報導係咁多，交返畀香港嘅同事。駐北京記者允芷兒報導。」

00:00:01:33

駐北京記者⋯原來⋯她被送了去北京⋯⋯

記得上年跟阿蓮到過北京旅遊，知北京冬天嚴寒夏天酷熱，已特地選在春天到訪。我們以自由行方式旅遊，花上一個月搜集資料，帶著夾滿記事字條的閃卡旅遊書，計劃中有攀慕田峪長城、到無線膠劇出現的故宮 Role play、看清朝已建的全人工湖頤和園、坐玩命索道上香山公園品茶、閒逛文化集中地南鑼鼓巷、走入 798 區感受北京藝術文化，再到 Mao Livehouse 體驗北京樂與怒。行程既可探索古蹟又可感受北京年輕文化，是百煉而成的四天精華深度遊，自以為天衣無縫，豈料到達後不久就發現身體變異。

雖不是大病小痛，只是一旦在室外曝光便很易疲倦，就如玩 Assassin's Creed，跳進水時能源值便不斷下降，上水又立即回復。我們一跑到戶外便很快出現疲態，就像感冒一樣手軟腳軟，動作身不由己路途寸步難行，就算在路邊坐下稍作休息，體力值還是一直下降，必須回到室內有空調的地方。我們有想過是甚麼原因，大概是北京的空氣質量（AQI）跟香港有異，加上劣質污染，我們無法適應。

一貫中共風格，北京官方空氣報告總是聲稱空氣質素處於優良評級，而美國大使館所測量的結果永遠低於標準，據說氣溫高於 40℃就要全民放假，但就算市民用溫度計錄得 46℃高溫，官方最高數字從來只有 39℃。我們跟酒店職員說過外出時感到疲軟這

問題，他們説是濕度因素，北方的濕度跟南方有異，也會令人體失衡……最後多補一句：「咱们的空气才不差喔！」

六四在他們口中叫天安門事件，是學生暴動所致；楊利偉是民族英雄、人民幣是世界上最高流通的貨幣、簡體字是啟動文明的鑰匙、香港是國家其中一市。在北京五天，我為到國民教育更是憂心，我不想下一代把是非顛倒、不想真實歷史被和諧抹走、不想香港成為其中一個 AQI 有 300 點的城市。

看著電視一片白茫，想得到那邊天氣又冷空氣又差，大概連開口説話都會立即染上感冒。允芷兒穿得臃腫頭披薄霜，令我想起那次她在大帽山報導龍友影霜；殊不知今次的氣溫比上一次更冷環境更惡劣。這兩年她拿著無視的咪牌上山下海，今次更被放逐到千里之外體驗中共總部的極端性寒風暴雪，無視究竟還要折磨她到何時？她真有如此一個值得堅持的理由繼續待在一艘快要沉沒的賊船上？

漆黑的客廳、發亮的電視、頭披薄霜的允芷兒。
妳在那邊好嘛？會感到不適嗎？請不要著涼，
晚安了。

第三章第五節
無題三

● REC

「今次工潮要高等法院發出禁制令解決，社會專家指情況屬為罕見，上一次咁大規模嘅工潮就要數返到 2007 年紮鐵工人嘅罷工抗議，當時由 200 人迅速發展到 1200 人參與，歷時大概一個月，但有參與過上次工潮嘅人認為，今次資方態度明顯比上一次強硬。由伍嘉欣講吓。」

「07 年紮鐵工人罷工，持續咗整整一個月，最後外判商同工人達到加薪共識。有到場聲援工人嘅梁國雄議員表示，今次碼頭外判商得到碼頭公司支持，所以態度明顯強硬同堅決得多。」

學者：「今次呢個工潮可能在於外界支持者類別多啲，所以今次會例外得到政黨擺出…鮮明嘅立場支持，其實一般嚟講政黨應該相對地係中立嘅，但今次就因為政黨介入而拖延咗一啲時間，爭取更多時間同機會畀勞方提出要求，冇咁容易被資方疏散。」

「究竟碼頭工人嘅人工係咪偏低？付貨人委員會嘅人員指碼頭處理費高，但工人嘅工資就欠缺透明度，工人實際有幾多工資及收入其實好難評論，事態發展仍然有待觀察。無視新聞記者伍嘉欣報導。」

00:00:00:00

我想問何時才有北京的報導？

● REC

「係喇吳蔚婷，唔知妳知唔知而家有社企推行一個叫『光房』嘅計劃呢？」

「係呀吳浩文，光房計劃係以嶄新嘅商業手法扶貧，希望解決單親家庭逼切嘅住屋需要。我哋由王雅珍報導……」

00:00:00:00

聽見最後的記者名字，已沒有興趣看下去。今天又沒有北京的報導，到底允芷兒在那邊幹甚麼？是北京對新聞發放的批審非常緊張，一花一草都要經過十關和諧，令本來採訪好的新聞都胎死腹中？特別是允芷兒具人性的報導稿詞，保守派絕不批准發佈。很想念允芷兒的聲音，沒有她，新聞已沒意思。

躺在這個五十呎小房，我的世界也只有如此。

第三章第七節
新聞節目及記者討論

● REC

「歷時八年，廣州地鐵六號線即將全線貫通，廣州人叫六號線為
『奶昔』，意思即係『Line Six』，由黃志然講吓。」

「歷時八年嘅建設，廣州地鐵六號線終於完工，即將為廣州舒緩龐
大嘅乘客載量，特別係區莊同燕塘兩個轉乘站，更要承擔非常大嘅
分流任務。此外，『奶昔』線會投入 179 部新型自動售票機，就
好似我身後呢一部咁，就可以兌換紙幣而唔需要再找到一手都係散
銀。奶昔線將會由早上六點開始服務到晚上十二點五十分，全程
四十八分鐘。無視電視新聞駐廣州記者，黃志然報導。」

[▭▭▯]   00:00:00:00

有駐廣州的黃志然，那…駐北京記者允芷兒呢？為何無視要
花幾分鐘黃金時間硬銷一些不關我們香港人事的運輸基建來湊夠
節目時間？我認為這樣下去都不可能有新轉機，坐以待斃不如尋
求出路。我開始瀏覽一些專門討論新聞報導的討論區群組，看看
那些新聞報導發燒友會有甚麼獨家消息。

我先到高登開到第 N 個的「互動新聞台女主播 Cap 圖專區」，
一按進去就知中伏，可能電腦速度不夠，瀏覽器花了五分鐘多也

未能完全把帖內的資料讀好，還有當機情況，到完全讀好數據後才發現版主會把每一個新聞報導的畫面以每秒的密度變成截圖，然後用 Photobucket 一口氣把幾十至幾百張圖片上載到帖中，如果用剪接工具把這些照片變成 Jpg frequency，相信可以拼回一節新聞報導……這些人可以更毒更無聊嗎？除了無視，其他電視台的新聞節目也是目標，連天氣報告都不放過。版主特別喜歡鄰台一位女主播「圓碌碌」，凡有她主持的新聞報導，版主也會以一秒四張的密度截成圖片分享上來，很是變態。

這個「互動新聞台女主播 Cap 圖專區」除了給咸濕仔自瀆之外根本毫無建樹，貼圖以外零交流，想看看有甚麼新消息都欠奉。於是我轉到鄉土的新聞節目區。相比之下，鄉土的新聞發燒友比高登仔專業得多，在資訊層面上更是變態，他們掌握主播的更表、職位、薪金、去向以至教育背景，亦會討論和分析節目的剪接，深入討論錄影廠的佈置，一盞藍燈一條小裝潢，他們都會認真交流，還附上前後截圖以符合有圖有真相有計傾的大原則。

例如甲記者做了幾個月便火速升格成主播，半年後又做回採訪記者，他們估計是辦公室政治的因素，因為乙記者同樣由記者轉成小台女主播，猜測是管理層私心化的調動。如果字幕出錯會馬上被截圖，例如白宮變自宮、人力民量、馬松拉等。另外他們看到丙體育主播在新聞開首時站在大電視左邊，鏡頭一轉便在虛

擬景右邊，嘲笑其鏡頭後的走位凌亂⋯⋯他們更留意到兩天間，無視新聞的佈景有所變化，世界地圖旁邊的閃燈顏色有變，討論燈槽內的是光管還是 LED⋯⋯細緻的洞察力叫人驚訝。

當中最有趣的，是他們討論女主播的妝容，有人分享女主播的化妝師都是跟藝員共用，所以化妝質素不時有所落差，如果主播有好一陣子面無血色，妝容不宜，大概是因為劇組正開拍古裝，化妝師通通被喚去工作，主播唯有自行上妝而出事。又有人推想總監比較喜歡短髮和濃妝，而導演則比較喜歡豐滿身材，但怎樣分辨？他們解釋，大台的主播是由總監挑選，而小台就由導演決定。

發現這個討論小區叫人振奮！在這裡我知道很多以前不知道的事，例如 A 記者因為眼疾望不清讀稿機的字而當回採訪記者，我才知道主播是看著讀稿機讀稿的；B 主播兼顧「午間國語新聞」和「夜間新聞提要」的主播，他國語了得，讀得像國語人般流暢，而粵語報導又咬字鏗鏘全無蝗味。有人用截圖解釋 B 主播以前在山雞台報天氣，功力是經歷所致；C 記者被網友推成新一代女神後火速被召入廠坐正當主播，推測新聞部管理層是有參考網上討論區的意向，令網民大為鼓舞，認為 C 主播的成功是因他們的支持所致⋯⋯

不斷追帖，幾乎每一個發帖都按進細閱，並找尋「允芷兒」三個字。但現實是殘酷的，短短三個月間，她的名字早被遺忘了。我由今天的新帖看到一個多月前的舊帖，試圖找出允芷兒的去向和消息，可惜都是徒然。難道只有我一個懂得欣賞允芷兒？她不是記者當中最突出的一員嗎？還是時間把她洗走了？直至翻到兩個月前的帖，我找到了她！找到了她的名字，就在兩個月前的一帖「失控記者被送往中央勞改一路好走」：

「失控記者允芷兒被送到北京勞改，大家點睇？」

「我幾鍾意睇佢，個人夠真，不過係啲失控嘅 =P」

「把聲好 Q，有次佢喊得好可愛，好 GFable！=D」

「太多個人感情囉唔該，人報新聞佢報新聞，報到好似拍劇咁，抵佢被流放！」

「我相信管理層都有責任嘅！想點又唔講，有少少個人風格就想和諧化！」

「允芷兒 OK 喎…唉……香港又少一個養眼記者 ><」

「Ching 想表達啲咩？係咪想我答你係？」

「保重～～ T.T」

「去中央陪瞓吓，瞓完返嚟乖晒 XD」

「上面嗰位唔該尊重吓人。」

「關你撚事？」

「唔識尊重人嘅人冇討論嘅資格。」

「提示：該帖被管理員或版主屏蔽。」

「提示：該帖被管理員或版主屏蔽。」

「迫人轉行嘅啫！」

「珍惜埋最後嘅日子吧！」

「提示：該帖被管理員或版主屏蔽。」

「去北京根本冇嘢好報，樣樣嘢都出唔到街 =P」

「版主唔好 Ban 我 @@」

「祝福佢喺中央過得好，永遠懷念允芷兒 >.<」

「提示：該帖被管理員或版主屏蔽。」

雖然關於她的專屬發帖只得兩版，但看見不同人對她的感受，終於知道自己不是孤單的。或許大家是有一點善忘，但真心感謝你們，我跟你們一樣會想念遠在遙遠北方的她。

第三章第八節
多謝晒

「2012 年奧運之後，北京再有一個國際大型活動，就係第九屆中國國際園林博覽會，今年更會喺新落成嘅北京園博園舉辦，吸引咗唔少專程去賞花嘅遊客。我哋由駐北京記者允芷兒講吓。」

「重建嘅盧溝曉月、永定塔、錦繡谷，仲有門城湖、蓮石湖、曉月湖等五湖宛，一一都可以喺呢個新落成嘅北京園博園搵到。北京園博園仲用咗多種科技推廣綠色生態環保概念，展現節能環保嘅新材料、新技術、工藝同再生水。仲用咗太陽能、風能等低碳環保技術，減少園內消耗，達至環保。而主辦單位為咗答謝上屆奧運會義工嘅服務精神同對國家嘅付出，奧運義工可以憑證件從呢個四號入口免費進場欣賞園博美景，真係多謝晒。無視電視駐北京記者，允芷兒喺北京報導。」

00:00:00:45

　　苦等三個多月，終於傳自北京的喜訊，真係多謝晒！鏡頭前的允芷兒氣息不錯，雖知整個報導都是受北中央旅遊局脅迫而寫，但她巧妙地用了最後一句廣東話俚語完封所有硬銷講稿！「真係多謝晒」大概連攝影師聽到都要忍笑鎮靜，香港人聽到定當爆笑，但不懂我們人常俚語的京官，大概會以為她想表達「真要感謝主

辦單位的慈悲」。老實說，那些義工不就是被中央勒著春袋，迫於無奈才去當親善的傀儡嗎？

　　能捕捉到允芷兒從北京傳來的平安，是萬分的巧合。今晚阿蓮來了我家過夜，說實我並不太喜歡邀她過來，因為這間劏房的面積實在太小、間牆也太薄，能聽見鄰房的阿叔看 AV，也聽見另一邊師奶教仔，就連倒水沖麵的聲音也會溜過來。阿蓮雖然是個非常安靜的床伴，但都總有床架搖晃的「依依」聲……隔壁的小學雞會被分散焦點，錯失考試。所以，我們有時會在地上幹，避重就輕。但自從上次爆屎渠之後，縱使業主已派人過來全面消毒，但礙於過程深刻，現在仍會隱約嗅到一陣陣氨基酸與及揮之不散的糞意。這是月租 $7000 的生活質素，大都會金光璀璨背後一個角落。

　　吃過飯後我們如常選了一齣電影 DVD 觀賞，來自日本的《天使之戀》。除了佐佐木希的露背值得關注，電影其實沒甚亮點，但阿蓮卻看得大為感動。對我們男人來說，不脫衣服的日本電影根本不值一提。明明電腦內的 H-Drive 存有大量更精彩片段，為何還要期待佐佐木希的肉背？加上未經慎重考慮之下在十點四十五分開始電影，我忘了每晚的排糞時間以及十一點播放的晚間新聞。當時鐘到達十一點零一分，心情開始焦急…我得找個借口轉台。

「呃！不如睇埋新聞先繼續睇咯！」

「吓……點會有人無端端睇睇吓戲轉台睇新聞㗎……」

「咪係！」

「咁古怪嘅你……」

「呃！唔記得今日維拉對侯城！唔知咩賽果呢？」

「乜你唔係鍾意利物浦嘅咩？」

「係！但而家維拉同利物浦爭緊前四，睇吓敵人咩表現都好吖！」

「你用電話睇啦！無端端轉台冇晒 Mood 囉！」

「咁又係……」

「呃！肚餓！不如妳煮啲嘢畀我食吖！」

「喎喎先食完飯冇耐咋喎……」

「差唔多成個鐘喇，落晒格啦！」

「咦…咁煩㗎你……」

「煮個麵我食吖……」

「而家咁臭…你食得落㗎嘕？」

「食得落！」

「哼唔…好啦好啦……」

「食飽啲先夠力氣嘛哈哈哈……」

　　　駛開阿蓮，立即轉台，見男主播正概括介紹今天要聞，除了

香港時事、敍利亞內戰、安倍晉三參拜靖國神社和「仲會帶大家去睇吓北京園博園」噢！終於……你知嘛，當時我內心真是激動得要開香檳！幸好沒有錯過一千零一個允芷兒的精彩演出……但說時遲那時快，未到安倍晉三參拜，阿蓮已捧著熱騰騰的湯碗出來，那股麻油味湯底混上化糞時段的惡臭，飽到滿瀉的肚胃快要翻騰……我知她一回來就要轉台，那就大壞好事，這碗屎撈麻油麵就吃得不值。

「嗱！」

「咦…乜冇蛋嘅？」

「咩蛋？」

「番茄洋蔥粒火腿絲炒蛋囉！」

「嘩乜你咁高要求㗎！」

「我不嬲對食有一份執著㗎啦！」

「夜媽媽唔好咁煩啦…」

「咁都冇理由齋麵㗎……」

「唉你想點啫……」

「至少都有隻雞翼吖！」

「無端端邊度搵隻雞翼畀你喎……」

「雪櫃有呀！」

「又要解凍又要…」

「老婆…我好想食呀……」

「吓老……」

「老婆！」

「哼唔…竟然出呢招……」

「老婆，食完雞翼我會扯到好行㗎！」

「咦……痴線！」

「我想食雞翼呀老婆……」

「唉好喇好喇…怕咗你……」

呼～好險！眼見只差一點點即可以再會面，怎可以被阿蓮
Here comes a new challenger 搞破？見允芷兒不負眾望的鬼馬
演出，實在會心微笑，她的小聰明與幽默感可是新聞界之光！雖
然新聞業已被逐一消音和諧，但倘若其他讀稿機能夠在困境罅隙
間捉到一邊鹿角，相信新聞界定必有另一番景象，不至現在死水
一潭。

是夜歡娛之時，我特地為阿蓮準備一套筆直的 OL 套裝，灰
色圓領連身裙配上白色西裝外套，一改她平日 T-Shirt 牛仔褲的
休閒形象。美中不足的是她不喜歡配戴耳環頸鍊，欠缺這些小飾
物點綴，她像到服裝店試身而沒有跟襯衣融合。加上阿蓮不沾胭
脂水粉，穿起龍袍都不像……記者。沒錯，我想阿蓮變身成新聞
記者，滿足我對…女主播……其實是滿足我對允芷兒的性幻想。
可是阿蓮格格不入的 Cosplay 叫人自討沒趣，更無奈的是她堅持

要在客廳穿上小白襪……

「做乜要著到成個 OL 咁喎……」

「OL 唔好咩？」

「好怪囉…上次扮護士都仲好啲，今次真係有啲 Off……」

「唔係個個女仔都做得 OL 嘅咩？」

「起碼要 Fit 身先好睇，你買到個碼咁大…乜我好肥咩？」

「哦唔係…咁我唔識買嘛…細碼拎上手真係好細㗎……」

「我啲衫其實都好細件㗎……」

「唉…失敗乃成功之母，下次我會買啱㗎喇……」

「咁…而家點呀……叫人著到成個英文 Miss 咁……」

「哈哈哈我以前個英文 Miss 塊面好黃……」

「咦！」

　　胡鬧多於情趣，阿蓮也真比喻得宜，穿起 OL 套裝的她像極那些被校規沖昏本能而不懂打扮的老姑婆 Miss，架起金絲眼鏡提起英文補充練習粗聲粗氣惡形惡相。跟新聞報導裡，端莊、專業、倔強的記者和女主播背道而馳。老師和主播，關鍵是打扮與不打扮嗎？不知道卸除裝甲後的允芷兒是怎樣呢？

689 與 430000

● REC

「由民陣發起嘅七一遊行，今年喺三號強風訊號之下開始，市民下晝喺維園集合。遊行其間橫風橫雨，遊行人士要冒住風雨高叫口號。今年主題係『人民自主，立即普選；佔領中環蓄勢待發。』我哋由楊家敏講吓。」

「而家天氣依然惡劣，其實亦對上街表達訴求嘅市民有所影響。有啲市民要停喺橋底暫避，有啲市民就索性離隊。不過大部分市民都繼續冒住雨繼續向前。而遊行其間有百幾個示威者喺銅鑼灣崇光百貨附近同警方發生衝突，雙方一度發生碰撞。」

梁振英：「特區政府已經阻止咗樓價上升趨勢，亦扭轉咗只升不跌嘅預期，並會致力提高房屋供應量，盡早滿足合資格市民上樓嘅要求。落實 2017 年行政長官普選，係本屆政府嘅重點工作，政府會本著最大嘅誠意同承擔，喺適當時候進行諮詢。特區政府希望持唔同主張嘅朋友能夠以包容、務實、平和同埋求同存異嘅態度尋求最大共識。」

「行政會議召集人林煥光就指，市民唔同嘅意見同訴求係非常值得政府參考；而中聯辦主任張曉明回應，咁多人上街遊行就正正證明

● REC

咗一國兩制下，香港人已經享有非常高嘅自由同權利。無視電視記者楊家敏報導。」

`00:00:07:01`

　　首先我要正式宣佈無視新聞已經成為特區政府的揚聲器；其次是那個張曉明的嘴臉非常討厭。主辦單位公佈參與遊行人數為43萬，但警方一如以往地報細數，聲稱今天遊行人數為 6 萬 6 千人……OK，狡猾的正義朋友報細數是常識吧，但老作都不要太離譜，年頭我參加過渣打馬拉松，大會公佈人數為 7 萬，但我仍能在東角道慢跑，夠氣夠力的選手還能左右穿插逢人過人。今天崇光門外擠擁得插針也插不進，但正義朋友竟然公佈 6 萬 6 千人？要騙，至少都供一個比馬拉松人數為多的數字吧？是他們真心數口差，還是要侮辱我們市民的智慧？

　　再說，今天我在崇光附近打算加入遊行隊伍，豈料被警方重重阻止，聲稱中途加入會破壞遊行秩序。有些人跟他們理論，但正義朋友堅持阻攔，還開始按不住情緒推撞我們。最後，無視報導我們是示威者，跟警方發生衝突，雙方一度發生碰撞……

親愛的楊家敏小姐，實情一，我們不是示威者；二是警方推撞我們而不是雙方發生衝突。這種顛倒是非的新聞報導是何時開始？

記得上年當梁振英上台時，大家還對他有所期望，阿Q地假設由唐英年當選效果會更差，但經過這一年多經驗，大家已經清楚了解這個被689票選出的人根本就是中共派來的賣港賊。不少人亦開始醒覺，由小圈子選舉產生的政府根本不會為香港人謀福利，689只會把劏房、盜版、水貨、壟斷、自由行、廿三條、舊區保育、雙非孕婦、官商勾結、人口老化、貧富懸殊種種問題變得更嚴重。梁政上場後，所有事情已經失去數據、忽略研究、欠缺諮詢，自以為是一廂情願話做就做。

我們43萬人冒著狂風暴雨走上街，就是想跟政府表達不滿，請不要再自我感覺良好以為自己真的那麼包容、那麼務實、那麼平和同理。梁班子根本沒有求同存異的意識，社會氣氛繼續下沉，政府民望繼續下跌，只消臨界點一到，民生挺起抗爭，催淚彈、坦克車指日可待。

這到底還是我熟悉的香港嗎？

第三章第十節
白粉報賣過百份

● REC

「水貨客活動已經由新界北蔓延至其他地區，除咗上水、粉嶺，而家有將軍澳市民會幫水貨聯絡人到日用品連鎖店排隊買奶粉，每次賺 $40 至 $50 蚊，由麥志輝講吓水貨客嘅情況。」

「將軍澳中心一間連鎖店門外，一大早已經排咗一條二十幾人嘅人龍，排隊嘅人大部分以中年至老年嘅婦女為主。我哋訪問過其中幾位，佢哋聲稱係擔心自己嘅孫冇奶粉提供而專程嚟到輪候。」

婦人一：「Err……出面冇晒囉，啲 BB 食唔到奶囉，咪…Err…咪嚟排隊買囉！」

婦人二：「係呀買…Err…呢個…奶粉嘛…冇 Err…出面冇嘛…咪喺度買囉……」

婦人三：「咩呀我……我屋企個孫冇奶粉食呀，咪…咪過嚟…Err…萬…萬寧囉…」

婦人四：「聽人講呢度有貨到咪嚟排隊囉…賣出去？Err 咩呀？賣咩呀……」

「舖頭開門之後，人龍徐徐走入店內，只買奶粉，完全冇睇過其他日用品，拎住舖頭限制每人只可買四罐嘅奶粉，直接走到收銀處畀錢，我哋發現大部分人買完奶粉之後，都會交畀幾個喺商場門外等

REC

候嘅女人。佢哋收咗貨後放入大膠袋，畀錢剛才排隊嘅人，然後就用手推車運送離開。」

奶粉商：「其實我哋一直只因應本港嬰兒數量而供貨，而呢個情況係會令貨源造成一定壓力同混亂，我哋已經同部分零售商施以對策，務求有足夠嘅奶粉供應畀香港嘅BB。」

「將軍澳中心而家有唔少外來人主動接觸居民，聲稱願意畀錢佢哋幫手買奶粉，唔少將軍澳居民都覺得水貨活動好困擾，但亦有市民認為水貨客為區內帶嚟搵錢機會。無視電視新聞記者麥志輝報導。」

00:00:04:44

　　由以前的紅酒、西藥、名牌手袋到現在 iPhone、奶粉、金莎甚至益力多。先不說水貨客是不是香港人，這些東西的需求根源是甚麼？對！就是大陸人對大陸出品的東西非常不信任，加上一點無知和愚見所造成。先是益力多可豐胸防癌，跟之前日本核電廠泄漏輻射時搶鹽抗癌一樣可笑。但反觀來說，大陸人排山倒海來港掃貨，只因為我們的東西是真貨，有保障、有信譽、有認可。

我們之所以捍衛香港，就因為不想一天失去這個優勢。大陸人心知肚明，口裡説不，身體卻很誠實。

　　繼他們的大頭嬰兒奶粉之後，國際新聞把中共的生產醜聞愈揭愈多，假蜂蜜、假髮菜、假豬肉、假雞蛋、假酒、假煙、假米、地溝油，還有會爆炸的西瓜！之後中國奶粉被驗出含有三聚氰胺以及過量反式脂肪令 30 萬嬰兒患有腎結石，中共卻把其中兩個奶農抽出來代罪，然後不了了之。於是大陸家長轉投入口奶粉造成瘋狂搶購潮，但中共為保國企利益而一直對入口貨有著不合理限制和稅制，目標自然落在我們香港；這片仍然開放的自由市場。説到底，中共又是元兇。

　　白粉報報導水貨活動會著眼在「有九成水貨客是香港人」、「一港人一日內往返中港二十六次」，然後再以水貨客利用跨境學童、中港司機、殘疾人士運送水貨流入大陸為題。整篇報導上只想表達貪婪的香港人利用本港資源向「內地」市民圖利。親中報導都以偏概全，盡量稀釋蝗禍主因，而以本港民生為中心思想，描述表面意向偏頗茶毒讀者，這是最令人憤怒的事。香港新聞界已被中共逐一擊破，傳媒相繼投共，加上政府在維穩宣傳大灑銀彈，先以愛港力抹黑正義聲音，並強詞奪理拖延真普選議案。我們就在這個泡沫和諧中體驗一個又一個白色恐怖。

活在 2013 年的香港，我感到很不安，在北京的允芷兒，妳會有同感嗎？

第三章第十一節
初音ミク

● REC

「八號東南烈風或暴風信號生效，尤特目前集結喺本港西南以南290公里，正向西北移動，時速約 16 公里。隨住尤特接近本港，本地風力持續增強，預計明日早上風力會進一步增強，天文台預料八號信號會維持到明日早上。因為颱風，多班航機受到影響，而家楊家敏喺香港國際機場嗰邊，你嗰度而家情況係點樣？」

「係，受到尤特影響，機場離境大堂呢度有唔少旅客因為航班延遲而滯留。大部分旅客都喺呢度逗留咗好幾個鐘頭，旅客除咗瞓覺就係用手機打發時間，不過有人就話睇到部手機冇電都未有得上機。楊家敏喺機場嘅報導係咁多，交返畀新聞部嘅王淑美。」

▭ 00:00:00:38

　　記得上年颶風襲港，允芷兒站在杏花邨海旁差點就被吹出海岸線。那天被她的努力和堅持感動，我開始留意上她，留意她報導的新聞，留意她報導時的眉頭語氣。在不長不短的一年間，逐漸由留意變成關注，關注變成關心。

　　韋森特掠港那天，她被派到災區試風速；今天尤特來港，這個女記者卻安然在機場報導航班延誤，無視新聞明顯大細超。允

芷兒現在還被流放北京深入虎穴生死未卜,公平嗎?不自覺地,我對她的關心已在其失蹤時間昇華至擔心,縱然她只是一個電視角色,但情感就在日久生情少見多掛的平淡生活裡一步一步增長,她猶如鄰班女同學、樓上女住客、士多老闆的女兒,不蔓不枝香遠益清,只可遠觀不可褻玩。

這夜窗外風聲呼呼,躺在床上回想韋森特那天開始她帶給我的期待、驚喜和欣慰,又在失望、冀盼、落空之間不斷輪迴。在這一場南轅北轍的 Long D,我發現自己已經 +;![]. 迷失在 . * 這場 ... ×° 愛情遊戲 ° ° ° 當中。這種愛情不單止是粉絲喜歡偶像,是更像秋葉男喜歡初音未來…是一種不能自拔,連自己也無法理解的病態情感。沒關係,有研究指出每五個港人就有一個心理不平衡,即是全港有 140 萬人心理不正常。香港勞動人口為 370 萬,假設 140 萬人中有一半是就業人口,即五個就業人士就有一個患心理病,我也不過是個正常的病人。

在炎熱與抑鬱的夏天,病人已無法停止想念遠方的初音。
Je ne peux pas dormer.

第三章第十二節
落難香港人

「為政府就免費電視做顧問報告嘅公司批評，政府斷章取義誤導市民，以顧問報告當成擋箭牌，係侮辱業界嘅專業，負責人更稱就算以後唔再接政府生意亦都冇所謂，林麗文報導……」

00:00:00:10

前天，政府宣佈兩間電訊公司獲得免費電視牌照，分別是有線和電訊盈科，得到大圍市民和網民支持的香港電視卻落選了而引起連場輿論，王維基一個又一個新聞發佈、政府一個又一個自辯澄清，短短兩天鬧得熱烘烘，人們指政府官商勾結無度，黑箱作業無理，強撐無線獨大，縱容亞視苟且，也不把牌照發給早早出錢出力準備開台的港視，讓得個爭字的有線和盈科無壓力下奪標。文壇一篇又一篇譴責、網民一帖又一帖討伐、相關機構一次又一次指責，官員不斷砌詞狡辯自圓其說，此事令港人對政府的迂腐感到絕望。

梁振英上任時掛在口邊的核心價值，就在這次免費電影牌照事件上信譽盡毀。民意不再存在，自由被進一步剝削。不研究、欠數據、缺乏咨詢、一廂情願，為中央政權入主而用各種手段削弱香港自身競爭力。當局一片混亂，官商勾結黑箱作業，我看不

見希望，我們也不不見將來。這是繼七一後另一自省大事。

　　回歸十六年，香港每況愈下，水貨客攻陷上水令居民困擾；海量式自由行無孔不入赤化市場；雙非孕婦霸佔床位剝奪本地孕婦權利；跨境學童加劇本地學位緊張、天價級泡沫樓市高企加重港人居住壓力、教育變節推行國教洗腦令港孩事非不分……這些純屬溫水烹調，但今次突然烤炸，無疑喚醒了不少原本安於現狀的小市民。頓然驚醒身處在瀕臨赤化階段，再不站出來，不久將來我們的消費、資訊以至知識都被完全染紅。香港優勢不再，香港人快要淪落成二等土著，在原本屬於自己的地方苟且偷生。

　　我明白允芷兒在那邊的難處，也許她天天也有新採訪，但能南下的資訊只有年頭冬末一場大雪，和夏天北京園和諧花展。想寫一封信給她，開場白大概是親愛的允芷兒：北京的秋天妳在那邊過得好嘛？

　　啟元字。

第三章第十三節
天氣女郎

● REC

「晚安，我係王淑美，歡迎收睇詳細新聞。菲律賓官方公佈，風災最新死亡人數達 1774 人，而總統阿基諾三世話死亡人數應該冇官方預計數字咁多，但國際社會努力加緊救災。麥志輝報導……」

「埃及北部城巿爆發衝突，至少四人受傷，軍警已經封鎖開羅市中心解放廣場等重要集會場所，並喺埃及多個主要城市加強部署力量，總統穆爾西嘅抗議示威仍然處於緊張……」

「日本前首相小泉純一郎公開支持內閣總理大臣安倍晉三參拜靖國神社，學者分析指此舉有可能令中日關係轉淡，但小泉認為首相對戰爭死者表示哀悼係理所當然。由林麗文報導……」

「中國、俄羅斯同沙地亞拉伯等十四個國家當選聯合國人權理事會新成員，任期三年，但有唔少人權組織批評新當選嘅國家以往人權記錄唔好，形容為畀縱火狂徒處理消防工作一樣。楊家敏報導……」

「審計署發表新一份衡工量值報告，指公屋輪候人數現在 22 萬 8000 人，係香港歷史以嚟嘅新高，市民輪候公屋時間亦係歷史以嚟最長。審計署認為有必要提高輪候冊透明度同問責性，檢討富戶

政策、配額同計分制……」

「喺北京，為期四日嘅第十八屆三中全會閉幕，會後公佈會通過全面深化改革重大問題嘅決定，中央會成立深發改革有關部門，展望喺 2020 年取得顯著嘅成果，並同時設立國家安全委員會，研究國家安全問題。由梁灝生報導………」

北京…北京！終於等到北京新聞！但…但報導記者是梁……是個男人來？為何是個男人而不是駐北京記者允芷兒？看著男記者身後疑似北京的馬路和旗竿，我感到前所未有的失望，一直以為她的消聲匿跡只是被綠壩河蟹，豈料今天百年一遇的北京新聞已經沒有她。

叫人最失望的，不是事情不如你預料中發生，而是你一直認為的事原來早早已經不存在。現在就如在高登看到一幅 AV 封面，女優樣子 S 級甜美很想 See more，一個叫王淑美的紅字巴打開心分享 BT 種子，流量不高下載需時，看著 Utorrent 進度棒半個半個巴仙升幅，苦等一整個凌晨，本來冷手打個熱飛機，變成噴嚏

打到冷親 J。天亮前下載終於完成！一打開驚見世紀大封殺，主角竟然是個死魚、哨牙、黑 Lin 叫梁灝生的男人！電腦被打爆，幾乎連 J 都想割斷一了百了。這半年一直想象允芷兒在北京的艱苦修行，今晚才知每晚反覆的心跳、寂寥和需要都只是我一廂情願的幻覺。破滅的夢，跟封殺 AV 一樣令人心碎。

是嫁了人還是轉了行，已經不得而知。相信她已消失在新聞界的風雨中，我們永遠都不能再見……

今天心中空虛未說出應不應該，假使沒真的相愛…………

…………

………

……

● REC

「大家好，今日又係允芷兒同大家睇天氣！入夜之後凍咗好多呀！天文台發出咗寒冷天氣警告，提醒市民多加注意。尖沙咀氣溫介

乎 12.2℃到 16.7℃之間，十一點鐘氣溫 15℃，相對濕度百分之四十，交界氣象先生預測……『呼呼呼……………』預測今晚會再轉冷，市區最低氣溫得返 11℃，新界會再低 2℃，聽日會非常乾燥。大家可以睇到溫度預報圖顯示到，氣溫較低嘅藍色部分就係冷空氣主體中心，未來兩日會進入華南沿岸，令我哋未來兩日嘅氣溫進一步下降。祝你有一個愉快周末，晚安。」

00:00:00:18

　　是⋯允⋯允芷兒？這是甚麼一回事？她竟然靜靜的回港跑去報天氣？！枉我一直盼望一天能在晚間新聞跟她重聚，但原來遠在天邊近在眼前，我的朝思暮想都敗在每晚失落地關上電視的一刻。這夜因為梁灝生的出現讓我失落得呆在床上冥思苦索，直到天氣報告也未把電視關掉，才發現這個驚天大秘密：「允芷兒已由採訪記者變成天氣女郎！」

　　總差一點點先可以再會面，
　　悔不當初輕輕放過，
　　現在懲罰我分手分錯了麼？
　　分開一千天天天盼再會面，

只怕是你先找到我但直行直過，
天都幫你去躲，躲開不見我……

我們在處處險阻之後重新見面，這個重遇晚上，允芷兒在新鮮的環境中更為可愛。她的黑白波點裙明豔照人，表現亦比新聞報導採訪時更自然，與觀眾交流的對話也更親切。她一句「記得著多件衫」像女友叮囑男友一樣溫馨，叫人不自覺對號入座，為隨後的「愉快周末」有所遐想。她在天氣報告的演出令人眼前一亮，但同時叫人忐忑不安，因為 09 年時曾出了一個叫人心跳的巨乳系天氣女郎 —— 冰冰。

冰冰憑著每天花姿招展的形象以及活潑跳脫的演繹迅速成為城中熱話，令天氣報告收視破歷史新高吸引 70 萬觀眾收看，比正印的新聞報導入座更高。冰冰因此聲名大噪深得廣告商歡心，由一個小小新聞女郎搖身一變成為天氣女王。除了晚間的天氣報導，還有一大堆司儀主持廣告工作排長龍待續。豬籠入水當然不甘原地踏步，短短一年間由新聞從業員跳進娛樂萬花筒，在專業和娛樂兩邊交叉感染。為曝光，她不惜進一步下海，坦胸露背主持飲食節目、拋胸露臂出席商業活動，Day one 的報導形象早已被大染缸劫掠得七零八碎體無完膚。

以一個新聞從業員來說，冰冰是出色的；但以一個娛樂小花

來說，她未夠級數。在一日千里的娛樂圈，無論冰冰拋出幾多吋事業線、幾多個香肩、幾多次俯身垂奶，依然無助保住觀眾既稀有又珍貴的歡心。幾次轉會以及幾單負面新聞過後，她也逐漸被人淡忘，最後以嫁人為由淡出電視圈。文壇不少撰文批評此為新聞界一個黑暗小插曲，被萬花筒染黃了的冰冰，用其雙峰把整個新聞界的專業形象完全摧毀，令新聞報導變成娛樂節目，亦令新聞從業員一職貶為成名踏腳石。

　　我不希望孤芳自賞的允芷兒墮入凡間成為低俗 C1 熱話，更不希望見到她落得像冰冰般的下場。我有這些的憂慮，是因為相信她絕對有能力成為第二個天氣女王。而我，就只能永遠獨守空房，隔著大氣訊號看妳綻放光芒。

第三章第十四節
哪有一天不想你

「大家好,又係我允芷兒同你睇天氣!一股達到強風程度嘅偏東氣流正影響廣東沿岸地區,喺衛星雲圖所見到,本港上空多雲睇唔到陽光,廣闊嘅雲帶持續覆蓋,令各區氣溫進一步下降,今日密雲之餘仲有幾陣雨,氣溫介乎 15℃ 至 13.2℃ 之間,相對濕度喺百分之七十六至八十之間,吹清勁北至東北風,寒冷天氣警告現正生效,而家不如睇吓氣象先生有咩預測?『呃?…哦………』天文台預測明日全日寒冷,氣溫介乎 10℃ 至 18℃ 之間,而且非常乾燥。聽日大除夕,唔知大家會去邊度慶祝呢?如果係去維港欣賞煙花匯演就記得搽定潤唇膏喇,嘻!晚安。 」

00:00:00:18

心儀的女生每晚跟自己說晚安,是一件何等幸福的事?允芷兒轉報天氣開朗得多,亦是我感到最安穩的期間。以前當採訪記者未必每天出鏡,被送往北京後更是音訊全無,整整半年間只有兩單無關痛癢的中共宣傳,直至現在轉戰天氣,每天準時新聞後現身,一個星期有六個晚上準時見面,感覺幸福。

或許是因為曾經失去,現在失而復得所以異常珍惜,除了現場收看她的演出,我還會到電視台的網頁用 Apowersoft 錄低轉

播作個備份，以便隨時回顧她的風采。

　　變態？歌迷也會把偶像的訪問、報導、演唱片段收藏啦！還上載到 YouTube 公諸同好，這不是更變態？你不覺得歌迷變態是因為「歌迷」這詞由 YES！咭開始變得廣泛，其滲透度令追星變得普遍，普遍得慢慢變成普通。我相信如果倪震復出重推新一代 YES！咭，除了歌星明星之外，如果設計一輯「新聞主播及記者系列」定當大有市場！因為新聞從業員有歌手演員沒有的專業感和可信性。正如你會覺得鄭嘉穎講大話、葉翠翠打假波，但新聞主播就不會作假（除了錯報假新聞如江澤民死訊）。

　　我為允芷兒開了一個小檔案叫「新聞女郎」，裡面除了收集鄉民對她的評語和討論之外，還有一個「任何天氣」檔案，裡面就是她這二十七天在天氣報告的演出。每個星期六，我會花一小時重看一次，由西北烈風到清勁東風、由入冬以來最凍一夜到十年以來最暖一日。這二十七天她跟我說過平安夜快樂、聖誕快樂、Boxing Day 快樂。如無意外，明天會是新年快樂。

　　每一晚，我會留意她的髮型、妝容、服飾，從二十七天的統計，我大膽推測允芷兒偏愛桃紅色，因為她有七天穿上桃紅色衣裳，外套、毛衣、連身裙、半截裙至恤衫，還有一件白色圓領襯衣，胸前有一條桃紅色橫間點綴，讓微微隆起的胸脯視覺性加強，

既有性徵又不失體面。其次是她的配飾不多，但對圓狀情有獨鍾，黑白色的大圓狀耳環、桃紅色圓狀吊咀和一枚很粗的白色膠手鐲，都透露她對圓形狀物的鍾情。但唯一失色是節目內從來無法看到她膝頭以下，多想看看她的腿形有多漂亮，每天又會穿上甚麼款式的高跟鞋。值得一提的是她近視不淺，某個周五晚上，她顯然疲憊，鮮有地架起黑框眼鏡。我把錄像放大縮小反複細看，憑鏡面折射，看出她至少有 300 度近視。

我想知道她更多，譬如閒時興趣、戀愛過去，喜歡的音樂、旅遊與出國，至少讓我知道妳的英文名字吧？Crystal Venus Karen Wendy Snowy？抑或 Jenny Katherine Carol Akina Natailie？不，一定比這些更有意思，會跟本名有關？Wan Tsz Yee⋯不會是 Chi 也不會是 Yee，如果照字面解，允芷兒的允是 Allow⋯芷是⋯⋯對了！芷是一種植物，英文學名⋯⋯Angelica Dahurica⋯⋯Angelica！一定是 Angelica！以我多年專業知識，Angelica 解白芷，也解女神，具遙不可及意思，正正是我倆間當下的距離⋯⋯「Angelica，Angelica。」心裡讀了好幾次，幻想一天碰上她，能輕輕叫喚這名字⋯⋯

二十七天以來，我沒有一天晚歸。無論平日或周末，每晚準時十一時三十分安坐家中準備見面。身為朝十晚八的打工仔，一直好奇黃昏七時一節是否同樣由允芷兒擔正。於是在一個平日工

作天，我以病假為由留在家中捕捉黃昏一刻，不過發現黃昏一節不是由她負責主持。自此，每天黃昏都不用再為錯過她的演出而忐忑不安。

　　Angelica，今晚也要勞煩妳報天氣……

第三章第十五節
揮別錯的才能和對的相逢

● REC

「又係我允芷兒同大家睇天氣。Wow 而家好凍喔！香港普遍氣溫10℃以下，上水更只係得 6℃唔夠。紅色火災危險警告同寒冷警告同時生效，睇吓氣象先生點睇。『呀……哦』聽日天氣仍然乾燥，亦相當清涼，氣溫介乎 13℃至 18℃度左右，吹和緩東北風，之後一兩日氣溫會回升。仲有唔夠三十分鐘就係新一年嘅開始，唔知而家嘅你係喺屋企睇緊電視定一班朋友喺酒樓打緊邊爐等緊倒數呢？先喺呢度祝你有一個更好嘅一年，記住著多件衫呀！允芷兒喺2014 年再同大家見面，拜拜。」

00:00:00:22

　　巧合地，阿蓮現在確實在稻香跟朋友打邊爐等倒數，而我就獨個兒 Home alone。看著她在 Facebook 實時發佈火鍋湯底、啤酒乾杯和肥牛寫真，我也開了一支嘉士伯，一口氣把半支倒進肚心。吐出胃氣的一刻，心想今晚可能是世界上最寂寥的除夕晚上，同時想起允芷兒剛才的説話。

　　她提醒了我一件事，就是我和阿蓮的關係。

　　跟阿蓮交往快要四年，我們剛開始發展時每天朝見口晚見面，

她隔天來我家借宿，一起煮飯、抱著看電影、共浴時親吻、上床後纏綿到開始尋找更多新鮮事如參照 OpenRice 試新店、一起儲蓄外遊、交換午膳飯盒。那時關係密切，真有想過她便是那位終身伴侶。直到老闆要她被辭職，我們便不能繼續每天相見，約會也比以前難得，要互相遷就彼此時間見面次數也在異地間逐步放緩。我們由天天相見到隔天相見到一星期見一天再變成現在兩星期見一次，甚至演變成只剩下每天在 WhatsApp 上的 Emoji。熱戀、穩定到平淡，前後剛滿四年。

我不知道是因為工作關係還是感情轉淡，但我倆感情愈是鬆散，她的生活愈是熱鬧。除了多了一班同事吃喝玩樂，還有一班大學同學摸酒杯做瑜伽去旅行。這年她總共去了四次旅遊，希臘、大阪、長灘島和上海，希臘和大阪是跟大學同學同遊，長灘島是家人，只有上海是跟我去。個人認為上海是我人生中去過最乏味的地方，應是四個地方之中最為無聊的一處。而她到過的白色小屋、櫻花樹下、陽光海灘通通沒有我在其中。

她的生活愈是精彩，我便愈是御宅。嚮往下班後買飯盒回家，吃完上線打 FIFA Pro Club，到十一時收看晚間新聞，凌晨追看 ACG（近來追看加速世界，非常不俗）。本以為她是個內向的女生，豈料我們彼此感情愈淡，她的生活反而愈精彩，而我則愈御宅。阿蓮愛甚麼都炫上社交網，我卻謝絕更新；她是韓劇狂迷，

我只是日系汁男，我們的生活節奏已經脫軌。加上阿蓮身材一般反應生硬，我們的床事從來不值一提。這年情況更甚，兩個月一劑也無法從中找到 G 點，抽插良久也洩不出來，見她打著呵欠幾乎要打開電話更新近況，唯有裝得一臉疲軟草草了事，再偷偷溜到浴室自我解決。莫說激情，我們的愛情都已隨風揮發，剩下只有雞肋之情。

我明白這是都市情侶的一般通病，這個城市，九成情侶都在面對同樣經歷同樣事情，無一幸免。當初因為寂寞而走在一起，有過一段男有體溫女有開心的階段後，大家便開始慣了悶了甚至厭了，對彼此不再感興趣和性趣，又無法當機立斷狠下心腸一技短痛，唯有拖拖拉拉得過且過。轉眼間大家都老了，加上外界壓力驅使，迫不得已只好拉埋天窗：「好過冇啦⋯」、「唔係點啫？都 30 幾啦⋯」、「唉算啦都冇得揀㗎啦⋯」這種自瀆心態才是真正的婚前性行為。彼此不是為海枯石爛而展開婚姻，只是在沒有選擇的情況下勉強接受。還要大排筵席高朋滿座，那條由各親友祝福開的路，只是通往烈火青蔥的墳墓。

凌晨十二點十三分，Facebook 已出現大量「新的一年新的自己」、「新一年要好好過」、「新一年 10 件要做的事」一堆自欺欺人的屁話更新。本來沒多著意留神，反正他們明天又會打回原形，特別元旦是公眾假期，今晚玩至達旦，剛才寫過甚麼要早

起跟家人飲茶然後做一小時運動，都在睜開眼發現已經黃昏時分之後煙消雲散。但允芷兒以一個節日結尾讓我反省了，要繼續帶著這條雞肋走往 2014，然後受家庭壓力、朋友唆擺，黯然收場？不！2014 年的第一秒，我要趁著這一個激烈的醒覺片刻一鼓作氣，跟雞肋説分手。

「阿蓮，新年快樂。」

「Happy New Year baby =D」

「還在火鍋中？」

「Yes ah～勁搞笑，有個 Friend 飲到嘔 xD」

「哈哈……」

「你呢？」

「我在家，快要睡了。」

「Kiss kiss～nite nite la～」

「阿蓮，有説話跟你説。」

「What ah？」

「我覺得我阻礙了妳的生活。」

「LOL」

「我們不如分手吧。」

NO

NEWS 2014

GNAL

140 - 299

新聞女郎
ANGELICA

● REC

「大家好我係允芷兒，多謝你收睇天氣報告。尋晚開始吹西北風，將幾日以嚟嘅暖空氣吹走，新界地區嘅低溫只得 9℃，雖然日間有陽光，但氣溫仍然比尋日低 5℃至 6℃，天文台今日錄到氣溫介乎 15℃至 10℃之間，相對濕度百份之六十。而家嘅氣溫 11℃，相對濕度百分之六十二，寒冷天氣警告同黃色火災危險警告同時生效。又到氣象先生出場時間！『呼………』天文台預測明日會相當乾燥，聽朝早會繼續寒冷，市區氣溫最低氣溫會跌至 8℃，日間最高氣溫都係得返 12℃，吹西北風。大家記得做好保暖措施，唔好凍親喇。今晚天氣報告去到呢度，晚安。」

00:00:00:24

　　2014 年是個新開始，首先我跟拍拖四年的阿蓮分手了。這絕對不是一個容易的決定，以為自己會為之而傷心，像失去一個親人般失落，但事實是我決定後心情反而輕鬆了，或許我跟阿蓮的關係已經淡得只剩例行責任：一星期最好見一次面、一個月最好做一次愛、情人節最好送花……我們只是為遵守既定的情侶相處方式，而沒有維持彼此之間的愛情關係。如果我們之間沒有一個先踏一步，大概一兩年就會結婚，然後按計劃生兒育女，組織一個平凡家庭，生活淡而無味。

　　有了孩子以後，夫妻間一年再沒一次親密，男的説工作忙女的説照顧孩子，性變成繁殖、愛變成歷史，剩下的只是為孩子有個完整家庭而努力維繫。男人不能沒性，但又不想碰家中那個怨聲悶氣的太太，平日唯有以手代勞，打多了便跟同事北上實戰。桃花旺的有女同事、舊同學、新網友走近，本著「有食唔食罪大惡極」不能錯過，愈吃街外飯愈覺住家飯不可口，夫妻生活每況愈下，家中妻兒每天獨守空房寂寞難耐，最後跟一個來家維修水喉的工人發生關係。

　　偷吃的快感重燃生活色彩，往後電佬、鋁窗佬、樓下看更甚至順豐速遞員一一添食，只要登門造訪也不亦樂乎，更愈玩愈過癮、愈玩愈過分，由單打獨鬥發展不同組合，水喉工人伙拍鋁窗師傅褻玩家政婦のミタ、看更阿伯 Crossover 速遞少年慾窮千里目，調教愛的故事、四小時絕頂，更要益街坊大平賣，獎賞考入港大的 DSE 學生便可中出しが出来る。直至一天玩到夫之目前犯，老公終於撞破家中性事，但又為帶著別人的沐浴露而感到內疚，待在門外聽著屋內太太大戰的呻吟聲，感嘆一句：「我從來都冇聽過佢叫得咁淫……」

　　或許劇情有點誇張，但這種都市夫妻關係每天都在發生。我不想一天鬱寡得要背著阿蓮北上嫖妓，也不希望一天早回家撞破她和三個水電佬大玩我慢できれば生中出し SEX。結束這段雞肋

之情全為二人未來著想，她需要一個跟她上山下海的男生，而我⋯需要一個每天能夠穿得端莊，準時給我報天氣的女生⋯⋯事實是船已沉，我愛上一個在電視機裡報導的天氣女郎。

第四章第二節
無題五

● REC

「今日由何智晴同大家講天氣……」

00:00:00:00

允芷兒今天放假。

逢星期六放假的她，今天可能來經不舒服。哼唔…12號……讓我計算一下芷兒下個月的來經時間。

作者被禁止或刪除，內容自動屏蔽

● REC

「Hello 又係由何智晴同大家睇天氣，今日……」

00:00:00:00

　　這是沒有允芷兒主持天氣報告的第四天。畫面一出現這個陌生人便立即失望地關掉電視。不諱言，繼上次她駐京以後我確定患上一點神經衰弱，前兩晚見不到她已坐立不安，今晚再度落空實在心急如焚，沒想過安逸的時間只維持一個月之短。允芷兒又被調到哪去了？要回到採訪記者的崗位？抑或又被放逐到廣州上海印度？高層為何要對一個表現滿分的天氣女郎狠下毒手？

　　為了得知允芷兒行蹤，我努力在網絡人肉搜尋，第一當然是問 Google 神，在關鍵字打上「允芷兒」後彈出了兩段 YouTube 連結，名字叫「17.12.2013 晚間天氣 —— 允芷兒 Clip」，由一個專門記錄新聞女主播片段的人上傳，這個片段我也有私下記錄在檔。

　　第二個搜尋結果是鄉土的新聞節目及記者討論，其他就是無無謂謂的「芷兒的微博」、「允芷兒姓名測试，姓名打评分，姓名算命」、「防骗QQ仙－允芷儿个人主页」、「允芷儿有多少允

芷几，允芷几同名同姓－人人网校內」九唔搭七的強國病毒網。
於是乎，鄉土就是唯一希望。

[主播記者] 王敏芝幫完 689 之後去咗邊？

[主播記者] 大家覺得現時邊個新聞主播夠襟睇？[1] [2] [3] [4]
[5] [6] …… [9]

[新聞節目] 睇完星期日檔案，好無言 [1] [2] [3] [4] [5] [6]

[新聞內幕] 梁灝生，王淑美，楊家敏，齊齊升職！

[新聞節目] 無視新聞更表（02 / 14）[1] [2] [3] [4]

[主播記者] 滄海遺珠！大家鍾意邊個英語新聞主播？[1] [2] [3]
[4] [5] [6]

[主播記者] 好掛住梁美姿報凌晨夜晚新聞 [1] [2]

[主播記者] 趙子娟於官 Blog 講「再會了」（有相）[1] [2]

[主播記者] 郭文嬅 過咗 Mow News

[主播記者] 無視喺劉、陳之前有冇情侶檔報新聞？[1] [2] [3] [4]

[主播記者] 130 台出新人（附件）[1] [2]

[主播記者] 互動新聞台女主播王美琪星期五 Last day [1] [2]

[新聞節目] 今晚深宵新聞報導爆大冷？[1] [2]

[新聞內幕] 有傳眾主播新聞部玩杯葛王敏芝

[新聞節目] 唔唔晚間新聞連英超都冇片 [1] [2] [3]

[新聞內幕] 新聞部減花紅？

[主播記者] 好掛住陳美幸報凌晨夜晚新聞

［新聞節目］白宮變咗自宮⋯⋯無視字幕又錯

1 2 3 4 5 6 [7] 8 9 10⋯⋯126 下一頁

　　足足翻看了七頁，鄉土不像一秒千里的高登，這裡的第七頁尾發帖日期已是上年六月，即是允芷兒駐京的時間。所以都沒意思再去細讀，反而要努力在頭三頁發帖中找出她的蹤跡。我在「大家覺得現時邊個新聞主播夠襟睇？」找到兩個允芷兒，但沒有甚麼伸延；在「你最想邊個記者升做主播」找到一個允芷兒，但沒有任何回應；在「何智晴又俾人調咗去報天氣」找到「幾中意之前個允芷兒」，終於有人回應：「但已經吾知去左邊⋯⋯」；之後在「無視裁員決定，記者主播雞飛狗走！」的第三版中發現「甘允芷兒 Lei？」，得到一個秒殺回應：「報天氣」再有人更正：「No la，佢冇做 la」沒有做的意思是沒有做天氣女郎？離開了無視？還是轉了行？

　　想不到允芷兒並沒有我想象中受歡迎，大眾的而且確是膚淺的，特別是男生看女生的時候只把注意力放在臉蛋和身材上，沒有在當中發掘出更多內涵和可塑之處。「Mow 個張子欣真係好大咪，今日又著白色透底恤衫（心心眼）」、「冇線楊＋2 大細眼好礙眼，唔明咁都做到女主播」、「藍雅文俾人燉咗去做扒，終於唔使對住佢棚哨牙」、「黃麗娟電咗個 C 奶頭笑 Die 我」、「有冇人

覺得 150 個王淑美姣到出汁，隔住個電視都 Feel 到佢發電？」及
「何智晴好大對……眼呀！」

膚淺！膚淺！膚淺！

為何世上就是充斥著一群又一群喜歡嗅人家尿道的狗公？新
聞從業員可是一門專業又刻苦的職業，不是他媽的娛樂圈歌手戲
子！為何報導新聞也要被人評頭品足？説實，人們相信新聞報導
裡面的是真實報導，全賴報導員的堅定和公信性形象，有次在見
國際 GEM 大鬧亞視學人報天氣，實在叫人笑而不語，所謂「On
9 有樣睇」，見她口擘擘就知沒頭沒腦，怎叫人相信她的相對濕
度介乎百分之六十八至八十六之間？兒夜姨野耶耶以夜爺兒野（想
不到現在她已經衝出宇宙）……

但最難過，還是在這個膚淺的生態圈裡面，允芷兒竟沒佔到
一職半位，他們沒有把她算在評審名單之中。是允芷兒太完美沒
有可評之處，還是連一絲評論價值都欠奉？是他們不懂好貨，還
是我口味異於常人？翻起一個個發帖泛起一個個迷惘，也許只是
一場情人眼裡出西施，跟允芷兒的相遇並非偶然。

連一些大路發帖如「無視新聞更表」、「大家覺得現時邊個
新聞主播夠襟睇？」、「我最喜愛女主播及記者選舉」都未有發

現其消息，應是時候做好打定輸數的準備，也許她的年資輩分仍是未能躋身列強以內⋯⋯殊不知在一個風馬牛帖有所發現⋯⋯

　　帖題是「王君美把聲適唔適合擔任新聞主播？」這是一個極為激烈，高達六頁留言的發帖，對人流不多的鄉土來說，有此成績已是非常出色。在裡面發言的 Ching 像是跟女主人翁有著血海深仇，用字刻毒、冷血、涼薄，我不禁倒抽一口涼氣，要是我是王君美本人，一定接受不了而關閉頁面⋯⋯

「日日有感冒咁L樣，Dit Dur 都算，佢直情係聲線缺憾，真係聽到我耳嗚！」

「訓練咗半年仲好似唔唔出嚟實習，我做都好過佢！」

「棚牙可以變，但聲線無得變囉，唔該佢算吧啦！」

「有咁嘅缺陷都可以做新聞報導員，簡直惹起公憤！」

「新聞報導成個鐘頭，聽佢把古古怪怪嘅聲就聽足成個鐘，磨爛耳。」

「佢唔單單把聲出事，仲有疑似新移民口音，啲用字大陸到⋯⋯」

「乜嘢叫鳩彎已產生？」

「仲有嘴巴似腳指 XD」

「130台個導演到底想點？唔想觀眾轉台熄電視都幾難。」

「王小姐 2012 年已經係實習記者，兩年都仲可以停留喺初學者階段好難得⋯」

「有日朝早六點幾起身想開新聞睇，一見佢報即刻熄電視繼續瞓。」

「王小姐做記者時無乜人插，但一轉做主播唔夠一個月就俾人 X 到開花。」

「無視冇人揀咩？點解要揀佢做主播？同蝦哥有路？」

「個樣已經差，加埋新移民腔同勁食螺絲，真係拎去焚化啦！」

「連我呀媽都話難聽到要轉台。」

「做咗兩年都唔夠啲新人好，至少新嚟嗰個允芷兒好過佢。」

「仲使問？一定同蝦哥有路啦。」

「仲差過波台啲講波雞。」

「講波嗰啲雞至少有波。」

「哈你哋唔驚俾 Admin Ban 對話 Hahahaha！」

「允芷兒好得喎！」

「邊個允芷兒？」

「附件 wanchiyee20140219.jpg」

「哦呢個，尋日睇佢有啲窒，不過 OK」

「邊台？」

「我寧願揀個窒機都唔揀個讀錯字嘅主播囉唔該！」

「130」

「Agree! 佢報財經兩毫五個六都講得出⋯中國海洋石油又變中國食油。」

「做主播之前喺酒吧做拳手？」

「我知王小姐一定有睇 E 度，大家唔好插得咁狠，佢自殺大家有責任。」

「作為公眾人物少少輿論壓力都接受唔到，去做雞啦！」

「提示：作者被禁止或刪除，內容自動屏蔽。」

「提示：作者被禁止或刪除，內容自動屏蔽。」

「提示：作者被禁止或刪除，內容自動屏蔽。」

「話咗，哈哈哈…」

「有爺生沒乸教，你哋尊重吓人哋尊重吓自己 La！」

「蝦哥叫 Admin Del Comment ？」

「蝦哥而家揀女只要靚就揀，基本條件都唔理，侮辱觀眾。」

「靚？你肯定？」

「靚 E ＋野好主觀。」

「上面 Ching 貼嗰個靚！」

「允芷兒？」

「係。」

「E ＋講緊個新移民 Wor ！」

「再冇談論價值。」

「DLLM 俾 Admin 封咗一日…」

「咪亂講野喇，E 度好多 25。」

「提示：作者被禁止或刪除，內容自動屏蔽。」

「Hahaha，admin 都係做返份內事 Jer ！」

「提示：作者被禁止或刪除，內容自動屏蔽。」

「都唔係嘅，總之彼此尊重就 OK ！」

「提示：作者被禁止或刪除，內容自動屏蔽。」

「提示：作者被禁止或刪除，內容自動屏蔽。」

　　噢！！

　　原來允芷兒被調到 130 新聞台當主播了！！！！

你已變成主播做得好

● REC

「歡迎各位收睇深夜新聞報導，我係允芷兒。」

「遇襲受傷嘅明報前總編輯劉進圖傷勢好轉，已經離開深切治療病房，佢太太感謝各界關心，佢話丈夫希望同事能夠繼續謹守崗位，更希望同業可以繼續為新聞自由奮鬥到底。王敏芝報導。」

「正喺北京嘅星島集團主席何柱國認為，明報前總編輯劉進圖遇襲，係因為有個別報導得罪人，但唔可能同政治拉上關係，亦唔認同新聞界正進入寒冬。由梁美兒報導。」

「由旅發局主辦嘅香港旅業展望簡報會今日結束，今年吸引 900 位旅遊業界領袖同夥伴出席，業界參加人數係歷年最多，為旅發局刷新紀錄。我哋由王淑美同大家睇吓。」

「香港樹仁大學校長鍾期榮博士於昨日病逝，教協於網頁內對鍾期榮博士表示心切惋惜，亦對佢喺教育界一直嘅貢獻作出崇高敬意。由楊家敏報導。」

「政府統計處今日發表最新零售業銷貨額數字，2014 年 1 月零售業總銷貨價值嘅臨時估計為 $546 億，較上年同月上升 14.5%。

● REC

2013 年 12 月零售業總銷貨價值嘅修訂估計較上年同期上升 5.7%，
處長鄧偉江表示，香港零售業仍然持續向好。由梁灝生報導。」

「兩岸消息，廣東茂名市過去幾日有民眾示威，反對興建『對二甲
苯』化工廠，由於情況混亂，警方一度施放催淚彈驅趕群眾，有示
威者投訴被警方毆打……但市面今日已經回復平靜。」

「第十二屆全國政協第二次會議今日下午喺北京開幕，政協主席俞
正聲喺會上作出工作報告，強調未來一年會更積極搭建協商民主平
台，並表示要進一步壯大愛國愛港力量。由駐北京記者梁灝生報
導。」

「返番嚟本港，政務司司長林鄭月娥喺報章撰文引述政改諮詢各界
對提名程序仍然有唔少分歧，照目前情況，要落實普選行政長官情
況唔太樂觀。楊家敏報導。」

「有全國政協委員認為林鄭月娥喺報章撰文表明政府睇法係一件好
事，希望泛民同中央可以各讓一步，令雙方能夠和諧共處，達至共
識，為 2017 年行政長官普選議案得到更大突破。楊家敏報導。」

「最後睇埋天氣，預測大致多雲，朝早有霧同幾陣雨，天氣稍涼，最低氣溫大約 16℃，日間氣溫約 20℃，吹微風。未來幾日會漸吹和緩東北風，大致多雲早上清涼。休息返嚟會有其他消息。」

　　十五分鐘的新聞報導，畫面不斷在主播室和報導現場穿插，演出時間佔上節目的一半，比以前一閃即逝的相遇，當上新聞台主播的允芷兒讓我前所未有的爽歪歪。我終於明白為何別人會說記者是「升」上主播，而主播是被「燉」做記者。主播跟記者的高低之分，大概是工作崗位有異。主播的職務令人有一種主客錯覺，主播室像控制室，主播就是控制室的司令官，派出不同記者到外採訪。

　　從一星期的記錄和分析所得，當 130 台夜班主播跟正常時間新聞主播有很大分別。允芷兒每逢一、三、五、日負責主持工作，當值晚上要由午夜十二時開始，每個半小時直播一次，一直到天亮。於是乎，有允芷兒的晚上，我都徹夜留守在電視機前，細看她臉龐一整個晚上。感覺就像跟喜歡的人同居生活，每秒都有她在旁一樣甜蜜。

　　但明顯地，自從允芷兒當上了主播，螢幕前的她多了一份專業，但同時少了以前破格的表現，我知這個轉變跟她本身無關。主播本身就是一部讀稿機，跟著報稿器讀出內容，不能像採訪記者般隨心所欲，報導內容早已被安排，只能照著一行行字一段段稿有碗話碗，責任是確保出口的話準確無誤。對擁有獨立思考又富正義感的允芷兒來說，主播工作聽起來不太適合，但她就是當上了。究竟是駐京採訪委屈，還是當人肉發音機比較無奈？我想知道她的想法。

Change we can believe in

● REC

「Hello，歡迎大家收睇『時事專題』，我係梁子澄。」

「我係允芷兒。」

「今年天文台第一次發出黑雨警告仲落埋冰雹，做成意料之外嘅破壞。」

「係呀，睇到同事採訪嘅片段都好驚訝。多處地區錄到超過 150 毫米，做成嚴重水浸。天文台喺星期日晚由雷暴警告轉做黃雨、紅雨再轉為黑色暴雨警告，最後仲落埋冰雹，前後只係短短一個鐘頭，唔少人質疑天文台只係睇當時天氣公佈氣象，冇為大眾預測導航。」

「據報天文台收到五十幾宗睇到冰雹嘅報告，受影響嘅地區相當廣泛，由大嶼山、葵涌到西貢都收到通知。冰雹大細仲差唔多有乒乓波一樣大，我哋而家去睇吓。」

「嘩哈哈哈冰雹呀媽咪！好大粒呀！」

「返入嚟啦小心呀！」

「嘩……呢啲真係會揼死人㗎……」

「星期日晚，香港多個地區都有冰雹現象，對香港嚟講非常罕見，

● REC

唔少市民都用手機拍低然後放上社交網絡分享。」

「允芷兒，咁妳知唔知冰雹係點形成呢？」

「冰雹係雲入面嘅小氣多次被氣流推動，上卜猛烈滾動形成冰粒，尋晚華南一帶同時受兩股氣流影響，一冷一暖氣流被強勁風力撞起嚟形成對流，令水氣急速抬升形成雨雲，裡面嘅氣流經不斷推撞而形成冰雹。氣象專家表示，香港地理位置獨特，天文台解釋到但唔等於預測到，特別係呢一種罕見現象。」

氣象學家：「冰雹相關嘅強烈對流天氣發展過程係非常急促，延續時間同走勢都非常唔穩定，所以天文台其實都難以預報，只能夠喺最短時間向市民公佈消息。」

「以往暴雨警告都會喺 4 月先開始，今次提前嚟到，可以話係令市民措手不及。」

「係呀，3 月飛霜除咗令多處地區受到嚴重影響，今次黑雨仲令部分大型商場頓成澤國。」

「星期日大約八點，天文台發出暴雨期間，滂沱大雨令部分大型商場出現嚴重漏水，例如九龍塘又一城由於大量雨水由頂部湧落嚟，形成一道瀑布，導致商場出現嚴重水浸。有網民仲立即利用社交網絡分享二次創作如以水都、水舞間為題，諷刺嚴重漏水嘅商場。」

「芷兒，畫面入面我哋都見到水浸期間仲有唔少市民喺商場入面，當中有人影相，仲有人嬉水，如果因為咁而受傷，可唔可以向商場索取賠償嘅呢？」

「其實商場出現水浸情況係相當危險，除咗有漏雨情況出現，商場嘅吊飾同陳設都會可能暴雨嘅衝力而下墜。有關律師指，市民可唔可以索償就要視乎商場方面當時有冇採取適當處理程序。如果傷者可以證明事故係因為商場方面嘅疏忽而造成，就可以以『第三者責任保險』索取賠償。」

「不過如果商場方面已經叫咗大家離開現場，以及做咗相關疏散措施之後，仍然堅持留喺現場嘅人不幸受傷就難以索償。就算自己買咗意外保險，都有機會不獲保障。」

● REC

「所以，雖然大家鍾意喺 Facebook 分享有趣見聞，但都要注意安全。」

「今集先講到呢度，我哋下一集再見。」

00:00:00:18

　　允芷兒在夜深默默耕耘的努力是有所回報的，她從孤獨的深宵主播室走到熱播時段，伙拍另一位較資深的主播為「時事專題」主持節目。節目首播時間為晚上九時半，雖然只有十分鐘時間，重播也只在深宵時段內播映，但重點是節目除了在 130 新聞台播放，還會登上 150 高清大台！即是說，允芷兒又再重返大台，在大部分收視中出現。

　　見她的努力和堅毅受到賞識，我為她感到非常驕傲，回想那年她拿著咪牌走訪各處，由報導一些無關痛癢的瑣碎到大時大節，再被流放到強國受盡寒冬軟禁，回來擔上天氣女郎，如今來到細台的主播桌跟前，得來不易。見證她的成長，我也為自己的獨具慧眼感到自豪。但也為到她要兼顧深宵主播工作與專題節目主持而憂心。但對比深宵新聞報導，允芷兒在「時事專題」的發揮是

多了，生氣勃勃的她又再回歸。她不單能夠背誦長篇大論的學術分析，還借「唔少人質疑」為主體，批評天文台的怠惰和散慢，大快人心！我認識的允芷兒回來了！

她的機智和勇敢無疑啟發了我對自身的反思，這廿多年人生，我有做過一件有意義的事嗎？中小學照書背誦，在全港比拼背誦的考試中揦車邊進大學，之後在選校選科中落選而跌進翻譯系，主修最普遍的商用翻譯，程度只比中學程度高一點。仕途也只是比那些揚言考入 HKU 但最後跌進 HKU Space 的失敗者好一點，就只有一點。

在學期間，老師多番強調翻譯不只搬字過紙，還需要以自身的知識和智慧理解文字的選取、結構與鋪排。不少外語名著要達至國際化，當地翻譯便是關鍵所在。內容雖好但用字參差文筆不通，一樣毀掉原著者心血。翻譯是一門職業，也是一個文化責任；是一道橋樑，也一道貫穿語言隔膜的隧道⋯⋯等等。

這些終日躲在學院的人都只是一個個 Big Dreamer。他們的抱負離地，把所屬學術說得能拯救地球，結果？結果當我出來工作以後，發現「Hehe」只需譯作「嘻嘻」，不用深究當中有幾多個 He；把「I go to school by bus」譯成「我乘巴士上學」，不用理解為甚麼要乘巴士上學。就連法官都能把春袋誤解做膀胱，

這個社會連通識都不用，又哪需要知識？更遑論智慧。

　　為打工，我們都自行把心裡熾熱的火焰撲熄，如有需要更可自欺欺人埋沒良心。在這間出版社，雖然沒有多少發揮空間，但總比其他跑去做倫敦金的同學幸運，起碼我能學以致用，而他們只是不斷追逐金錢偷呃拐騙。但其實…我又羨慕一些廿多歲便住天匯駕波子的同學。我就有一個中學同學在一間倫敦金公司掛名副總裁，穿得一身 MK 名牌財大氣粗，Facebook 上每天都更新近況，不斷公開自己「又換車」、「又分花紅」、「又到夜店消遣過萬」。

　　每次舊同學聚會他都趾高氣揚：「你睇吓？Frank Miller！頭先行過錶行見到鍾意就買咗！唉其實碎料啦唔使羨慕喎！你跟我搵食你都買得起！啲客好易落搭嘅咋，識幾句普通話玩吓WeChat已經夠做！雖然一個月$7萬唔係多，但都叫見得吓人吖，只要你肯學肯做肯去試，年薪過百萬其實唔難！好多人都擔心自己做唔嚟，但其實金融呢一行好現實，做唔做得嚟好睇自己付出幾多，肯搏嘅月入位數年薪過百萬絕對唔難！難就難在你肯唔肯踏出第一步，細個我同好多人一樣，冇錢、頹廢、做人冇方向、冇目標，不過我肯努力，肯改變，肯對住目標去衝！而家搵到，生活唔錯，都想搵啲同志向嘅兄弟一齊搵銀。阿元，咪用三個月挑戰吓自己囉，試過你就知我冇點你！」

他連珠發炮用三寸不爛之舌極力遊説，可惜我就是沒有勇氣走出 Comfort Zone：「唉我邊得㗎…呢啲嘢我真係唔在行㗎哈哈……」

他反應更大：「唔使識㗎！我都讀書唔多，不過就係比人努力同相信自己，冇嘢嘅，你肯每日努力少少，個天總會界返少少你，我公司大把位，出手一定高，佣金無上限，底薪一定有，只要勤力好學，我都會一手一腳教你！」

見他的粉紅色馬莎拉蒂打橫泊在門外，我感嘆一個連 Franck Muller 都串錯的人竟能年薪過百萬，而我這種默默耕耘的獅子山子民只得月薪 $9300。雖然舊同學説得吸引，但我還是未有轉行意向。誰不想賺大錢，在親朋戚友前穿名牌駕名車巧威威？但要埋沒良心連哄帶騙昆阿婆買山區肺卻不是人人做得出。婉拒了舊同學一番美意，聚餐後用 $12.1 乘坐 603 回家。站在巴士站，見他的粉紅色馬莎拉蒂「洪洪洪」經過，我下意識地躲在巴士站牌的鐵柱後面，有夠自卑……

雖然沒有被説服，但也啟發了我對這份工作的反省。莫説每年升幅不到三巴仙的低微月薪叫人氣餒，這八年嚟來回回重重複複翻譯一些我不喜歡別人也不感興趣，對大眾又沒閱讀價值的品味消費資訊也夠無謂，平鋪直敍、索然無味，浪費資源蹧跎人

生。是時候為中港台讀者以及每月 2000 本白印的粉紙負上責任！我要推翻 Apple 譯蘋果、Bordeaux 譯波爾多，搬字過紙不加思索的工作習慣！我要讀者有更豐富的閱讀體驗，在音響、紅酒、食譜、高爾夫球中找到更多的閱讀樂趣，從而改變讀者對雜誌固有的守舊形象，我要改變，Change we can believe in！

「孫啟元，你而家算點？」

「咩事？」

「你今日又遲到。」

「地鐵又壞吖嘛，動新聞都有講。」

「我真係好後悔請你返嚟，仲畀個好位你！」

「老細，我都係遲咗一兩日啫，地鐵要壞我都冇計……」

「你已經超出咗我容忍嘅範圍！」

「可唔可以先講吓發生咗咩事？」

「『紅酒 A.O.C 意指優良產區，生產範圍愈小等級愈高，就如 A 片女優一樣，產量愈少，愈是珍貴。云云女優之中，你認為哪一位可擁有 A.O.C 美譽？雖然有暗黑林志玲之稱的波多野結衣最受台灣歡迎，但產量之多猶如超市內的廉價酒，小編認為保坂繪里才是滄海遺珠，值得留意！』你究竟知唔知自己寫緊咩？」

「咁睇紅酒嘅人都係男人，男人都睇 AV 㗎啦！」

「枉你喺度做咗八年，你唔知呢本書行高檔線？」

「高檔線就唔講得 AV？有錢人唔打飛機嘅咩？」

「你搞 Cheap 晒我本書呀！」

「打飛機好 Cheap 咩？咁偷人相出旅遊書係咪叫卑鄙？」

「你而家咩態度？你係咪想累死公司累死我？」

「我覺得冇問題喎，又冇觸犯法例，我只係喺有限範圍盡力寫好篇稿啫！」

「你係咪 High 嘢 High 大咗？我留意咗你好耐，最近成日烏眉瞌睡，吸毒呀？」

「冇 High 嘢，我只係想引起更多讀者嘅共鳴，唔想墨守成規！」

「咩墨守成規？你知唔知印一版書要幾多錢？」

「就因為貴先要突破！你都知本書銷量愈嚟愈低啦，寫嚟寫去都係嗰啲，班客都睇到悶！」

「本書個銷量關你咩事？你出錢定我出錢？」

「我都係想件事好，而家根本得個做字，一灘死水。」

「叫你照直譯就照直譯啦，你加乜撚 AV 入去？如果唔係我咁啱睇到，落咗機你半年人工都賠唔起呀！」

「你都知我半年人工都唔夠印一版書呢？」

「你想加人工都唔使咁撚樣嚟跣我呀嘛？」

「一，我冇立心不良，我只係想做返好一個編輯嘅本分；二，我

人工的確低於市價。」

「你咁樣叫做好本分？你知唔知一皮嘢可以請到好多人？」

「$1 萬蚊係請到好多人掃地，但絕對請唔到一個八年經驗嘅翻譯編輯！加上我連 $1 萬蚊都冇！」

「你真係覺得自己值 $1 萬蚊咩？$9000 都畀多你呀！我而家就扣你人工！」

「咁好，唔該你而家補返一個月糧，我即走。」

「你而家係工作失當，我炒你都唔使補錢呀！」

「勞工處講明話要發出兩封警告信先可以解僱員工，唔係你想點就點！」

「我係老細，我而家就出兩封 Warning 畀你，一封遲到，一封寫錯字，Get out！」

「咁即係無理解僱？你買定花生睇我點喺 Facebook 同報紙唱到你一地都係！」

「Get！Out！」

休業

―――――――

● REC

「一個男人尋日深夜喺啟德啟晴邨寓所外身中三槍死亡。警方朝早喺啟晴邨搜捕疑兇時，多次傳出槍聲，於是警方立即出動飛虎隊，以更有效率嘅行動應變。行動期間雙方駁火，傳出最少二十次槍聲。我哋嘅記者楊家敏而家喺啟晴邨現場，家敏，請問而家警方交待咗案情未呢？」

「係，而家警方暫時未有最新公佈，不過相信會喺二十分鐘內同公眾交代。據警方陳述，當飛虎隊衝入單位嘅時候，已經發現疑犯吞槍身亡。之後由救護車送院，各台傳媒都留守現場，等待警方發言人進一步公佈。我楊家敏喺呢度暫時係咁多先，交返畀妳允芷兒。」

「唔該家敏。其他消息，香港教育工作者聯會調查發現，校車公司向學校提供嘅新學年車費報價上升近一成半，有唔少加幅更超過三成。由梁灝生報導。」

「加拿大東部發生槍擊案，一個著住迷彩衫嘅男人手持步槍同刀，喺路中心向路邊警車開火，造成三個警員死亡兩個人受傷，警方正追捕一名 24 歲青年，懷疑係涉案槍手。鄧志遠報導。」

「阿里巴巴宣佈以 $12 億人民幣入股恒大地產嘅足球業務。主席馬

● REC

雲表示，是次合作只係用咗十五分鐘就達成，但強調雙方並唔係一時衝動，亦唔會介入球隊內部事宜。由駐廣州記者黃志然報導。」

「國際足協今日出售最後十八萬張巴西世界盃決賽門票，唔少球迷都向當局投訴售票安排非常混亂，引起不滿。巴西城內亦有反世界盃嘅大遊行，幾千名示威者去到聖保羅球場高叫口號。梁美兒帶大家睇吓。」

「新聞報導完畢，再見。」

00:00:02:09

　　今午起床打開電視有兩個驚異，一是竟然在「午間新聞」見到允芷兒；二是槍殺案報導畫面中，手執手槍站在窗邊，穿紅衫黃褲的大叔有幾分像我老爸⋯⋯心想老爸在啟晴郵包二奶嗎？猶如無線膠劇的警匪對峙在新聞報導出現已夠轟動，新聞還迅速由港聞 A1 跨到娛樂 C1，怪叔叔原來是彭順小三的父親，由膠劇變成小說一樣耐人尋味。

　　起底報導稱，槍手原是一名收入不錯的廚師，娶下一位名震

全村的美女，育有兩女，一家四口生活美滿。但一次遇劫被斬傷導致殘疾並失去事業，繼而轉行從商。可惜生意不好，令家庭步入低潮，最後妻離子散。在受盡雙重打擊的情況下，槍手出現情緒失常。外界猜測昨晚他是為安裝空調而跟冷氣工人發生爭執繼而動武惹起殺機，今天背上一生苦困後悔與唏噓吞槍自殺完結坎坷一生……

這報導叫人不寒而慄，因為天意實在難以預測，太可怕。我猜，怪叔叔應該在廚桌上有其過人天分，但上天就是要把他的才華沒收，還狠狠把他的人生摧毀。有些含著金鎖匙靠父幹、有些一世夠運平步青雲、有些風平浪靜小康人生，但大光燈以外其實有更多懷才不遇、壯志難酬、事與願違、功敗垂成的悲劇人生。有人一生盡忠職守、奉公守法、默默耕耘，最後卻被卑鄙之徒又或意外奪走一切，人生或許是憑多年努力、恆久堅毅以及累積的信望愛與功德一磚一石築成基礎，但上天卻能用一秒時間把它摧殘。人生既然如此兒戲，還值得為之而努力生存？我又會否成為悲劇人生其中一員？不用猜，悲劇已經慢慢逼近，想跟芷兒說…我失業了。

那天跟老闆爭執鬧翻後，我面紅耳赤地回到座位，腎上腺素仍然波動未穩，腦海不斷回帶口角時的對話，以及老闆猙獰的嘴臉。他媽的狡猾商人，一毛不拔不思進取一成不變故步自封專橫

跋扈！一間出版社沒有一本出版賺錢，就只有不斷消耗老爸留下的遺產支持這盤一直在蝕本的生意，挑一些沒意思的旅遊書、過期資訊雜誌做譯本轉印，連書局都上不了，書報攤中排在《龍虎豹》、《豪情》、《藏春閣》之後，根本缺乏市場！整間公司最多的不是生意，是過期新書。因為他媽的要自資出版鳩影旅遊集充「作家」和「總編輯」頭銜出風頭，一個月就浪費一整間公司人力物力，出版一大堆印一本蝕一本的無謂雜誌。

稍有年資的同事全都了解，我們每天的工作都是被利用，他一個月出 $20 萬工資買「作家」一名，而我們就是作家功成名遂下的骨枯。如果説打工是被利用，我們就是被利用之中的被利用。

試問這一個情況下還有誰會對這份工作有期望有熱誠？大家都是等待一天他敗光老爸的遺產，破產，遣散。就如一些舊樓居民等待舊區重建，被政府或仆街田生收購然後袋支票。整間公司長期死氣沉沉，一個高壓統治的農夫，和一班走不出 Comfort Zone，甘心被剝奪人生的綿羊。每天被老闆削毛，每月只被餵一次草，那些草只僅僅夠維生夠長毛，而從未有一天溫飽。

呆呆看著月曆試圖保持冷靜，此時人事部的陳太一拐一拐走過來在我耳邊悄悄話：「鬧得好，我哋全體同事都支持你喇！已經幫你 Google 咗無故解僱嘅定義，唔…等我睇吓先……除咗遲到

之外，你應該有其他被解僱嘅誘因，阿強話翻譯工作係一份涉及主觀同知識嘅技能，第三點提到如果有證據證明純屬主管同下屬之間嘅糾紛而構成解僱誘因，資方係不得解僱員工。加上你經常超時工作，打起官司僱員一方一定較有利。不過都有一項話『犯有嚴重損壞品德或損壞公司名譽形象』可以作為資方斟酌餘地。元仔，界個網址你慢慢睇吖！」

本來因一時之氣而解僱我的老闆，在受到人事部陳太和副總編 Patrick 哥的諫言和建議後，終於龜縮收回成命，決定要求我自願辭職。我通過人事部陳太表達我沒有犯錯，不會在沒有補糧情況下即日請辭。老闆氣得冒煙，在房中推跌桌上的雜物並加上大量粗言穢語。

陳太：「佢肯補錢界你喇！Alex 話會計埋啲假界你，一路好走喇元仔，唔好望返轉頭！」老實說，當我辭退職務以後，回看他們這班舊同事真替他們不值，明明知道窗外世界多麼的好，為何還要待在這個北韓國度虛耗生命？這問題不曾在這八年間出現，直到這一天真正踏出這個大門，旁觀者清；我終於成為旁人了，再見這個我待了八年之久的地方。

拿著 $3 萬多尾糧，我打算呆一陣子，省掉每天來回車費支出，再扣除 $7500 房租，還夠我頹廢慢活一陣子。雖然失業前已

經夠頹，但能夠在星期三中午睜開眼懶懶散散，感覺新鮮！由於這間劏房沒有窗口（有窗要貴多 $600），所以如果不看時鐘報時，這裡就猶如精神時間修煉房晝夜不分斷六親。十二時睜開眼打開新聞跟允芷兒見見過面後，我關上電視翻睡。再次睜開眼已是下午的四時多，房內保持一片漆黑，掃掃手機的 Facebook，有一點刺眼，WhatsApp 沒有新訊息……繼續翻睡。直到九時夢乾，電已充爆睡無可睡下才決定起床。躺在床上考慮是否進食……口很淡肚很餓，至少喝點水吧？

下樓吃飯抑或隨便煮個辛辣麵作罷？睡了足足十八小時，是否應該下樓走走伸展一下？但下樓要更衣、要走路、要說話……如果不吃飯，便不用特意更衣、走路和說話……十五十六……

十五…十六……還是喝杯水…再睡。

失業

● REC

新聞報導更表（07 / 14）

150 台早晨新聞：蔡家兒、梁美珍

150 台午間新聞：梁兒（星期一至五）；王穎雅（星期六、日）

150 台六點新聞：劉志剛、周美芬（星期一至五）；張蔚文、何國堅（星期六、日）

150 台晚間新聞：李嘉興（星期一至五）；曹嘉欣（星期六、日）

130 台早晨時段：黃碧欣、蘇欣；張志輝（星期六、日）

130 台午間時段：麥嬿澄；蘇欣（星期六）；黃碧欣（星期日）

130 台晚間時段：允芷兒（星期一至五）；郭景康（星期六、日）

130 台深宵時段：何東俊、蘇欣 （隔日輪班）

150 台天氣報告：黃惠欣（星期一至五）；許靜琪（星期六、日）

130 台周末專輯：張志輝（5/7, 12/7, 19/7）、允芷兒（26/7）

00:00:00:53

　　自從在北京回港以後，允芷兒的仕途猶如坐上一部穿雲升降機。轉眼間，由互動新聞台深宵時段調到中午時段，再由中午時

段升格至晚間時段。對，容我以「升格」比喻這一個調動，因為我深信對於新聞主播又好，演員又好，電視的播放時段就是一切。李錦聯要不是演過三級片，我可不會認識他的名字，因為他永遠只會在師奶時段出現。甚麼是師奶時段？就是學生哥、打工仔不可能碰上，只有一天到晚待在家的家庭主婦才有機會收看的時段。

今天是星期六，允芷兒放假，也是我第四十七天失業。

2014 年，香港的失業率為百分之三點三，就業不足率為百分之一點四。而我就是 18 萬人其中一份子。18 萬失業人口以外，還有 40 萬個領綜援港人，以及 2 萬個居港少於七年而領綜援的新移民。眼見新移民多得可怕，翻閱數據探個究竟，才知道自梁振英接手後，入境處每天會開放 150 個持單程證的新移民來港定居。沒錯，是一天 150 個新移民來港，簡單加數，一個月便有 4500 個，一年便 5 萬 4000 人口增長，短短兩年間香港便多了 10 多萬個新香港人。你知道為何香港人的生命這麼寶貴嗎？一個死於意外的路人都會被新聞報導加以描寫，一宗小傷亡被徹底分析，只因為香港人口少，亦因為制度文明，尊重人權重視生命。但試想香港人口愈高、純種血統被逐步混沌，香港人便不再有價值。

新香港人享有的福利比我們這班舊香港人更好，一有社工跟進，二有全面津貼，有公屋住，仔女有學費、書簿費、車費、校

服費；還有牙科保健、身體檢查，連配眼鏡和求診都有津貼。在甚麼都有津貼的情況下，剩下來的綜援金能夠用作消費。朝早飲早茶，午飯後小睡，下午到公園聚賭，黃昏回家打麻雀。最可惡是新移民一家五口能夠申請 500 呎公屋，而我們香港人辛辛苦苦埋頭苦幹卻要住劏房。England 是英格蘭，New England 是美國一省；香港人與新香港人就正如 England 與 New England 一樣，是完全不同的種族。

為何港府要供養這班好逸惡勞，分薄港人資源影響社會生態削弱本港競爭力的新移民？就因為他們好使好用，所謂養兵千日用在一時，當社政動盪急需維穩保命的時候，新移民便能大派用場！

政府要搞和融活動維穩遊行又不能出面主理的時候，那些滬港校友聯合會、漁灣街市枱商協進會、復旦大學香港校友會、東莞黃江同鄉會、九龍城義工歌唱團、港島南耆康莊、洪邦同鄉會等等舔共團體便會挺身而出，吹雞盲撐。那些好大喜功的保普選遊行、反拉布嘉年華舉行時，總是一架又一架旅遊大巴，把幾百又幾百個大陸師奶阿婆運到現場，目無焦點神情恍惚，跟隨領隊魚貫進場。我會好奇為何紫荊青年會的代表全是五呎不到的大陸阿婆，而福建同鄉會成員是一班印巴藉人士。記者問及他們參加目的，有些說有午餐，有些說有冷氣車接送，多待一會立即被領

隊隔開，行動鬼祟。

　　新移民就是政府的人海戰術，各式各樣的同鄉會從哈爾濱以北至汕尾以南，華東水災聯合會到汶川地震委員會，帶來源源不絕紛至沓來的臨時演員，他們只為涼冷氣、免費午餐和白米，對抗真正維護香港利益、守衛香港核心價值的香港人。但政府猶如少林足球的謝賢，球證旁證加上主辦、協辦所有單位統統都被收買了，新聞報導指七一遊行只有 6 萬人參加，而保普選大遊行卻有 20 萬，足證支持政府的香港人仍佔大多數……

　　失業的時間是無盡的，起初還算過得去，起碼月薪補假連銀行積蓄加起有 $4 萬，滿以為能夠支撐至少三個月，豈料 $7000 又 $7000 的房租、$300 又 $300 的 4G 電話費、$1000 又 $1000 的大學貸款，以及 $3000 又 $3000 拿回家給兩老作家用之後，剩餘竟然只得 $4000 不夠……即是說，我是不可能靠這 4000 個大洋生存到明月今日。財政預算失當，警鐘馬上亮起，我開始努力瀏覽各大招聘網站，每天在關鍵字欄輸入「Editor」和「Translator」搜尋工作，按著「Ctrl 鍵＋滑鼠左鍵」，以漁翁撒網式點擊凡有「$15K／month」、「Eastern Area」、「Five-day Work」的招聘廣告，每次按出二十多個分頁。只要不是要求太苛刻甚麼「Work under high pressure」、「Fluent Korean」又或「4As working experience」，基本上也會記錄在案，等待發落。我努

力修改履歷表，求職信也如箭在弦：

致 Google 人事經理：

　　本人從求職網站招聘廣告得悉貴公司招聘編輯，自感條件合適，故特專函應徵。本人畢業於中文大學，主修商用翻譯，擁有良好中、英語能力。之前於郭揚傳媒出版任職編務及翻譯，負責校對刊物、中英翻譯，並確保刊物如期出刊及推出市面。本人處事謹慎，具有耐性，個性隨和，相信能勝任貴公司工作。隨函附上履歷表，懇請閱覽，並賜予面試機會。如蒙賜晤，請賜電 6625 6188 約見。

申請人

孫啟元謹啟

Dear Googles ,

Confused by commas ?
Puzzled by parenthesis ?
Stumped by spelling ?
Perturbed by punctuation ?
Annoyed at the apostrophe ?

Well , you're not alone. It seems that fewer and fewer people can write. Unfortunately , there are still a lot of people who can read. So they'll spot a gaffe from a mile off. And that means it's a false economy , unless you're 100% sure of yourself , to write your own materials. To have materials properly copywritten is , when one considers the whole process of publishing materials and the impact that the client wishes to make , a minor expense. Sloppiness loses clients , loses customers. There is an answer. Me. Firm quotes are free. You can see some of what I do on my multilingual website at [insert web address]. If you'd like , I can get some samples out to you within 24 hours. And , if you use me , you'll have some sort of guarantee that you can sleep soundly as those tens of thousands of copies are rolling off the presses.

Luck shouldn't come into it !

With kindest regards ,
Richard Suen

回想起自第一個星期以「休息」為名，每天十二時起床收看允芷兒主持的午間新聞後翻睡到黃昏，懶洋洋吃個晚餐後打機至深宵，然後收看世界盃賽事。雖然免費電視可恥，刻意把部分賽事收起，但對一個獨居男來說，能不用顧及明天早起上班，全情投入觀賞四年一次盛事，是一種至高無上的享受。第二個星期，生活除了午間新聞、Facebook 和網絡遊戲，也開始以「觀察」形式瀏覽各大招職網廣告，分析市道行情，可不能攤大手板領綜援，也不能在職貧窮，所以必須慎重考慮下一份工作的性質、薪金和地點。

　　直到禮拜尾，我在三十多份中挑選其中兩份以電郵形式聯絡，滿心期待關鍵性的第一類接觸；即是對方人事部主任打來約我見面。可恨到了第三個星期中還未收到意料之內的回音，唯有背城借一繼續在海量的招聘廣告中尋找最接近理想的第二份工作，又在二十多份之中挑選五份以電郵形式聯絡，心想今次放寬了要求，增多了目標，成功率理應同步增加，豈料等到第四個星期仍然未有來電，我一度懷疑是手機接收不良。

　　一畢業就以超廉價月薪加入郭揚傳媒，自今仍未有過失業經驗，第五個星期的落空已叫我心亂如麻，到底失業人士是否都要面對這種可怕的無望？網上求職廣告是否只是騙人履歷表的把戲？第五個禮拜尾，我要交租了、給家用了，眼見戶口突然由三

字頭變成一字頭，令我驚惶失措。

　　進入第六個星期依然水靜鵝飛，我心急如焚，自信和自尊也跟著下降，求職進度開始無上限加速，不能再計較甚麼「Under pressure with tight deadline」、「6 days work」、「Also knowledge in Dreamweaver，Basic Flash animation、Photoshop and Illustrator」……總之是招聘中英文翻譯的便閉上眼把電郵發過去。粗略估計，這星期發了超過一百封求職信，jobsDb、JobMarket、ECjobsonline、Recruit 甚至奴工處都早被我 F5 夠，一頁二十份廣告，我已看到第二十頁，每天平均十份新廣告刊登都不能滿足我的渴望。F5 F5 F5 又 F5，九成已經熟口熟面，究竟長期放置在招聘網的廣告是已經成功聘請員工但未有通知網站把廣告落架所致，還是純粹騙取個人資料而虛登的空櫈？

　　第七個星期，允芷兒由「午間新聞」升遷到「晚間新聞」，巴西大熱倒灶被德國中出七連發，最後德國險勝美斯一球勇奪世界杯冠軍，波膽也宣告落空，財政狀態進入最後倒數階段。下一輪繳交生活經費之前，再找不到工作便 GG，可以收拾行裝準備搬到樓下橋底，屆時真要決定申請綜援又或考慮做援助交際。百多封散出的求職信為何沒有一聲回音？是我的自我簡介不夠體面，還是履歷表不夠吸引，抑或是 Expected salary 太高？一個八年

經驗的翻譯編輯，要求 $1 萬 4000 算過分嗎？統計處表示香港入息中位數為 $1 萬 4000，但我連中位數都不達標。如果把要求薪金降低，人家會不會認為是因為我的能力低於標準？

　　12K…11.5K……
　　11.25K…11K……
　　10.8K…10.5K…10.32K……
　　10.315K…10.314K…10.313K……

　　最後跌破 10K 大關，在 9.8K 突破性收到兩個回音！一間位於大埔工業村的媒體公司，另一間叫信義發展。第一個來電，對方拒絕表明公司身分，我肯撚定是亞視！所以我放棄了，拒絕一刻猶如自閹子孫根，即人說的「揼春」，但失落還失落，要是加入亞視，我寧願自閹；另一間自稱信義發展，以字面來看實在猜不出甚麼類型公司，來電的人事部主任，態度好不友善，還要用「133」打來……

「係咪孫啟元？」
「係…你係……」
「我係信義發展打嚟，你係咪 Send 過份求職信過嚟？」
「呃係…係係係！」
「你做開咩？」

「我…之前做雜誌社，將外國雜誌翻譯做中文……」

「中英翻譯？個個都識啦點解要請你？」

「唔…一來我翻譯嗰啲係專門嘢，好似紅酒、音響、哥爾夫嗰啲，唔係人人識嗰啲專業名詞。」

「我哋冇紅酒、音響、哥爾夫畀你譯㗎，咁係咪唔使再同你傾？」

「呃呃呃都唔係，我都可以翻譯唔同類型嘅文章，幾長都得！」

「例如？」

「例如莎士比亞、雨果、泰戈爾呢類歷史文學都得！」

「仲有呢？」

「車呀、樓呀、相機電腦波鞋洗衣機食物飲品洗頭水護髮素潤唇膏漿糊筆都可以！」

「仲有呢？」

「呃…説明書維修手冊食用標籤產品保養電路結構海洋生態能源效能航天科技寵物美容都得……」

「仲有呢？」

「仲…仲有？仲有…電影對白人體結構康體運動財經新聞娛樂八卦……」

「新聞？」

「新聞！」

「好。如果 9K 你會唔會考慮？」

「9…9K？！」

「你表現好嘅，過咗 Proba 會加返去你個 Expectation。」

「我個 Expectation 係……」

「9.3K 嘛。」

「吓…唔……我想問你哋公司喺邊度？」

「我哋公司……」

「唔……」

「喺將軍澳。」

「哦咁都 OK……」

「9K？」

「係…係咪做得好可以加返去 10K？」

「你呢度寫 Expected salary 係 9.3K。」

「吓…哦……」

竟連一百幾十都要壓，實在非常動搖我的信任，會否到上班第二十天的早上發現公司突然結業？最詭異的，是她連自己公司的地址都要花幾秒回答，我是否要當上警訊的求職陷阱受害事主？一個大學畢業、擁有八年工作經驗的專業人士，月薪 $9000 是否一件太過份的事？$9000，足足比香港入息中位數低出 $5000。我說過不許自己在職貧窮，但原來人窮真會志短，連鳩都縮了，還談甚麼志氣？被一位大學同學挑戰 Ice Bucket Challenge，但我連些冰塊都快要買不起，同學還苦苦相纏來言挑

豐：「喂 Richard，唔敢玩就要捐 $100 美金畀 ALS 喇喎！無謂畀人賺吖，仲唔淋？」

　　堂堂中文大學畢業生，起初叫價 12K 都覺難為情，現在竟被壓到 9K，這 $3000 除了剝削我的學費、車費、試用費，還有學歷、專業和尊嚴。最低工資實施後，時移勢逆，藍領比白領吃香，只要勤勞賣力，在茶餐廳後欄洗碗洗足十二小時月薪便接近 $1 萬，我花了五年考好會考，犧牲兩年拼命高考，再半工讀捱過艱苦的三年取得大學學位，竟比洗碗工人入息更少，還未計算相關的專業工作經驗，我究竟是為了甚麼要如此努力讀書？知識真能改變命運？那是讀翻譯的錯，還是生於香港而沒有父蔭已是原罪？我很賤，只要花 9K，就能把我的青春、學識、專業、自由和尊嚴統統買起。

「如果 9K OK 嘅話，我會安排你 Interview。」
「哦…好⋯⋯」
「我再同嗰邊夾夾。」
「我想問，其實貴公司係做邊一類型性質嘅工種？」
「翻譯編輯嘛，你唔係想搵翻譯編輯咩？」
「係係係…但我係問貴公司係邊一類型嘅行業㗎？」
「我哋係招聘轉介嘅 Agency。」
「哦哦哦…原來係咁！」

「冇問題啦嘛？」

「咁想問您會轉介我到邊一間公司呢？」

「電視台。」

「電…電視台？！」

「你話你識譯新聞嘛！」

「係係係！咁請問係邊一間電視台？」

「亞視。」

「……」

「冇問題啦嘛？」

「我唔 In 喇……」

「孫生，你咁揀擇我哋好難做㗎喎！」

「亞視都執啦，仲入去做乜？」

「我哋係轉介公司唔係預言家，責任係幫公司搵到適合嘅員工。」

「我寧願瞓街都唔 In 亞視……」

「隨得你啦咁。」

「但我…我想問點解我喺 jobDbs 見唔到亞視請翻譯編輯嘅？」

「因為佢哋委托咗我哋。」

「咁我想問仲有冇其他電視台想請編輯？」

「有…World 囉。」

「咪又係亞視！」

「你當而家喺百老匯買電器，入唱片舖揀 CD ？」

「唔係…我只係唔想入亞視做炮灰啫……」

「咁我哋再有適合嘅工作會再搵你。」

「唔該晒。」

　　食一鋪炸糊傷了很多細胞。

話題女王

● REC

「大家好我係允芷兒，一節詳細新聞。300 多個救生員響應港九拯溺員工會號召，去到康文署沙田總部外集會抗議，佢哋話近日多咗好多內地團去公共泳池游水，增加安全同衛生壓力，要求署方增加三成人手，同埋將救生員起薪點由 $1 萬 3000 增加至 $1 萬 7000。由王淑美報導。」

「衛生防護中心晚上公佈，懷疑感染伊波拉病毒患者嘅血液樣本經過初步化驗之後，對伊波拉病毒呈陰性反應。中心調查顯示，病人今個月 7 號從尼日利亞經杜拜抵港，曾入住重慶大廈嘅賓館，其後出現腹瀉同嘔吐等徵狀，冇發燒，中午到伊利沙伯醫院急症室求診。醫院管理局一度列為懷疑個案，下午將病人轉送瑪嘉烈醫院傳染病中心隔離。楊家敏報導。」

「港島半山區羅便臣道一棵約 15 米高印度橡樹，疑受真菌侵蝕今日下午突然倒塌，壓倒一個等小巴嘅孕婦，送院搶救後證實不治。今次為香港自 2008 年起第四次塌樹壓死人事故。瑪麗醫院立即替孕婦剖腹，男嬰一度失去心跳，但及時救出，經搶救後情況危殆。」

「保普選反佔中大聯盟下午發起遊行，駱志光而家喺遊行起點，你嗰邊情況係點？」

● REC

「遊行會喺十五分鐘後開始，大批遊行人士坐旅遊巴陸續到達，等待遊行開始。」

「參加嘅人士大多係嚟自邊一個界別呢？」

「經了解，參加人士大部分嚟自唔同團體或者政黨例如福建聯會、廣西聯誼會等。」

「咁而家大約有幾多人到？」

「大會公佈一點鐘嘅參加人數已經超過 20 萬，比七一遊行足足多出一倍㗎。」

「今早有一隻唐狗走入港鐵上水站。港鐵稱，控制中心立即暫停列車服務長達六分鐘，職員進入路軌搜查並未有發現，之後列車慢駛重開，但二十分鐘後職員喺粉嶺發現狗隻屍體，已交畀漁護署處理。由楊家敏報導。」

「全國人大常委會下晝舉行全體會議，表決通過香港普選行政長官問題，以及 2016 年立法會產生辦法嘅決定，當中有關普選行政長

官辦法列明四項規定。梁振英亦表示政府即將展開第二輪政改諮詢，明年首季向立法會提交審議表決，廿三名泛民議員批評方案，而和平佔中發起人戴耀廷聲稱對話之間已經走到盡頭，會聯同唔同政黨、學界以及民間團體推動遊行同罷課抗議，劉家樑報導。」

【主播記者】升呢快過坐火箭，允芷兒疑似同蝦哥有染！[1][2][3][4][5]

「如題，如果冇嘢我死全家！」
「上位嘅嘢你識條 X 咩！Hehe！」
「冇波。」
「我覺得佢幾靚 >.<」
「都算 OK 起碼少讀錯字，不過真系升得幾快」
「女人係靠呢 D 上位架 La！吾通同你慢慢捱？」
「3 樓正賤人 XD」
「主播中，最好身材應該系李乜詩 =P」
「蝦哥鍾意嫩口？以為佢淨係對短頭髮情有獨鍾 xD」

「蝦哥吾會玩得咁揚 lol」

「下？咁 E ＋你點解釋？」

「真愛 xD」

「同意 3 樓」

「之前報過天氣，我覺得佢 OK。」

「楊家敏仲正。」

「整過容。」

「佢國語都 OK，之前有報普通話新聞。」

「楊家敏，老。」

「上位快過火箭！」

「蝦哥統一天下，任君選擇 xD」

「幾中意允芷兒，上位快都正路嘅！」

「佢之前喺山雞台做過，國語係掂。」

「比較中意記者時代嘅佢！」

「春眠不覺曉，處處啪啪啪，In 蝦哥 We trust！」

「提示：作者被禁止或刪除，內容自動屏蔽。」

「蝦哥吾系同鳩＋ E 咩？」

「+E 系陳生架！」

「@@」

「肯拋個身出黎，極速上位冇難度！」

「允芷兒 BB ^3^」

「雞！」

「請你哋尊重吓自己。」

「提示：作者被禁止或刪除，內容自動屏蔽。」

「3 樓 xD」

「提示：作者被禁止或刪除，內容自動屏蔽。」

「提示：作者被禁止或刪除，內容自動屏蔽。」

「Admin 唔好 Ban 我」

「提示：作者被禁止或刪除，內容自動屏蔽。」

　　所謂人怕紅豬怕肥，允芷兒由一個席席 Bird 極眨眼已有自己專屬發帖，還引來熱烈討論，成為新一代話題女王。以這個發帖為例，大部分留言尖酸刻薄，無上限評頭品足惡意中傷看得人氣憤，為何全地球的網民也是如此心胸狹窄蛇蠍心腸？是因為貪口爽不用負責？他們根本無法理解主播一職有多難熬，他們口中靠關係上位的女主播，內心有多糾結。

　　允芷兒是憑著多年努力被管理層肯定，絕非靠關係上位！這點我能充當見證。輿論紛紛是因為人氣高企值得慶賀，還是悲哀的社會陰影體現？一班毒不可耐說長道短妒富愧貧的毒男們，終日躲在房間打手槍無所事事不學無術，連自己也看不起自己，唯有藉著這些那些花邊新聞嫉賢妒能小題大作，通過網絡欺凌乞討孤仃存在感。

情況就如胖妞喜歡嘲笑人胖，醜女喜歡嘲笑人整容：「好心整容就整好啲啦，大細眼顴骨又闊」、「對波一睇就知托出嚟㗎啦」、「咁姣好 Cheap 囉，係你哋啲男人先鍾意」⋯⋯

人家眼大就抨人鼻偏，眼大鼻高就抨人方臉，眼大鼻高瓜子臉就抨人骨架大，眼大鼻高瓜子臉身材窈窕就抨人平胸，眼大鼻高瓜子臉身材窈窕又豐滿就抨人整容，眼大鼻高瓜子臉身材窈窕又豐滿且有中學照片證明全天然就抨人雞味濃⋯⋯你是無法想象一個長得醜又疏於保養，自我放棄終日咬著 759 零吃的女生對標緻女生有著多少仇恨嫉妒。

我認為允芷兒今天的成功，是對工作的熱誠和努力所得到的回報。一個樣貌標緻、知書識禮、能操流利普通話且有獨立思想的女生，在今時今日云云劣質港女之中可是碩果僅存、秀外慧中、鶴立雞群！為何壞心腸得要試圖把一個如此珍貴的新彗星擊墜？難道大家只想見三四個主播不斷輪班，壟斷整個報導時間表？大眾都說大台壟斷廣播業，劇集低質三幅被節目求其二丈四，不思進取蠶食大眾福利侮辱觀眾智慧，但就沒有著實地支持新選擇，港視有心有力卻未得到全城支持，全因為人們不想改變現有生活模式，寧願維持原狀每晚八至十一邊罵邊看。Comfort Zone 是文明的最大障礙，無論是電視娛樂、知識教育、日常消費以至社會政策，一切被操縱被欺壓被壟斷的結果根本都是憎人富貴厭人

窮、又愛哭又膽小的香港人咎由自取。

　　我不期望無視新聞如實報導救生員的不滿是來自大陸人蜂擁來港游泳時便溺所致；七一遊行正確數字是 17 萬人而非警方所說的 6 萬，就算保普選遊行真有 20 萬，當中 17 萬也不是香港人，而是一班為團餐、贈米和購物而來的老人、新移民或即日來回的大陸人；港鐵並非「未有發現」而重開列車，新聞發佈後有人上載片段到 YouTube 鐵證職員的確有發現唐狗困在路軌，更企圖引導一頭流浪犬踏上木椅跳回月台的馬戲班動作，最後低智行動失敗職員草草了事釀成慘劇；全國人大常委會的四項規定根本故弄玄虛，普選議程原地踏步欺騙大眾，但報導重點卻是戴耀廷這個大反派因為不滿而發動遊行和罷課挑戰香港法治。幾多真相幾多公義幾多實情都一一被粉飾被掩蓋被埋沒，電視新聞淪為政府及公營機構的傳聲筒。雖然出自允芷兒口，仍未為內容添上一絲希望。

　　一切一切都是受眾的責任，那些憤世嫉俗的廢青、那些腌尖聲悶的醜女、那些和理非非安於現狀的港豬、那些尖明 On office 的政棍，只管以涼薄刻毒的歹毒心腸推對一個又一個新領航、排斥一個又一個新創建、摧毀一個又一個新希望，才讓政府繼續橫行、讓禮義廉繼續無恥、讓無視繼續壟斷。香港民情一盤散沙七零八落爾虞我詐，根本沒有光復的可能。我希望允芷兒能夠堅強、

繼續為努力，因為我跟妳一樣同樣在這個畸形的城市拚命掙扎委曲求全。其實被沒有品味的香港人辱罵，變相是一種認可，對嘛？

　　其後，有一日發現原來無視官網有一個「人才招聘」，聘請舞蹈員、道具員、保安、網絡監控及外電編譯。我第一時間發出一封月薪 9.2K 的求職信，求職崗位是保安和外電編譯，翌日便收到回音：「孫生，你係咪想嚟 In 外電編譯？肯定 Expected salary 係 $9200 吖嘛？」我堅定地回答：「係，因為我好希望可以加入無視新聞，成為新聞界其中一員，為香港貢獻。」

見工

● REC

「你好,我係允芷兒,以下係詳盡嘅新聞內容。大專生即將發起罷課,反佔中大聯盟發起人周融喺記者會表示,佢哋係為咗避免中學生被人利用為政治犧牲品所以決定成立熱線,呼籲市民如果發現有人喺中學策動學生罷課或佔領中環,請即打熱線通知大聯盟。由王志然報導。」

「亞洲電視取得香港超級聯賽獨家播映權,足總聯同九間球會代表經討論及投票後達成共識,足總及球會合共向亞視支付 $300 萬,播放最少二十場賽事,而每隊最少直播一場,亦可按球會要求額外收費增加直播場次,是次為亞視於兩年來最大舉動。王淑美報導。」

「佔領中環發起剃頭行動,以表示對全國人大常委會就本港政改落閘嘅不滿,剃頭代表『退無可退』。佔中發起人戴耀廷、陳健民、朱耀明、連同民主黨前主席楊森、立法會議員胡志偉、插畫家尊子、公民黨陳淑莊,以及四十名中學生參與今次剃頭行動。楊家敏報導。」

「香港史上最高獎金,頭獎高達 $1.5 億嘅六合彩攪珠今晚派彩,市民為咗中獎,都紛紛到就近投注站買彩票,多間投注站形成人龍,空前盛況為近年難得一見嘅場面。馬會下午開始加開櫃位應付

● REC

人龍，舒緩龐大嘅人流。由梁灝生報導。」

「學聯發動大專學生罷課第一日，今早喺添馬公園舉行集會同民主講課，約 3000 多人參加。而十幾名學聯成員朝早喺特首辦外提交請願信，衝向特首梁振英，情況一度淆亂。特首發言人表示，特首梁振英原本好有誠意接收學生嘅信同聆聽訴求，但喺客觀環境下未能做到和平理性非暴力嘅溝通。歐景華報導。」

00:00:04:18

　　破釜沉舟，我以最後一個四位數字儲蓄買來五十張六合彩電腦票，希望能像方展博一樣在低谷絕境之中以膽色和意志盡地一煲博出個黎明……可恨派彩後沒有在五十張電腦票中找到五個同時出現的攪珠數字，銀行最後一個四位數字付諸東流，連安慰獎都沒有。

　　生活經費已經水浸眼眉，踏上死線毫無退路，唯有咬緊牙關向銀行借來一筆易借錢應急，借九個煲蓋暫時封著十個冒煙湯煲……甚麼是易借錢？就是當你從信用卡透支現金後，利息會在三十天後開始逐日計算，換言之，如果在三十天內及時歸還全數

借貸，銀行便無條件給你周轉應急三十天。你可視為客人福利，也是一個計時炸彈，因為如此好使好用的借貸服務，加上能借出比你月薪多八倍的款額，很容易開了頭收不了尾。三十天後利息逐日計算，以一筆 $3 萬元貸款，每天就要支付 $50 利息，一個月便 $1500，如果下月還未清數，第三十二天開始，每天利息便 $60⋯⋯搞不好，很快連利息都付不起。

借來 $2 萬，舒緩了屋租、學費、電話費、上網費，如常上繳家用以免兩老擔心。那個晚上回娘家吃飯還裝模作樣買了一盒太興叉燒加餸，他們不知道這 $3060 可是我用貸款透支出來的鋼線步，一不小心便會跌入萬劫不復的債務深淵，想起都覺可怕，要靠借貸過活，比領綜緩更下賤。

面試前一晚，我回娘家貢獻最後一期家用，在一個豆腐膶公屋單位逼著六人同枱共餐，腳碰腳手肘撞手肘，並無絲毫共聚天倫的畫面，老爸邊吃邊讀馬報、老母邊吃邊看膠劇、弟妹邊吃邊看手機，只有嬤嬤和我會把專注力放在飯桌上。

「啟元，做嘢辛唔辛苦呀？」
「唔⋯都係咁啦，呢個時勢邊有工唔辛苦吖⋯⋯」
「你個個月都拎錢返嚟，自己夠唔夠使㗎？」
「夠呀阿嬤，唔使擔心我，你個乖孫大學畢業㗎！」

「哈哈哈哈哈真係叻仔，嫲嫲見到你就開心！」

● REC

「學聯而家仍然喺政總門集會，參與集會禮嘅學生坐滿政總對開一段行人路，啱啱我哋嘅現場記者提到，有大約一百名集會人士爬過圍欄推開鐵馬強行衝入政總公民廣場，警察上前阻止，期間施放胡椒噴霧試圖控制場面，有市民指罵警員，要求警方撤退，場面一度混亂。梁美兒，你嗰邊情況點樣？」

00:00:00:18

「屌啲學生真係麻撚煩，阻住個地球轉，係咪食飽飯冇屎屙？」老爸突然抨擊運動。

「老竇，你咁講就唔啱喇！你知唔知點解學聯要做嘢先？」仍在學的細妹反問老爸。

「咩原因都唔應該搞事吖！你估大陸必然赦你㗎？」

「唔係囉老竇，班學生唔係要大陸赦佢哋，係想表達意見呀！」二弟加入嘴炮戰。

「表達意見？搵幾架坦克車壓扁佢哋就啱！搞搞震冇幫襯！」順帶一提，老竇是共產派中堅。

「嘩老竇乜你咁講嘢㗎,一次六四仲唔夠?」二弟開始沉不住氣。

「屌那媽西!冇大陸,香港一早收咗皮啦,仲有得畀你舞照跳?」

「老竇你都唔知而家啲學位呀就業機會同產房都俾班大陸人霸晒呀?」細妹也沉不住氣了。

「唉你哋都未捱過,我哋當年仲撚辛苦啦!」

「吓你覺得我哋而家好歡咩?我哋日日都喺呢間屋玩緊歡樂滿東華喎!」二弟反問。

「咁叻你咪學你大佬咁搬出去住囉!咪撚喺度牙眨眨喇!」二弟被技術性擊倒。

「唉一人少句喇!我聽唔到楊怡講乜喇!」老母嘗試調停爭議。

「我就日撚日做到隻狗咁,養大你班食碗面反碗底嘅廢青!」所謂一竹篙打一船人……

「你食飯啦講咁多嘢!為咗啲無聊新聞喺度鬧啲仔女!」師奶一向是政治絕緣體。

「你啲女人仔識條春咩!睇你嘅電視啦!」老爸霸氣外露。

「嘩老竇,你鬧我哋咪算囉,唔好鬧埋阿媽啦!」細妹由細到大都擁護媽媽。

「你唔好食飯喇,食屎啦!生你出嚟就係俾啲男人扑㗎咋!」嘩……

「痴線你講咩呀！」真是佛都有火。

「我講你呀！見住你同條柒頭喺麥當勞入面摸手摸腳不知所謂！」敦倫切忌在熟悉範圍內。

「喂我嘅事關唔關你事呀？」正中下懷，細妹放下雙筷黯然離席，拉開鐵閘紅牌出場。

「屙話兩句就走，冇大冇細！」細妹敗陣，老爸繼續手執馬報白言自語。

二弟被 KO，細妹也被逐離場，老媽繼續目不轉晴看電視，嫲嫲默不作聲，剩下楊怡的哭聲嗚…嗚……

「老竇，都就退休咯就咪咁躁啦！」我嘗試打破悶局。

「退休？！你畀得嗰雞碎咁多我，點退休呀？」我會歸咎是他心情煩躁而失言。

「唉…而個時勢好難搞呀，有少少閒錢都難……」

「冇貢獻都教吓你個妹吖！你睇佢，愈大愈唔似樣！」

「細路女係咁㗎啦，你咁大板打落去，你叫佢點接？」

「成日都係咁，講兩句就反枱！我係老竇，老竇係最大㗎！」好有丁蟹影子。

「係喇係喇…你搞到阿嫲夾條菜都唔敢喇！」

「阿媽你話係唔係喇？」

「你賭少陣當幫忙啦！」嫲嫲語出驚人全力扣殺。

「得喇……」說到底，老爸雖是一個草根怒漢，但也尚算孝順。

我就在這個家庭環境長大，說實，能讀上大學已是奇蹟。所以，我也不奢望自己能成大器掌政香港統治地球，只望能夠走上一級，在悲情城市中安頓生活以至協助家人脫貧。這是 25 歲前的理想，豈料在 25 歲後，這個理想變成夢想，因為踏出社會第二步開始，就知道脫貧有如女神一般遙不可及。

18 歲時，我以為 23 歲便能飛黃騰達，直到 23 歲才發現連脫貧都是不可能的任務。23 歲前，我以為只要憑著堅毅不屈的意志和努力，是能闖出另一片天空；23 歲後才發現每人都在同一天空下被老闆榨光人生。25 歲前我以為工作是為進步、為啟發和經驗增長的途徑；25 歲後最為之震撼，原來大學畢業生的人工可以這麼低。但生於這城市裡，額頭早被放著一根胡蘿蔔，勞役就是香港人的天性。有錢人和窮人的分別，在於有選擇地勞役，和沒選擇被勞役。

學聯罷課行動第一天下午，我要到無視新聞部見工，但不幸遇上三跪九叩的港鐵出現服務故障，困在車廂四十五分鐘。為何要在我生死存亡的關鍵才來故障？為何頻頻加價但服務質素又每況愈下？上天為何要我在故障發生前走進車廂？我真是個被上天選中的小孩。

困在黃大仙與牛頭角中間四十五分鐘，如果是歌星明星，會選擇自拍然後上載到 Facebook、Instagram 和微博，告訴 Fans 自己正乘著地鐵很有趣。但我卻心急如焚，努力試圖聯絡無視，希望能夠讓他們知道我在途中遇上意外，但找遍全網站只得顧客服務熱線：「歡迎致電無視電視觀眾熱線，廣東話請按一字……」比有線好，只消兩層便有一個「與工作人員直接聯絡，請按零字」證明這個電話熱線平日沒有太多人致電查詢。

「你好，無視電視顧客服務熱線，我叫 Fred，請問有咩可以幫到你？」

「你好呀，我係嚟見工㗎，不過我而家困咗喺地鐵，想通知返人事部。」

「哦係嘅，先生你貴姓？」

「我姓孫。」

「孫生你好，好多謝你嘅來電，想同孫生講返，呢度係服務熱線，唔係先生你要聯絡嘅部門。」

「我知呀，但係我冇你哋人事部電話，所以先打嚟，你哋係 CS 嘛，應該解決客人問題嘛！我有睇你哋㗎！」

「唔唔唔，係嘅孫生，都講返啦，呢度係關於電視廣播上嘅問題，例如技術支援、提供意見等……」

「係呀我知呀，但我而家想同人事部聯絡，你可唔可以幫我駁過去？」

「唔唔唔，都明白孫生你嘅要求，但都希望孫生你留意返，呢度係觀眾熱線……」

「係呀我知呀，我都係你哋觀眾嚟㗎！歡喜哥吖嘛…仲有…鍾出欣做《大藥煲》嘛！我有睇㗎！」

「唔唔唔，先多謝先生你嘅支持，希望先生會喜歡我哋嘅劇集。唔知先生你對上述劇集有咩意見呢？」

「冇意見呀！我淨係想你幫我駁去人事部嗰邊，求吓你吖！」

「唔唔唔，都明白孫生你而家情況有少少迫切，唔知孫生你一日會用幾多時間睇電視呢？」

「二十四小時呀好未？幫我駁去人事部啦！」

「唔唔唔，都提返先生，雖然本台劇集精彩吸引，但都唔建議先生你缺乏休息嘅。」

「呃呃呃呃呃呃呃呃呃呃呃！幫！我！駁！去！人！事！部！」

「唔知先生除咗呢個要求外仲有冇其他意見？例如劇集內容、播映時間、演員質素。」

「你哋而家成日頒返啲獎界自己人自 High 好難頂呀！嗰首《愈難愈愛》真係好難聽！」

「唔唔唔，多謝孫生嘅意見，我哋會就孫生意見作出改進，希望可以帶界觀眾更好嘅服務。」

「痴線！自己套膠劇歌攞全球金曲獎，你當陳奕迅死㗎？」

「唔唔唔，多謝孫生嘅意見，唔知除咗呢樣仲有冇其他意見呢？例如劇集內容、播映時間、演員質素。」

「冇喇冇喇！個個都做得好撚好唱得好撚好聽！唔該你啦，幫我駁去人事部吖求吓你⋯⋯」

「OK 冇問題，喺轉駁之前唔知先生你覺得呢次服務有幾多分？」

「10 分！呃唔係！係 100 分！1000 分！」

「請喺『哔』一聲之後按下數字鍵，評分就會完成。」

「呃呃呃呃呃呃呃呃呃呃呃！」

「哔。」

「⋯⋯」

「喂孫生？」

「係⋯⋯」

「多謝你嘅參與，我哋嘅系統已經收到你嘅評分。」

「咁⋯可以幫我轉駁未？」

「冇問題孫生，而家我哋會幫你駁過去人力資源部嗰邊，請稍等。」

「唔該晒⋯⋯」

做咩買妓女睇，似 You 矮肥又虧，為了買滿了長櫃…
手可見但快 L 多手摸，掂落去你兩個 up 爛…
腳剃生木了 June，你就過來撤錶，你押款跌浮哭奶…
漏 M 都需要褲，寫漏 M 的信，全部為你送去邊包叫…
damn 合力極凹得你撞門，好悶你放低

做咩買妓女睇，似 you 矮肥又虧，為了買滿了長櫃…
手可見但快 L 多手摸，掂落去你兩個 up 爛…
腳剃生木了 june，你就過來撤錶，你押款跌浮哭奶…
漏 M 都需要褲，寫漏 M 的信，全部為你送去邊包叫…
damn 合力極凹得你撞門，好悶你放低

做咩買妓女睇，似 you 矮肥又虧，為了買滿了長櫃…
手可見但快 L 多手摸，掂落去你兩個 up 爛…
腳剃生木了 june，你就過來撤錶，你押款跌浮哭奶…
漏 M 都需要褲，寫漏 M 的信，全部為你送去邊包叫…
damn 合力極凹得你撞門，好悶你放低

Do……
Do…Doo……
Do…Doo……Do…Doo……

　　接通了終於接通了！被羽田若希洗了五次腦，終於變成接駁聲音！看看時計已是五時四十五分，原本約好五時的面試早已過時，但心仍不死，只要面試成功，我便能跟允芷兒做成同事，朝思暮想的幻象便一天實現！我想跟她一起午膳、一起討論時事新聞、一起分享酒杯底心事……拜托拜托務必接聽我的電話，絕不能白白斷送今次難得機會……噢，有人接聽了：「唔好意思，而家已經過咗我哋嘅辦公時間，如有任何查詢，可以喺『嗶』一聲之後留低口訊同電話，我哋會盡快聯絡你，嗶～」

「你好呀！我叫孫啟元，約咗五點鐘 Interview，不過我遇上少少意外，地鐵又發生機件故障服務受阻，我被困喺車廂入面，希望你哋唔好因為我遲到而取消我哋嘅見面機會，唔好意思，我會盡快趕嚟，而家我……」

「對唔住，錄音已經超過一分鐘，多謝你嘅留言，我哋會盡快覆你，拜拜。」

　　屌……

　　地鐵車門終於再次打開，我飛奔出閘，從康城跑出，跳進一部計程車，快快快快快快快……衝進大門被一個保安阿姨強行阻攔，她以一分鐘一劃兩分鐘一撇的龜速，拿著我的身分證在登記

簿上逐隻、逐隻、逐隻字填充：「孫⋯⋯孫⋯啟⋯⋯元⋯⋯Z⋯⋯0⋯4⋯⋯1⋯3⋯⋯9⋯⋯⋯5⋯⋯⋯⋯」時間來到六時十二分，如果我是人事部經理，面對一個足足遲到一小時十二分鐘的應徵者，莫說面試，連他的名字都不想聽到。但如果現在放棄，那就連一絲機會都沒有！雖然保安多次提醒我不能在公司範圍內奔跑，但我還是以 100 米賽跑步姿向前飛奔。萬水千山終於來到人事部門外，一個長得極像盧苑茵的女人從大門徐徐步出⋯⋯

「孫生你都幾遲㗎⋯⋯」

「我都唔想㗎⋯我已經預早咗出嚟，係地鐵又壞⋯我喺地鐵車箱困咗四十五分鐘⋯⋯」

「你過咗面試時間，我哋按照公司規矩，唔畀得你 Interview。」

「但我真係好有誠意嚟見工，你公司應該都預測唔到地鐵會不斷故障㗎嘛係咪？」

「但公司規定，應徵者超過咗三十分鐘就會失去面試資格。」

「人為遲到同意外遲到係唔同㗎，保險公司都話人為冇得賠，意外有得賠啦！」

「孫生，真係唔好意思，我真係畀唔到你面試，因為而家都有人 In 緊。」

「咁我等吖，等晒所有人 Interview 完再見！求吓你畀我見，我真係好需要呢份工⋯⋯」

「咁⋯⋯我入去問一問。」

「麻煩晒您！」

「孫生唔好意思，我哋新聞部經理已經放工喇，不如我幫你約另一個時間？」
「又話…好好好……我幾時都可以㗎！」
「唔…我再打電話通知你 Interview 時間啦。」
「好，咁我等妳通知㗎喇，唔該晒妳！」
「下次趕時間就唔好搭地鐵喇。」
「知道知道！我等妳通知㗎喇，唔該晒妳！」

　　雖然失望而回，但回家吃一個營多後重燃火焰，期待一天再被召喚。但世事就是往往不斷打擊你一片丹心、用你對活著的期待和熱情折磨到你死去活來，特別是人到谷底時。等了又等，一星期七天，第八天仍未收到盧苑茵通知，我知甚麼叫絕望。就在絕望之時，電話終於響起：「喂你好呀！」

「係係係你好你好！」
「你好呀，請問係咪 66526188 嘅機主呀？」
「你係？」
「我哋係 2014 永天金融研究問卷打嚟架，我叫 CK，係你嘅金融投資經理，你貴姓呀？」

屌！狠狠掛線也浪費了我人生中三秒！為何這些垃圾推銷電話往往要在你等待希望之時出現？要不本著期待之心，我才不會接聽三字頭的電話。未幾電話又響起，又是三字頭，又是垃圾電話，信多一次命運，今次再是假希望，我會把所有三字頭號碼封鎖！

「喂？」
「你好呀！我哋係 2014 香港小姐競選由你話事打嚟㗎，恭喜你呀！你被抽中喇！你貴姓呀？」

屌……我認命了，盧苑茵是不會打來的。

我討厭那些不負責任的人事部，就算面試失敗與否機會有無，至少如實相告，好讓求職者能另覓高就，不致空轉人生坐以待斃！但人類就是一種自私的動物，他們不會了解別人的期望、焦急和憂慮，不會明白求職者被日復日落空的期望蹉跎，情緒是會日復日的低落，精神和自尊同時間被打擊得體無完膚。失望、挫敗、落寞，這刻我終於明白阿文何解要硬闖有線搜刮吳天海，我也是時候準備中式飛鏢、蝴蝶刀和鐵蓮花突圍防線進入人事部，主動來個即場面試。

我不想傷害任何人，如見字，請讓路。

第四章第十節
一百七十呎的夢想

● REC

「各位好我係允芷兒，嚟到詳細晚間新聞。佔中發起人於凌晨一點半宣佈佔中行動正式開始，大批示威者湧到政府總部附近一帶佔據金鐘一帶馬路，期間同警方發生衝突。警方多次張揚紅色警告，示威者都未有退去，最後警方施放催淚彈控制失控局面，再以防暴警察由告士打道向群眾推進，嘗試縮窄示威範圍，有人不滿警方使用催淚彈。記者陳子揚而家喺現場，交畀你講吓現時情況。」

「教協號召全港教師罷課罷教，教協聲明，話警方向手無寸鐵嘅請願群眾施以暴力驅趕，表示極度憤慨，強烈譴責特區政府同警方嘅錯誤判斷，決定發起全港教師罷課罷教行動。而教育工作者聯會則要求教師謹守崗位，針對教協發起嘅罷教行動，教聯會呼籲全港教師要發揮專業精神，冷靜應對政治衝擊，以免令學生嘅學習進度成為政府犧牲品。」

「學聯夜晚喺立法會門外集會並於東翼空地發生嚴重衝突，警方一度施噴胡椒噴霧試圖控制混亂場面，並拘捕咗六個人，年齡介乎 16 至 29 歲，包括學民思潮召集人黃之鋒同埋土地正義聯盟成員何潔泓。佢哋涉嫌強行進入政府建築物、喺公眾地方擾亂秩序同襲警。由梁美兒喺現場報導。」

● REC

「行政會議非官方守成員發表聲明，對佔中造成嘅混亂表示非常遺憾，並支持警方需要果斷執法，盡快恢復公眾秩序，以免影響周一上班日嘅正常活動。由王淑美報導。」

「學聯同學民思潮發起聯合聲明，批評政府主動襲擊市民，以警棍同催淚彈打壓請願群眾。並提出四大訴求包括開放公民廣場作集會場地、特首及政改三人組下台、人大常委會收回決定，以及要求公民提名。」

「前晚被捕嘅學民思潮召集人黃之鋒，透過律師向高等法院申請人身保護令，獲法官批准，警方將佢無條件釋放，但會保留檢控權利。律政師副刑事檢控專員黃惠沖指，黃之鋒被捕前參加集會，並喺佢電腦同手機入面搵到相關證據。被捕前更呼籲在場人士同佢一齊進入公民廣場，係煽動他人闖入政府重地，更導致十一個保安同四個警員受傷，所以拘留多時係合理，由羅致然報導。」

「教育局表示，由於佔中仍然持續，灣仔同中西區學校聽日會繼續停課，港澳辦發言人接受中通社訪問時表示，中央政府充分信任行政長官梁振英，對香港政府嘅辦事手法有高度肯定，係堅定不移咁去支持特區政府依法施政。」

● REC

「繼續睇吓集會情況。今日港九多個地方都有市民集會,銀行及餐廳等商舖表示嚴重影響生意,除咗客源之外,運輸亦因為道理堵塞而冇辦法送貨,部分更喺無奈嘅情況下暫停營業。到咗午膳時間,平日車水馬龍嘅紅棉路成為行人路,打工仔都行路去灣仔食飯。由王淑美同大家睇吓。」

「今日旺角佔領點發生大型衝突,一批佔中者同反佔中人士發生推撞,佔中者為保護集會帳蓬同橫額同反佔中人士口角繼而動武,有人聲稱被非禮。警方一度施放胡椒噴霧驅散人群,事件導致三十二男五女受傷,當中包括多名學生。由羅政然報導。」

　　　　　　　　　　　　　　　　00:00:09:01

　　究竟這城市發生甚麼事?為何我熟悉的香港會變成這麼樣?以前老一輩常常掛在口邊的「安居樂業」變成住劏房捱貴租水深火熱;以前以民主為先的德政變成強權政制打壓;以前引以自豪的本土文化香港精神變成北望神州賣港求榮的成藥奶粉金器舖;我們香港人已住不起吃不起,連走路也會被粵港自駕遊撞死,這裡已不再是我們香港人的地方,是共產黨最後一塊砌圖。

我相信假普選只是導火線，佔領運動有著如此強大的號召力全因香港已到一個臨界點，中央政府咄咄逼人橫蠻無道已令港人夠無奈、夠心痛、夠憤怒。我們的底線不斷後移，忍受無上限貴租、忍受新移民剝削資源、忍受自由行霸佔土地、忍受官員們的低級謊話，直到悲哀的假普選落實後，被一次又一次欺騙的心終於醒覺，政府宣傳部還創作出「袋住先啦！」、「有票你真係唔要？」種種輕佻浮躁標語，一石激起千重浪，被逼到懸崖火燒眼眉，來到生死存亡關鍵一刻。

佔領運動開始，我也被業主狠心迫遷了。帶著一個枕頭、一張被褥，一部手提電腦一部 PS3 和一個背包的衣物，黯然離開租住兩年多的小劏房。離開大廈門，被毒熱的陽光照得抬不起頭，志氣也快被烤溶。女友沒了、工作沒了，連容身之處都失守，世上還有我存在的價值嗎？左手提著電腦和遊戲機，右手是軟鋪枕頭，背包很重但錢包空空，這刻應否投靠親友，還是無可奈何地回娘家躲債……

家裡只得 170 呎，住有父母、二弟三妹和嫲嫲，間中還有在皇崗工作的舅父來借宿，根本無法重新容納我這個大男孩。雖然房署列明合資格的申請家庭，每人能分配至少 7 平方米，但我們一家七口就被分配到這間 170 呎小單位，除開每人只有 2 平方米活動空間，即 20 餘呎。雙親屬低學歷低收入人士，不懂據理力

爭，一住就二十年。到我長大懂性後，有為之而爭取過，但一切來得太遲。

　　房署職員一腔事不關己己不勞心：「咁你而家係咪唔要？唔要嘅話你可以申請退租，然後再輪過。」口在他處，自知理虧無功而退。上大學以後，我得到劃清貧津貼搬離集中營進駐學生宿舍。減輕家人的擠迫環境之餘，也初嘗獨佔 7 平方尺的自由。但離開大本營以後，在家的領土迅速被騰出成為公共空間，我就知他們實在太擠迫。

　　我的夢想不大，只希望能帶家人離開這個水深火熱的居住環境，始終朝見口晚見面，地方愈小磨擦愈多，特別是爸爸脾氣不好很易發怒，小時候就曾因為阻礙他收看賽馬衝線一刻而被打至豬頭，相信弟妹都有同樣經歷。但二手樓市場無上限飆升，鄰居的單位補了地價賣上 $400 萬都有人接頭的情況下，白表是如今唯一出路。老實說，白表中獎機會只僅次於六合彩三獎派彩機率！政府以 $7000 平均呎價推出 3000 個單位，意想不到有 4 萬人打蛇餅遞表競逐，即十三人爭一屋。重點是你首先要有 $80 萬現金，不然連參加抽獎的資格都沒有。我連 $8000 蚊都沒有何來 $80 萬？抽居屋根本不是我們一般草民的理想，是夢想，跟小時候想做太空人一樣天馬行空。現在連棲身之所都沒了，還談甚麼夢想？

搬回娘家是不可能，我不想讓父母擔心，特別是嫲嫲，我是家族唯一一個能考上大學的人。爸爸小學畢業做泥水工、媽媽是全職華富雀后、二弟中五畢業當冷氣技工，三妹偽進後中了白英泥大伏，來年便畢業等失業。雖然嫲嫲不知我主修甚麼，但全華富邨街市的人都知道她有個大學畢業、任職大報館高級編輯，每天為民請命揭露真相為公義奮鬥的孫……相信爸媽嫲嫲都不希望見到這個孫家英雄垂頭喪氣回家打疊。早知今日，當初就不貪一時口感放肆吹噓。

　　女生只要長得不錯，胸夠大 Gap 夠窄便可釣個金龜二度投胎，從水深火熱的下等生活一躍上枝頭，但男生卻沒有這福利。像我這種沒錢無女前途黯淡，還欠下銀行一筆的廢青，事到如今就算賣菊花也得要硬著頭去馬。人生到了 Nothing to lose 境地，所謂人窮志短不如博一鋪打劫金行，博到有路博不到淥熟！就算失手，只要不中槍受傷，入獄也有三餐一宿衣食無憂。這個時刻還有甚麼比打劫更有希望？但錢包只剩一張貌似舊式 $10 元的 $50 和兩張貌似舊式 $50 的 $10……連中式飛鏢都買不起，何來打劫……

　　拖著疲倦飢餓的身軀漫無目的向前走，路上被猛烈陽光照射得幾乎倒下…要是因為昏迷而進院也不錯，雖然公立醫院的瘦肉粥極像嘔吐物，但起碼有軟臥有飯有水果，比天橋底露宿吃垃圾

好⋯⋯如果院方得知我如此坎坷，派來社工了解需要效果更佳，只要面試表現好內容一團糟，隨時有望申請綜援提早退休！現在，我得要想好一個疼痛倒地而不失霸氣的姿勢⋯⋯

走到油塘地鐵站門外，見一班年輕人提著一袋袋蒸餾水、餅乾、口罩，我突然靈機一觸⋯⋯竟然想不起佔領區的物資站！那裡有大量乾糧飲料、串燒、甜品、飯盒和 21 世紀生命之泉的電源和 Wifi 訊號分享！我找到了方向，找到當下去向。Chop chop 不解釋，趁港鐵還未加價立即付 $11.1 轉戰金鐘，開始留守金鐘的生活。

失業佔中

● REC

「大家好我係…芷…今…下午…間，逾百名示…人……喺尖……廣
東道聚集，佢哋以鐵馬…巴……站牌、垃圾筒堵塞馬路，兩旁……
暫停營業……示威者表示，希望透過堵塞旅遊點令…盡快回應，而
愛護香港力量發言人指佔中人……係……法治，警方應該……並召
集……即將會………無……怡報導……」

「一批學民思潮成員同示威者今早去到金…………場出……升
旗……喺儀式舉行…背……抗議，並…雙手…交叉……要求梁…
英下台，以及人…常…撤…決定…有人試圖衝入升…禮會場，被
警方…………亦有人喺………喝倒采…囂影響………警方以克
制…………維護，亦希望……………淑……導………」

「凌晨………示威者堵塞政府總部外圍……龍和道及添……與
警方喺……對峙……警方要求示威者開路讓出通道以便運送…
同救護………但示威人士…阻……情況持續混亂……。警方發
言人表示…警方會以最克制態度………度………強調若果示威
者……………防線，警方先會使用……應付示…者………鍾
志………報……」

「行政長官梁振英午夜喺禮賓府召開記者會，回應學……公開

● REC

信……英宣佈接……學聯最……要求，委派政……司…長林鄭…娥率領三………短期…會與學……見面討…政改……特…梁振……表明……辭職，並希望………可以得到………」

「旺角、銅鑼灣今日再…發…衝突，大批反佔中人士……彌敦道佔領點拆除集會………篷……橫額…並同集會人士發生………突………受傷……入夜後情況…………緊張，部分示威者需要警方護送下離開，佔中人士同反佔……持續……政府指旺角衝突中有三十二男五女受傷…………包括多…學生……………警方一度喺……豪…………施放胡椒…霧驅………眾…場面持續混亂…………」

「晚上金鐘…………總部外有唔少…………集會，抗議警方不適當使用…………和平集會……並以歌聲表示……警方發言人表示，絕無………警方一直都以………………執法，指造謠者會…………並希望市民………警方會以最…………………」

「平機會歧視條例檢討諮詢原本今日結束…但近日網上謠……諮…………建議……未住滿七年……新來港人……享投票………公民權利，觸發網民………令電腦伺服器…………平機會澄

　　除了平機會的伺服器因爆煲而死機之外，這裡也因為佔領
人士太多而令 Wifi 分享超標，每天晚上用手機收看新聞台，
允芷兒的演出也非常 Lag。新聞報導出現最多的不是新聞，是
Buffering 的轉輪和她張開嘴眨著眼的定鏡，令人很不耐煩。

　　第一天來到金鐘，先在新鴻基中心的物資站取得救濟品，
或許我不是以真心佔領者身分索取物資，物資站人員殷勤遞上一
瓶 Bonaqua、一包消化餅及一隻香蕉，並以誠懇的笑容道謝：「多
謝你身體力行為香港發聲，支持公義！」我是顯得異常閃
縮：「唔⋯唔⋯⋯唔好客氣⋯⋯⋯⋯」鬼祟的神情或許已被悉破真
身，但三餐溫飽生活安定的大學生們不會跟我這個露宿者計較一
個幾毫，反而多一個人留守，會多一份力量。

　　佔中區的物資是源源不絕，除了物資站的支裝水、乾糧餅和
生果，還不時有熱心人士拿來熱烘烘的美食，以試食形式給留守

者充飢之餘還能過過口癮。跟我一樣由朝到晚留守陣營的理大學生強仔非常好客，見我初到貴境，熱情地當上嚮導介紹各種留守貼士，例如留守生活最重要的工具是大快活的牙籤，長備牙籤等待食神降臨是常識。對，露宿在街頭最髒就是手；野外求生根本沒閒情清洗餐具，牙籤就是最好幫手，繼淘大蝦餃、美心西餅，晚上還有雞蛋青瓜蟹柳壽司，我用一支牙籤，吃盡佳餚美點。

充飢解渴過後，我開始觀察四周，先不說警察與示威者的對峙，第一件事是要找一個安全的據點。第一天的金鐘氣氛凝重，好像哪裡都會爆發衝突，邊界有穿上防暴裝備的警察，路邊有四個四個結伴而行的軍裝，還有不少凶神惡煞的便衣嚴密戒備。佈滿整個干諾道中的佔領者有幾個模樣，一些看似知書識禮，零碎地坐在路邊讀書看手機；一些形同屍首，躺在地攤沒有醒過一秒；一些不斷低頭製作政治產品，標語、旗幟、粉筆畫、裝置藝術，像極文化開放日；一些頭戴眼罩手執雨傘，準備隨時防禦敵人入侵；一些站在最前線，跟警方對峙數小時不動聲色。這是「Age of Empires」，建國初期每人有不同崗位，興建社區防禦突襲，氣氛平靜心情緊張。而我，是一個未被玩家點選的自由人，閒置原地無所事事。

10月仍然熱得咋舌，中午被陽光曬到的地方都像溶岩般燙熾，所以白天的居民顯然疏落，到了黃昏人們才開始回流。長期

留守的 Hardcore 居民每一個白天也會擔心警方趁人煙稀少大舉
入侵暴力清場殺我們一個措手不及。但這幾天的白晝異常平靜，
站崗警員不少，但只呆呆站在一處，不時除下帽子到陰暗處乘涼
玩手機，到黃昏人潮漸多才繼續端起鼻子。畢竟大家都是人，都
會悶都會熱。

　　我找到天橋底一個花叢旁邊位置，算是佔領區的甲級地段。
如此有利的據點當然要預留，第一晚我隨意在一個路壆休息，第
二天趁著白晝時間利用床鋪行李和物資佔據空間，算是佔領之中
的佔領。

「好熱呀……」一個青年在不遠處跟我說話。

「係呀…今日好似有 30℃……」

「我睇有 40℃……」

「哈哈哈……我都驚上上吓網部機會爆炸……」

「你唔使返工嘅？」

「我…我係 Designer，做 Freelance 嘛……你你你呢？」

「我同公司請咗幾日假，公司做傳媒，咪當係畀我 Working
Holiday 寫故仔！」

「哦哦哦原來你係記者……」

「咁我都係支持普選先會同你喺度曬嘅啫，我大可喺公司歎
25.5℃！」

「哈哈哈…我食咗三日消化餅喇……」

「咦你唔出去買啲嘢食？行去海富嗰邊應該有啲快餐店！」

「哦哦哦…唔…唔好！我走咗，萬一啲龜嚟踩場你哋咪少咗個幫手？！」

「WOW！你真係佔領英雄！我叫 William，點稱呼？」

「我叫…阿元。」

「你好呀阿圓！」

「係阿元。」

「哦 Sor 呀！阿緣。」

「唉是但啦，有冇煙呀？」

「佔領區唔食得煙㗎喎！」

「吓…呢度本來係馬路嚟㗎喎……」

　　佔領的日子裡，白天是最難熬，但幾天酷熱後突然下一場大雨，雨大得淹沒淤塞的水渠令現場水浸，我的行裝、遊戲機、枕頭和床鋪都被雨水沾濕，暫時未知 PS3 有否因此而壞掉，但沾濕了的枕頭和床鋪非常難搞，一來雨水滴到地上交織長年累月的污物變成污水令床鋪極為骯髒；二來，下雨後的第二天持續天陰，濕透的床鋪未能被陽光曬乾而出現霉氣，很快便養出跳蚤，咬得我起疹瘙癢，多得強仔借我無比膏舒緩癢處，但跳蚤無限，剛塗一處，第二處又腫起來，真佩服那些一生裹纏在橋底小居的露宿者……

屋漏偏逢連夜雨，連日夜雨叫人難以招架，床鋪乾不了，吃的濕濕的，生活環境比之前酷熱天氣更難捱。有支持運動的團體為之而送來二十個露營帳篷，為徹夜留守的佔領人士增添多一層抵禦。而我就是其中一個能獲得帳篷的幸運兒。

　　「元哥，講輩分呢度一定係你最大，點都係你先！」鄰居阿權見志願團體拿著物資到埗，總是第一時間向工作人員把我大力推舉，他是黃絲帶狂熱，對運動滿懷火焰，生性也相當有義氣。所謂君子貴人而賤己先人而後己，阿權餓著肚也會跟我分享物資乾糧，下雨天也會跟我分享半把雨傘，強仔、William 和他就是我在這裡第一、第二位朋友，幸好有他，生活不再孤單。

　　當一個長期留守者的好處，就是能得到區內的崇高尊重，這個短短十天的新社區，裡面論資排輩不再以年紀、技能和財產計算，是付出。付出包括對社區的貢獻和留守時間的長短。我沒有甚麼好貢獻，就勝在一早到晚守在佔領區，人們把我當成佔領族群一級榮譽烈士，方圓百里都知我阿元是晝夜不分留到最後的金鐘區十大佔中英雄之一。名氣隨著時間愈褒愈大，人們都元哥前元哥後：「元哥你真係唔使返屋企食個飯？」、「元哥你真係幾捱得㗎喎！」、「元哥你就好似呢度嘅名勝一樣，一個永遠留守嘅戰士！」他們可不知道這個最後武士其實只是個無家可歸露宿街頭，貪圖佔領物資的窩囊。

　　附近的上班一族有時候特意送來飯盒，還親自派給靜坐中的我們：「天氣咁熱一定好辛苦，你要唔要罐可樂？」聽見可樂一詞眼淚幾乎流下，我已很久沒有喝過可樂了！物資站是有維他檸檬茶、菊花茶，也有水動樂和綠茶，就是沒有最解渴怡神的可口可樂！然而，為了延續崇高的革命形象，我是非常警惕自己時刻保持佔領者身分而不是貪婪的露宿漢，可口可樂是可口，但俠骨仁心才是富卜最重要的裝備！革命為先人身為後，可口可樂乃是資本主義下的毒物，我們應以更大更長遠的目標為伍，真普選！真普選過程中，不應貪圖當下享樂沖昏頭腦忘記初衷，所以我會說：「唔使喇，有你嘅支持我已經充滿力量，今晚落嚟一齊話界689聽，反對佢嘅人唔止9萬個！」

● REC

「大家⋯我⋯允芷⋯⋯灣仔同中西區⋯⋯學今日復課⋯仍受佔中影⋯有家長專登提早⋯⋯⋯小時出門⋯⋯擔心交通擠塞⋯⋯另外有⋯⋯學校表示⋯⋯考慮重新⋯⋯調⋯課程⋯以便追上停課時嘅⋯⋯進度⋯高敬⋯報導⋯」

「疑受佔中影響⋯⋯火鍋連鎖⋯譚⋯頭全線結業⋯今日灣仔分店突然關門⋯⋯大閘貼有暫停營業⋯⋯數十名員工接獲⋯⋯⋯通知後⋯到奴工⋯追⋯⋯薪及⋯⋯⋯⋯。奴工處試⋯⋯聯絡僱主⋯但⋯⋯⋯僱員而⋯等⋯協助⋯⋯由⋯淑美報⋯」

「保普選反佔中大⋯⋯盟發起人周融表示⋯⋯已⋯收到超過 100 萬⋯人同團體⋯⋯支持反佔中簽名活動⋯⋯⋯周融表示⋯⋯當中⋯未包⋯⋯未能參與反佔中簽名活動嘅內地及海外港人⋯⋯周融表示希望世界可以⋯⋯團結⋯⋯⋯⋯關注⋯香港未來⋯亦鼓勵⋯⋯表達自己嘅⋯⋯楊嘉⋯⋯導⋯」

「中午一名⋯⋯歲女子喺銅⋯⋯世貿中心一間⋯⋯⋯美容院喺接受大⋯抽脂療⋯突然昏迷，職員報警後⋯⋯被送往律敦⋯醫⋯搶救⋯情⋯⋯危殆。衛生署指⋯⋯有兩名註冊西醫⋯事後有警⋯到⋯⋯⋯調查⋯周⋯霞報導。」

● REC

「政⋯司⋯長林鄭⋯晚⋯召⋯⋯⋯者會⋯宣佈擱置與學聯⋯⋯
原定⋯⋯⋯⋯對話，佢表示由於⋯⋯⋯⋯對話基礎被動搖
令會面不可能⋯⋯又稱佔領區人士已經⋯⋯減少⋯反映佔領者
明白⋯⋯⋯對社會造成滋擾⋯⋯⋯將市民福祉⋯⋯為對話
籌⋯⋯⋯不合乎公眾利益⋯⋯吳⋯華報導⋯⋯」

「特首梁⋯英接受本台節目『嘰哩咕嚕』錄影訪問時重申唔會落
台⋯堅稱就算落⋯亦解決唔到問題⋯⋯施放催淚彈⋯警方前線指
揮官⋯決定，並形容佔⋯行動係⋯⋯民眾失控嘅運動⋯王淑美報
導。」

「警方清晨開始移除中環⋯銅⋯灣及旺角⋯⋯⋯區嘅⋯⋯但強調並
非清場⋯⋯⋯只係回收示威區外圍嘅鐵⋯水⋯等政府財物⋯⋯中
午⋯⋯一批反⋯中人士嚟到金鐘⋯拆⋯路障⋯⋯接住有近二十架的
士堵塞金鐘⋯⋯⋯⋯詩道交界抗議佔領行動⋯晚上有佔中示威者
連同⋯⋯⋯建⋯⋯工人喺紅棉道交界非法加建棚架穩固路障⋯⋯
而⋯⋯銅⋯灣⋯示威者更以水泥⋯⋯馬路障⋯⋯由楊⋯⋯⋯⋯
導。」

00:00:09:31

雖然線路經常中斷，但不難看出無視新聞在佔中期間的報導極為偏頗，只報導受佔中影響的市民、商舖和單位，亦只訪問他們主觀性意見而沒有如實報導佔領一方的立場。就算有，都會消掉現場聲音，亂配一條環境聲重疊記者旁白，此舉惹來網民大肆抨擊，後知後覺的無視新聞終於在今天一改作風，訪問以及播出示威者一方聲畫，卻有斷章取義之嫌。

　　現場見證無視記者落區訪問鄰居 William，問他對佔領運動抱有甚麼態度、留守時懷著甚麼信念、希望政府作出甚麼考慮、對香港前景看法等聽似中肯的問題，但報導播出時只剩下記者旁白：「佔領運動嚟到第十五日，佔領區仍然集結唔少留守嘅佔領人士，佢哋表示會繼續留守，直到特首梁振英下台以及人大常委撤回決定。」然後出字幕把 William 命名「佔領示威者」，再把他四十分鐘的訪問節錄剪輯：「係呀…」、「個政府唔做嘢我哋一定唔會走…」、「預咗坐一年……」然後便回到記者旁白：「政府發言人表示，示威者以長期堵塞馬路迫使政府交換條件係唔合理同唔理性嘅表現，示威者亦要有承擔後果嘅準備。楊家敏喺金鐘佔領區報導。」

　　我明明聽見 William 是説：「係呀，其實大家都辛苦都唔想瞓街，但政府唔聽我哋意見，我哋唯有企出嚟表達訴求。」、「個政府唔做嘢我哋一定唔會走，因為我哋仍然相信政府會珍惜我哋，

會回心轉意，會聽取民意。」、「好多人話預咗坐一年，但我認為呢一刻最需要係諗下一步會點做，發起人有咩進一步指示，我哋支持佢嘅理念，但都期望走出困局。」最後竟被導演榨成肉碎，變成回應記者拋磚引肉的養土，William 對此表示極度憤怒，名譽掃地。

佔領第十六天，眼見旺角和銅鑼灣每天發生衝突，反佔中者各出其謀以層出不窮的手法不斷突襲挑釁佔領區，先有平治橫衝直撞後有社團大肆搗亂，香港天下大亂，佔領區內實體鬥爭，社交網絡也發生一場龐大網絡戰記，Facebook 的最新動態沒有一個不關於佔領運動，除了各專頁大肆討論、朋友們每天分享再分享，頭像變成支持佔中的黃絲帶，令右邊聊天室名單史無前例變成一式一樣的黃絲帶隊形。連平日穿比堅尼賣肉賺 Like 的肉模都趁佔中熱潮落區取景。盡管政府和左派報章極力捏造數據死撐「佔中人士只屬香港少數聲音」，但網絡上顯然大敗。

只怪左派都是一班閒時偷懶反應慢的保守派，柒事連連叫人慘不忍睹。藍絲帶聲稱佔中人士把一警員打至頭破血流但後來被揭發是演員拍警匪片時的花絮照片、帶領反佔中示威的成員被悉破是電視台演員、殘體字蝗在蘋果專頁惡意留言，支持和讚好其留言的人全是菲馬泰三大買 Like 國人、傳媒揭發警方對暴力反佔中人士前拉後放、左派報紙稱黑幫襲擊佔中人士是「市民憤怒了，

自發清場浴血」、一車車新移民坐旅遊巴抵達維園參加反佔中活動，大會報稱反佔中活動有 3 萬人，而在旺角、銅鑼灣、尖沙咀和金鐘聚集的只有 2 萬人不夠，更有四點鐘許 Sir 和到哪個國家都要吃水果的榴槤乜乜乜帶刀侍衞⋯⋯

　　這些那些極為門面的把戲一而再再而三被市民、網民和傳媒悉破，叫人啼笑皆非，每當有柒事在社交網絡大肆瘋傳，心裡就出現一百個為甚麼：「點解要搵班咁柒嘅人管理香港？」、「點解佢哋會覺得咁樣真係呃到人？」、「點解佢哋自己唔覺得柒？」、「點解可以厚顏無恥到呢一個地步？」、「究竟呢堆屎橋係邊一個天才諗出嚟？」媽，夠了，他們花光兵糧急救網戰卻愈描愈黑，黑到一個點是⋯比小妹粒的更黑，比關家姐領獎更柒，柒到連身為觀眾我也感尷尬。

　　縱使金鐘佔領區比其他旺區平靜，但留守時間仍是不安，特別是午夜時分更怕被黑社會突襲、被警棍圍毆施加暴力驅趕。坊間謠言不斷，WhatsApp 不斷收到轉發訊息，一時「知情人」聲稱警員正召開會議部署清場；一時「內幕消息請廣傳」告密中央決定派出解放軍鎮壓；更離譜的説有「外國勢力」即將介入，佔領者走入教堂或紅十字救護站便能得到庇護。聽似無稽有夠荒謬，但空穴來風事必有因，特別是我們這班躺在最前線的留守者，本著寧可信其有的謹慎態度，我們每晚都擔心催淚彈從天而降、橡

膠子彈打出頭鳥，甚至坦克車駛入佔領區橫衝直撞⋯⋯如果睡眠質素劃分十級，一是差十是好，留守期間我每晚只有半級睡眠質素。一來有蚊叮的癢疹、二來被鋪簡陋躺臥不適、三來恐懼的畫面言猶在耳。

黃昏時間如常有一些集會、一些召集人講話、一些抽水攝鏡議員、一些借集會舉行的演唱會和國際色士風大師 Kenny G，人們都為他在 Twitter 一句：「祝願所有人都有個和平及正面的結果。」感到欣喜，豈料不久就被河蟹變節，刪帖後表明自己只是被利用，是絕不支持佔中和示威活動。反觀同為音樂大師的坂本龍一卻堅定不二支持佔領學生：「I am on your side！」無懼中國外交部就香港佔領一事對外國名人的威嚇警告。

所謂亂世出英雄，佔領運動期間確是香港百年難得一遇的成名時段，上位之門打開之後，YouTuber 紛紛用佔領運動借題發揮、明星打正抗爭勇者身分盡得民票、作詞人插畫師製作相關創意大獲好評極速上報、連不知名的學生都以街頭藝人之名在佔領區賣藝，拿著結他大唱流行曲娛賓，人有人戒備，他有他個唱。重點，是無論他們畫功怎樣歌藝如何，只要打正「支持雨傘運動，我要真普選」之名都能得到正面評價。因為今時今日反政就是正評，佔中就是一種近乎信仰的潮流。

台上的人再三提醒大眾，佔領區如同戰場，參加者如同士兵守在城牆奮勇抗禦，因此我們要時刻保持警覺、克制和理智，不能有參加嘉年華的心情⋯⋯說得容易，他們可沒有體驗留守的真實生活，充其量只是為博上報裝模作樣虛情假意。躺在帳篷數分鐘、坐在路邊裝沉思、跟群眾合照上載 Facebook 加一則煽情標題：「今晚在佔領區通宵留守，雖然下雨，但我地只要堅守信念，公義始終會在我們呢邊，共勉之！」

　　Carrie Lam、Henry Tang 和其他 12,128 個人都說讚・93 留言・56 分享

第四章第十三節
義務律師

● REC

「佔領……進入第十八日…警方…晨…出動大批警員……特首辦門外堵塞龍和…嘅示威者，期間…施放胡椒噴霧…而家龍和道東西…車線已…重開…行動期間……警方帶走……個反應過於激烈嘅示威者…其中一個……者更被多名警員拖到暗角…拳打腳踢……」

00:00:01:18

　　昨晚的金鐘不再平靜，禿鷹雄按捺不了持續的拉鋸局面，終於出兵大舉侵略龍和道邊疆，把用作保護留守者的路障強行清拆縮窄佔領範圍。不少巴打響應網上號召集結龍和道包圍重裝警察。我沒有參與是次活動，但環顧四周知道不少鄰居都有參戰。

「元哥，天光都未見到我返嚟就幫我打定界義務律師啦！」住在不遠處，經常以熱血公民之名發表抱負和使命的阿權在臨行前跟我交低身後事。

　　夜裡很吵，遠方不斷傳來哨子聲、呼叫聲、喝彩聲，大部分人都跑到龍和道支援，留守陣營剩下小貓三隻，我是其中一隻。「我是否都應該跟大伙兒一同參戰？」這個問題困擾了我一整晚。最後得出一個紓解心結的理由：「我要安好在這裡，強仔、

William 及阿權要我替他們守候，Touch wood 出現事故也有我為他們跟外界通訊尋求支援，所以我不能出事⋯⋯」凌晨四時多，我未有睡，也當然睡不進。直至天亮之前，強仔和 William 終於回來，他們都在混亂中受了傷，強仔吃了一技胡椒噴霧，掩著左面滿眼通紅，他形容左眼著了火，要到急救站治理。強仔被警棍打中，背部腫了一大片，而阿權遲遲未見人，相信被警方拘捕了，看來要投靠被捕熱線聯絡義務律師⋯⋯

「喂你好呀係咪毛律師？」

「係⋯⋯你係？」

「我個朋友俾警察捉咗，要你幫幫手⋯」

「你朋友因咩事被捕？」

「頭先龍和道有衝突，佢應該係喺嗰度俾警方捉走咗⋯」

「你意思係指你朋友同佔中活動有關？」

「係，佢係佔領運動一分子！」

「唔唔⋯⋯」

「喂？」

「唔⋯佢而家被帶返警署，正常程序應該會先落一份口供，然後⋯⋯」

「佢係咪應該同班龜講話律師未嚟唔會講嘢？」

「其實被警方當場拘捕，已經有晒證據，所以⋯⋯」

「所以你唔打算去救佢？」

「你點稱呼？」

「我姓孫。」

「孫生，首先我哋係喺辦公時間服務，而家六點…三十二分，照常理嚟講係未到我哋嘅服務時間。」

「等得九點，我個朋友已經喺入面俾人打死咗！」

「請你相信，警方係唔會喺警署使用過分武力。」

「點信呀？頭先有七個差佬將一個示威者拖埋一邊圍毆呀！」

「我有理由相信呢種咁低級嘅行為只係一方嘅片面之詞。」

「真㗎！你去救我朋友啦！」

「我要同佔中律師團隊商量一下先再作下一步行動。」

「咁你即係 Hea 我哋啫？你係咪幫我哋㗎？」

「孫生，請你留意返，我哋係義務，唔係必然㗎……」

「吓？你哋當日唔係好有義氣話會全力幫助我哋嘅咩？」

「孫生請你冷靜啲，我哋都有我哋嘅程序……」

「六點幾俾人拉咗，仲可以有咩程序？即刻去救佢啦！當我求吓你！」

「其實緊急夜訪警署係有 $2 萬收費。」

「痴線！義務律師收乜嘢費？！」

「如果未通知佔中律師團隊即當私人服務，咁係會有一個正價收費喺入面。」

「痴線！」

我氣得幾乎把手機踏碎……雖然佔中初衷只為三餐一宿，但來到同伴生死存亡一刻，情緒還是無法冷靜地運作，要是跟那個姓毛的面對面爭議，我早被控一條傷人罪（先假設他是個瘦弱的書呆子）。

　　這刻在佔領區留守的人都是平民散戶，都很迷惘，都很驚慌，望風而逃。我才知道我們的力量原來是如此的渺小。甚麼多一個人留守就多一份力量！甚麼一方有難十方馳援！我們只是一班手無寸鐵白首空歸弱不禁風的柒頭皮！我們能夠做到甚麼？同伴被捉了，求助無門只能阿Q地想：「應該冇事嘅……」阿權翌日黃昏被釋放了，除了渾身傷痕，亦被記名不排除秋後算賬。事後回想，龍和道發生如此大的衝擊，支持佔領的團體和黨派定必派出支援，營救被捕烈士增加聲望。說到底，只有政黨才有牙力跟政權抗衡，此令我更覺自己是一枚膠片籌碼，弱不禁風。

　　龍和道衝擊事件翻起社會激烈的輿論巨浪，暗角打鑊變成佔領一方重要籌碼，警民關係再度跌 Watt，其不公義的執法與大台偏頗報導令黃昏的金鐘再度擠滿義憤填膺的民眾譴責政府、警方和左派傳媒光明正大地隻手遮天、指鹿為馬、橫行霸道。除了無間斷的《海闊天空》，今晚還一起高唱 Do you hear the people sing？Singing the song of angry men，it is the music of the people who will not be slaves again……

　　氣氛是挺壯麗，但我已在事件中看透了，無論我們的抗爭有多激烈有多熱情有多竭力，實質也於是無補。民間力量其實渺小得不堪一擊，如果沒有更大的權勢站出來，政府只需看準時機加以施壓，烏合之眾不消一秒便土崩瓦解 。

新聞女主播

● REC

本報訊：佔領運動期間七名警員涉嫌毆打示威者新聞，無視新聞部總監訓示下屬「憑甚麼」指控警員「將示威者拖至暗角拳打腳踢」又指摘報導未加上「涉嫌」、「懷疑」等字眼，違反新聞專業守則。目前未知事件會否進行內部調職或處分。

本報訊：無視攝得警方對示威者涉嫌使用私刑片段，記者以「拳打腳踢」形容事發經過，後卻被刪去旁白，激發新聞部十二名主播和五十七名記者，至少八十多名員工聯署公開信抗議，去留肝膽兩崑崙的氣魄躍然字間；據報，每宗新聞播放前，編輯、記者與採訪主任都仔細檢視片段，再根據他們處理新聞畫面的經驗、警員的動作及示威者反應，有九成肯定才下筆落稿。透過基本檢視，是可以判斷動作是否能稱得上「拳打同腳踢」，「涉嫌」和「疑似」等字眼是刻意減低新聞肯定性。

本報訊：無視新聞節目近年不斷更改，記者工廠式作業，採訪依足上司指令缺乏自主，亦有傳管理層為收視而偏心某些記者及主播增加其曝光機會，加上近日暗角事件被社會抨擊偏頗，新聞部士氣極為低落，有傳即將引發另一場逃亡潮。

本報訊：處理七警涉毆打示威者新聞的編輯主任以及疑因此事轉任

● REC

資料搜集員的肇事採訪主任已經請辭。據悉新聞部已陸續傳出多個辭職消息，工作氣氛極為沉寂，業界人士認為新聞部已死，截稿前無視新聞未有回應。

▬▬▬ . 00:00:10:05

　　以往香港一直以新聞自由為這城市最大驕傲，因為新聞自由象徵一個地方的理性、文明和人權，也是當權者表現智慧和無懼的證明。這些都是我們一直比大陸優勝的地方，也是比大陸人活得好學得多的原因，但今天終於見底。一個雨傘運動，中央露出真面目，無極限的維穩、河蟹、反間、擾攘叫人啼笑皆非，每天都像上演一齣又一齣八十年代諧趣劇，演員低劣對白低俗笑點奇低劇情無稽，但最諷刺是他們處事就算何等低裝可笑幼稚，我們還是束手無策。跟「阿婆唔識字，我哋搞和平，香港平安大吉囉」的漁民羅太一樣，我們的存在其實對這城市毫無意義，無論他們是為一包鹽而受同鄉會唆擺，抑或我們是為香港的未來前途而竭盡所能掙扎求存，結果還是零意思，這種無能為力叫人心力交瘁。

　　新聞界被河蟹得人仰馬翻人心惶惶，但芷兒在暗角打鑊兩天

後榮登大舞台，正式擔正為大台晚間新聞女主播，在皇牌時段君臨天下隆重登場。這是時勢做英雄的典範，還是患難見真情的感人故事？新聞部士氣低落，逃亡潮如箭在弦，話題女王臨危受命，受於在敗軍之中，奉命於危難之間。管理層鋌而走險重用新人，是因為她出類拔萃得無以倫比，還是她有選擇性麻痺聽教聽話？是新聞部人手不足，還是被賞識為最後一道殺著？

　　無論如何，亂世出英雄，從今以後妳便是主角。

第四章第十五節
外賣兒

「大家好，我係允芷兒，歡迎收睇詳盡新聞。終審法院喺 2013 年裁決變性人嘅婚姻權利，給予一年寬限予行政機關修例，但係立法會以大比數否決二讀《婚姻修訂條例草案》。保安局局長黎棟國未有回應會唔會再次提交草案，落實法庭裁決。由王淑美報導。」

「有人向食環署投訴今年 5 月上環信德中心美心皇宮分店廚房環境欠佳，雪櫃、魚缸同門框等多處都被質疑係咪合符衛生標準，今日美心食品公司承認一項控罪，被判罰款 $3000。劉宇晴報導。」

「今早有十四名市民喺獅子山上垂掛一幅巨型政治標語，吸引唔少市民觀賞。警方封鎖山頂，出動飛行服務隊吊運兩名消防員及民安隊人員移除標語，並表示未經許可喺郊野公園張掛標語係違法行為，一經定罪可被判罰款同監禁。楊家敏報導。」

「香港出現四年以嚟首宗本地登革熱個案。患者為 63 歲男子，現於威爾斯親王醫院留醫，情況穩定。梁灝生報導。」

「公務員薪常會公布最新薪酬水平調查，建議高級文職公務員加薪3%，中、低級維持不變。薪常會主席王英偉表示，今次建議係按調查結果去制訂，相關資料同結果都對外開放，透明度高。吳永民

報導。」

「房委會建議 12 月推售 2160 個新居屋單位，售價為市值七折，分別位於沙田、荃灣、青衣及元朗，最平嘅沙田美柏苑細單位賣 $190 萬，最貴嘅荃灣尚崒苑大單位都係賣 $320 萬。由何健欣同大家睇吓。」

　　10月下旬，Wifi 訊號順暢多了，因為留守的人開始伶仃疏落，而無視新聞也刻意稀釋局勢，盡可能報導佔中以外的新聞，試圖和諧佔領區以外的香港。相信每天用電視汁撈飯的無知婦孺一定以為佔領運動早已告終：「新聞都冇賣，應該冇咗啦！」連獅子山上的「我要真普選」都能報導得像行山人士在郊野公園亂拋垃圾，警惕市民要愛護公物，新聞報導對這城市還有甚麼意義？當上讀稿機的允芷兒會否為此而沮喪？不過無論感受如何，貴為新一代新聞之花，人在江湖就是身不由己。但人怕紅豬怕肥，有知名自然有是非，人說「是是非非」，能廣泛傳開的，通常只有非……

　　允芷兒上位第二十七天，登上了八卦周刊的封面左上角，大頭條是名導演因佔中而跟幾個明星絕交鬧翻，而左上角的花邊新聞是「為咗極速上位可以去到幾盡？新聞小花每日 Lunch 爆房送外賣」附圖是一個身穿 OL 連身裙的女生步入九龍塘理想酒店大門，而頭頂被箭咀點名允芷兒。我盤纏不夠買雜誌，多得經常轉載雜誌報導的巴打，能夠在高登讀完整篇報導：

● REC

「近期極速上位的無視新聞主播允芷兒，憑其甜美樣貌和字正腔圓的聲線，榮登大台主播台以後，火速成為新一代宅男女神，清純形象加爆分。但探子回報，兩星期前發現她連續兩天中午低調光臨聞名於世的九龍塘理想酒店，低頭急步進門即上房。新聞界傳聞四起，紛紛指她跟新聞部高層有染，趁午餐時間「送外賣」被快食。

本刊得悉消息後連續數星期跟蹤，發覺小花上周星期二、三和五的中午時間都乘計程車從藍田住所前往九龍塘，下車急步入門，跟神秘人「爆房」短聚兩小時，然後獨自乘地鐵上班。至於房中人身分依然未明，記者於酒店門外守候良久亦未見可疑人物，但新聞界傳聞小花近月跟高層張先生關係親密，適逢張太太佔中期間與家人歐遊，小花把握機會成功「送外賣」入局，賺飯錢之餘更有「調職」

當貼士，趁亂世上位，登上大台主播枱，跟首席主播劉嘉妍平分秋色，差一日之長短！」

　　老實説，單憑三張進出酒店的照片就裁定一個女生為仕途而向有婦之夫投懷送抱是否太武斷？這本八卦周刊每期印刷三萬本，即有三萬份印有「為咗極速上位可以去到幾盡？新聞小花每日 Lunch 爆房送外賣」於各大報攤便利店出現，姑且勿論允芷兒是否真有送外賣其事，如此引人入「性」的標題已夠當事人的形象破產直插谷底，加上記者拍到的照片感光極差像素極底鬆郁矇，更令人產生更多遐想。「爆房」、「送外賣」、「短聚」等性暗示字眼不禁令人把 S 級素人、交わる体液濃密セックス、禁室培慾等畫面對號入座，完全插入這篇報導，啟動 FF 動新聞。把允芷兒鏡頭前的莊重、嚴謹、專業形象崩壞成無修正淫語、顏面騎乘、大量噴射的痴女……叫人情何以堪？

　　能想象到雜誌大字標題言之有物、圖文並茂報導你向高層投懷送抱的經過，公告天下，可以造成多大的身心傷害？報導成了你同事茶餘飯後冷嘲熱諷的細聲講大聲笑、讓姨媽姑姐三姑六婆

七嘴八舌跟你父母說三道四、朋友碰上你時也煞有介事似笑非笑問：「咦？喺九龍塘站過嚟呀？」高手或許能處變不驚一笑置之，但未有老練成佛的小女孩又怎樣面對如此龐大的輿論壓力？

「又一證明女人都有一個價 #hehe# #hehe#」

「點解我女神要做雞 :~(:~(:~(:~(」

「廣東人做雞有特別多方法 .jpg」

「Lunch 時間理想門口好多學生，仲話低調傻的嗎？」

「留名一身蟻，Btw 廣東人做 _____ #hehe# #hehe#」

「一個甘願為你去理想爆房的女人，其實娶得過 :~(」

「首先，你要成為高層……」

「就算爆，都可唔可以搵間四正少少？ :o」

「如果有允芷兒做 SP，生活會點過？」

「痴線！幾張相就屈人做雞，傻的嗎？」

「廣東人做雞有特別多方法 .jpg x2 #yup# #yup# #yup#」

「理想？ Cheap 成咁好心唔好搞！」

「佢尋晚件衫 J 死我 [bomb]」

「小二花生兩打唔該！」

「一鍵留名」

「我都去過理想，其實入面唔錯 :P」

「其實我幾欣賞佢，由記者到而家都幾好，點解要做雞 :~(」

「如何同女神講想去理想爆房？」

「廣東人做雞有特別多方法 .jpg x3」

「得啖笑，On 9 愚記 9 寫都信 :o)」

「芷兒 BB :~(:~(:~(:~(」

「口裡說不，身體想 Fuck…我都想啪 :P 」

報導一出，激起高登熱烈討論，允芷兒被諷刺成「外賣兒」，登上熱門關鍵字：「爆房、女主播、允芷兒、外賣兒」，繼而被人肉起底、二次改圖，更有改歌詞惡搞帖，副歌部分精闢獨到，發帖者以許冠傑的《半斤八兩》作音樂基礎輕提兩句，然後被林夕上身的巴打們一人一句接龍拼出一首全新作品：

WhatsApp 兩響，Lunch Time 老總喺理想～
WhatsApp 再響，飛的爆房真夠薑～
WhatsApp 猛響，托高個 Push up 先夠搶～
敷 Mask 靠精液，今日卡士 Show 靚樣～
家陣兩點二，啪夠五 Q 上位靠吃腸！

這算是網絡欺凌嗎？你有試過被網絡欺凌嗎？

但願允芷兒沒有上高登的習慣……阿們。

第四章第十六節
河蟹新聞

● REC

「大家好，我係允芷兒，一節詳盡新聞。灣仔嘉薈軒一單位揭發一宗雙屍兇殺案，一名 29 歲外籍男子於家中報案警，警員到場發現一名 30 歲南亞裔女性倒臥，喉嚨被割破當場證實死亡。警方再喺露台發現一個行李箱藏有另一具印尼籍女死者，29 歲外籍男子涉嫌謀殺兩名女子被扣留調查。由王淑美報導。」

「發展局提及，原本計劃喺 2016 年通車的港珠澳大橋，會延遲到 2017 年底完工，路政署向立法會提交文件指港珠澳大橋香港口岸工程將會超支，預計明年年初向立法會申請追加撥款。」

「旺角佔領區尋日凌晨發生衝突，示威者聚集喺亞皆老街戴上頭盔向警員指罵，警員手持警棍驅趕又舉起黃色警告牌。警方一度施放胡椒噴霧並帶走多名示威者。警方最少拘捕兩個人，佢哋涉嫌妨礙警員執行職務。由曾志誠報導。」

「政府今日公佈沙中綫土瓜灣站考古發現嘅初步保育方案，為免文物受工程影響，建議土瓜灣站設計須因應改動，考古及保育工程開支達 $54 億，工程或因為保育而延遲十五個月，古諮會委員同保育人士均對方案反應正面。羅致然報導。」

● REC

「籌備超過半年嘅滬港通今日正式啟動，港人每日兌換人民幣嘅限制同時取消，上海同香港今早同步舉行開通儀式，行政長官梁振英、港交所主席周松崗、行政總裁李小加以及證監會主席唐家成等人均有出席。」

「港大民意研究計劃以電話訪問 500 多名市民，發現有 83% 受訪者認為佔領行動應該停止，另外有 68% 認為政府應該清場。受訪者當中有近 89% 受訪者並冇參與佔領運動。由楊家敏報導。」

00:00:00:55

乍看報導，佔領運動好像已經進入尾聲，只剩下執迷不悟的餘黨揮之不散。但其實佔領運動還在，人還是多，大家仍然努力為民主堅持，只是無視新聞避重就輕，局部報導。港珠澳大橋超支 $50 億、沙中綫延期居民叫苦連天，滬港通禍害港股、佔領區被惡意入侵以及佔領運動參與者立場和意見；都被消音了、過濾了、和諧了。加上政府近日大力推廣維穩活動轉移視線，針刺不到肉的市民在不自覺之下蒙在鼓裡。

無可否認，佔領運動的確大不如前，任憑社會各界強烈譴責、

警民關係每況愈下、特首團隊民望跌破負數，政府還是決意跟人民打消耗戰，深信運動終有一天會在疲塌下終結。縱使我們深信憑著堅持是會取得最後勝利，但每天抗戰每分堅，以及日曬雨淋還有前路茫茫，大家仍是會累、焦點會散、意志會薄弱。大家都掙扎了：「仲要捱幾耐？發起人幾時先有更具體嘅方向帶領民眾走到下一步？」沒有，學聯、學民、佔中三子亦然，見他們每天登上各大傳媒頭版大談概念、理念和信念、而從來沒有提及下一步，跟林鄭月娥不斷向外表達政府願意聽取市民任何意見一樣，只光說，不做。

　　一石激起千層浪，人們為公義上街，為香港未來露宿，但從沒有得到任何保障，學聯也好、義務律師團也好、支持佔中黨派都好，表面支持運動，實際不過是透支運動，為了在政治遊戲之中佔上一色半角、增加個人名聲、分一塊權力餅，以各種政治手段座大勢力。佔領、偷襲、吞併，為的都是私利。整個佔領運動早已變成一張賭桌，所謂光環核突利益現實，黨派是賭客，政府是大莊，各懷鬼胎，為權力你爾我詐。但重點，是桌上一疊疊不同面值的籌碼就是我們人民。我們成了他們的賭本，隨他們手上的牌、野心和謊言被反覆出賣。

　　Wifi愈見順暢，證明佔領一方的籌碼快被賭清。香港人善忘，善忘得早已忘記兩個月前這個政府才向手無寸鐵的學生當韓農般

施放催淚彈加以光明磊落的警棍亂毆；早已忘記他們為私利不惜光明正大隻手遮天，七擒七縱亞洲電視、官商勾結無視電視、拒諸門外香港電視；亦忘記他們未富先驕好大喜功浪費公帑興建超支基建赤化舔共。這刻，大家只記得年尾排隊取綠表抽居屋。那些維穩黨派經常把「安居樂業」掛在口邊，說只有社會共融人們才得以安居樂業……但沒有深究過，是誰令香港人連基本住屋權利都搶走？成功上樓又是否解決一切生活問題？建好的公屋可變居屋賣，閒置的居屋又可變公屋租，入屋對馬桶、開窗對墓場，仍有數以百萬人排隊輪候。

其實睡在佔領區比住劏房更寫意，起碼免費食宿。不知這裡有多少人跟我一樣純為一口飯一覺眠而來？

第四章第十七節
好想幫芷兒 BB 瘋狂抹眼淚

● REC

「政府剛剛公布 2013 年香港貧窮人口，五年來首次跌穿 100 萬人，貧⋯貧窮人口由 09 年嘅 100⋯100⋯⋯唔好意思⋯⋯貧⋯貧窮人口由 09 年嘅 104 萬下跌至去年嘅 9⋯⋯97 萬⋯貧窮率由 16% 下跌至 14.5%⋯咳⋯特首梁振英形容⋯⋯⋯⋯特首梁振英形容政府扶貧措施初見成效，其中長者貧窮更有明顯改善⋯由⋯由吳立昌報導⋯⋯」

00:00:00:16

　　允芷兒竟在今晚一節新聞報導中，雙眼通紅結結巴巴，聲綫顫抖最後皺褶落淚⋯⋯怎麼了？這可是有百多萬人即時收看的電視節目，無論如何都不能有差錯，特別是新聞節目，比任何一個節目都要更準確更專業，一直狀態穩定專業可靠的允芷兒出了甚麼事故令她在重擔中失職？是生離死別的痛？是沉重的輿論壓力？還是繁瑣的感情糾紛？畢竟，一個本來志願投身新聞業為報導真相為公義發聲的記者，要承受如此龐大的公眾壓力，是當初預計之外。見允芷兒黃豆般大的淚珠從左眼滑下，心情也跟它一樣下沉，其實妳是為了甚麼要熬得如此難過？

　　採訪記者吳立昌報導後，鏡頭回到主播室，席上已不是允芷

兒，而換上體育主播蔡智文獨擔大旗。一向只報英超曼聯又輸一場、戴歷路斯再度傷出的他，突然開腔報時事感覺異常陌生。就如幾年前有兩集叮噹由郭立文頂上叮噹聲優，一下子便摧毀百萬人的童年回憶，惹來大眾紛議，無視唯有速速把林保全交還大眾，息事寧人。聲線這回事雖然只是聽覺，但也是最能令人留下深刻記憶的渠道，聲音和影像是無法分割，卡通人物的配音是、樂器的原聲是、足球賽事的現場聲是，報導新聞也是。聲畫同步與否，是非常影響思考和接收的濃度，有時下載到一些聲畫不同步的AV，莫說勃起，連多看一秒也不願意。所以爆機兄弟的達哥每次開台前也會問觀眾：「聲音畫面有冇問題？」他就是非常明白這個道理。

允芷兒的淚珠一灑，灑遍整個城市。成了各大報章重點話題，也成了社交網絡一時熱話。蘋果更在一夜把允芷兒極速起底，電光火石間製作出由淺入深少咸多趣聲畫兼備的動新聞：「Grin～無視小花外賣兒淚灑晚間新聞？！近排極速上位嘅無視小花允芷兒尋日喺晚間新聞報導一單關於香港貧窮人口嘅新聞時一反常態口窒窒，最後仲喺左眼流出一顆晶瑩淚珠（BGM：我想哭不敢哭難道這種相處，不像我們夢寐以求的幸福⋯⋯）嘩 Zoom 近少少睇吓真係好大滴眼淚喎！新聞報導之後，網上論壇已經 Cap 晒圖瘋狂討論，熱話仲帶到去 Facebook 雅俗共賞，觀眾連串猜測當事人係咪同新聞部高層張先生感情有變，所以一時情不自禁喊出嚟。

不過經本報明查暗訪搵到位知情人，佢話其實係辦公室政治搞喊咗佳人，允芷兒近日極速上位先後引嚟另外兩位女主播不滿，仲公開杯葛當事人咁話喎，唉！佔中運動已經傳出新聞部大遷徙，而家仲搞多個《金枝慾孽》，真係厚多士呀！（動新聞 Logo）」

原本外賣一事已是議論紛紛，允芷兒今天再度成為熱門關鍵字：雨傘運動、外賣、允芷兒、私煙老是常出現、MK 妹……「允芷兒」和「外賣兒」兩詞以半洗版式驚人數量佔據高登吹水台，不少更成熱門發帖錄得過十頁討論，不少發帖為在云云中突圍而出吸引讀者好奇和創意而苦心命名……

「如果外賣兒係老婆，生活會點過？」

「我正式宣佈允芷兒係高登新一代女神」

「好想幫芷兒 BB 瘋狂抹眼淚……」

「我衰仔，其實係我搞喊芷兒 BB」

「外賣兒對波好似大咗，你估係咪假波？」

「識喊一定喺晚間新聞直播喊，外賣兒又贏一場！」

「集思廣益：全盛時期嘅新垣結衣正 D 定外賣兒正 D？」

「投票：外賣兒同張采瑤嚟一場泥漿摔角，你估邊個會贏？」

「今日拎咗張外賣紙，上面竟然有允芷兒個名」

「Old news is……外賣兒原來讀聖士提反，有圖」

「一句到尾，外賣兒定爆房玲」

「呢個 AV 女優好似外賣兒，有 Link 求名」

「其實外賣兒真係世界級，Hi 到佢真係短十年命都願」

「FF 故：為咗上位你可以去到幾盡？外賣兒送外賣真性中出」

「做得電視台管理層，玩女主播其實真係好基本！」

「允芷兒妳要加油，我哋其實好支持你，唔好死！」

「唔好話我話，好似外賣兒依 D 女根本一街都係」

「允芷兒淚一灑，震撼了全球人類」

「如果你阿媽同去外賣兒跌咗落水，你會救邊個？」

記得允芷兒初登新聞台主播室，高登仔是一路看好，指她曾在山雞台浸得一口字正腔圓，由記者登上主播桌是基本功紮實，加上五官端正挺上鏡，是百年難得一見的練武奇才，其優厚潛質有望令無視新聞起死回生、公信力攀升、收視連帶回勇，救起整個電視台。但當她由小台上大台，正面聲音不再，而開始出現「極速上位」、「山雞變鳳凰」、「疑似假波」等負面評論造謠，再出現送外賣事件，形象直跌谷底，來回地獄又折返人間就在兩個月之間。

高登仔一沉百踩是常識吧？繼柴九、淫 Kay、肥苟、公廁、宇宙 GEM、艾辛、大文豪、陳醫生後，允芷兒應該被加進「逢紅必反系列」了。

　　後知後覺的無視公關部終於在淚灑主播室兩天後向傳媒散
料，報稱新聞主播允芷兒前日於晚間新聞落，是因為健康出現特
別狀況，加上近日工作頻繁，所以一時情緒失控。當事人承諾會
盡快收拾心情重返崗位，回復專業形象繼續服務香港市民，並感
謝社會各界的關心。

　　犀利⋯⋯

第四章第十八節
被捕日記

● REC

「應該一早見過但直行直過只差…」

「得唔得呀……」

「但直行直過只等一個眼波，軌跡改變角度交錯……」

「哈哈哈哈……」

「咁難入嘅……」

「天空閃過燦爛花火…」

「唔…唔唔……」

「和你不再為愛奔波…總差一點點先可以再會面……」

「唔唔唔好影我 Movie 喇…呀呀……」

「你又知我影緊？」

「分手分錯了麼……」

「吓呀…呀……吓呀呀……」

「分開一千天天天盼再會面……」

「吓呀…吓呀…你咁快扯到旗嘅……」

「梗係啦…睇你自己個樣……」

「Woo…oh……Woo……」

「呢個係第三次喇…」

「我會唔會射㗎…我射咗我真係要 Call 白車……」

「吓呀…吓呀……」

「Woo…oh……Woo……」

唔唔…唔……嗚嗚呀……爽歪了……陳奕迅的……十面埋
伏…Call 白車……

怎麼情節這樣熟悉……芷兒的胸很美…但沒有乳頭……是太
爽沒有看清楚…還是她真的沒有乳頭……難道給姓張那個高層咬
走了？

很熱……我該洗個澡，免得沾濕床單……但那張黑白色床單
感覺很陌生…這裡是哪……是芷兒的家？

她睡得這麼硬，脊骨一定很健康……芷兒……咦？枕邊沒
有人…難得她去了洗澡？慢著…為何我會跟她……我們在哪認識
了…？

呃記得了，是在廣東道門外認識……D＆G門外……想不到她
還記得我……

我們是怎樣上了床……是喝醉了？怎麼甚麼都記不起…芷
兒…妳要上班了嗎……貴為黃金時段女主播，怎麼會看中我這個
失業漢……我是被選中的一個嗎？何等的幸運……真想再細看她
的身體……她去哪了……

很濕…褲襠濕漉漉……大腿內襠黏著老二感覺很差……是精液……為何會射在大腿上……噢我知道了…應該是因為剛才以坐蓮作體位完事？不…她明明是躺著……黏著的精液跟濕漉漉的汗混起來一定很臭……

夏天時把手伸進春袋與大腿之間一陣再抽出來嗅，那種咸魚味很噁心…但嗅多幾嗅又會有一點爽……難道這是女人願意替男人口交的原因？

哼唔很累……應否起來洗澡？但芷兒大概沐浴中，她會喜歡鴛鴦嬉水嗎？說實跟她大概還未到如此親密的階段吧？我要付錢嗎？但我已經沒錢了……對…有錢你老母.jpg…我已經連橋底炒蟹都不夠錢吃……

我……我不是在佔領區嗎？那為何無端端跟允芷兒搭上了？我在做夢嗎？不是嘛…

Shit…果真…原來夢遺了……這是露宿之中最慘淡的悲劇……

記得上前夢遺已是兩年多前…對……上次女主角也是芷兒，她一邊跳《Gangnam Style》我一邊把老二伸進電視機的 USB

插口，窄身裙…黑絲……上次很科幻，今次算是難得真實，起碼真有一場以假亂真的床戲而不單是一種叫人春心蕩漾的意識。說實我喜歡夢遺的感覺，因為感覺很真，夢醒後還以為真有發生過，就算事情有多不可能，起碼在夢中默默交會過，騙過自己而各不留下印。直到表意識慢慢回復，那種若有所失才蕩然湧現……當真相被切實地道破了，那是夢、是日有所思、是虛擬幻影，心情猶如被針一下刺穿的氣球「噗！」夢中泛起過的甜蜜、滿足和幸福立即四散，剩下孤獨、失落、寂寞……這刻很是寂寥，我只是一個沒有工作沒有愛情沒有錢，和在夢中褻瀆神靈的毒撚。

大概是長期在公眾地方起居生活，缺乏適量自瀆引致夢遺，儲存的精液已過盛……夢遺感覺雖好，但事後非常煩人，我應不應該走出帳篷到公廁清潔？該死的帳篷還沒有紙巾…不知道阿強阿權 William 有否試過這回事？應該老實地向他們求助？外面一片寂靜，人們大概都熟睡，我不想因為夢遺而弄醒他們，搞不好成為第二天的佔中趣聞，當上輔仁網一篇文章中的男主角……

「起身，出嚟！」

甚…甚麼？！突然有人在外面用力拍打我的帳篷粗聲地喝令…從黃色的帳篷看出外面，有幾個黑色身影站在外面：「我哋係警察，而家勒令你出嚟！」甚麼？慈母終於殺過來了？為何要

在這個時候清場？褲襠濕漉漉，老二黏著大腿內非常難過，又沒有紙巾擦抹，情況就如在夜店廁格來了一場激烈的大便後，發現沒有廁紙，被困在廁格內十五十六之時，突然有保安拍門：「先生，麻煩出一出嚟……」因為情況尷尬結結巴巴，明明沒有吸毒都被誤會了……「我畀多十秒你，再唔出嚟我哋就入嚟捉你出嚟！十！九……」我應該怎樣做？！為甚麼要捉我？我只是夢遺而已！只是太久沒有自瀆，難道這也算犯法？

「五！四！三……」

數到三，兩個軍裝一個便衣已經闖進來把我捉出蓬外，他們孔武有力地先把我左手反扣，繼而粗暴地將我的臉龐壓到地上，再用索帶縛紮雙手，我掙扎亦無補於事：「而家懷疑你同龍和道其中三個激進示威者有關，並懷疑你教唆他人犯罪，而家要你協助調查！」跟誰有關？教唆甚麼犯罪？！

佔領營被大批慈母入侵，幾乎每一個帳蓬都被兩至三個慈母大肆搜掠，我的帳蓬也不例外，搜出手機錢包手提電腦筆記簿等個人物品，軍裝翻開我的錢包，把裡面的東西倒到地上，只拿著身分證問：「孫啟元吓話？你知唔知自己犯咗咩事？」

看著地上被打翻的八達通、信用卡、帳單、車牌、歡樂

咭，我沉著氣默不作聲。然後便衣拿著我的手機無禮地問：「密碼係咩？」我不回應，軍裝便大力捏著我手臂威迫我就範：「4689……」便衣打開手機後不斷拉拉按按，我甚麼私隱都沒有，他一邊入侵個人私隱一邊質問：「呢啲相影嚟做咩？」那是一張中午藍天白雲的龍和道，我覺得此情此景很安穩，藍藍的天很美，人坐在地上一片悠揚。但卻被便衣指為今晚龍和道警民衝突前的有組織部署。

相簿被不斷翻閱，有令人尷尬的自戀自拍、有參與佔領的美女偷拍、也有跟阿強阿權的合照和一些網上截圖，手機相簿就如一個人心中的潘朵拉的盒子，現在都被一一翻閱，我像被脫光衫褲鞋襪評頭品足……他跟軍裝一起看，直至翻到一個位，又再把螢幕向著我問：「係咪想對呢個女仔有所企圖？」那是芷兒在新聞報導截圖，我習慣一邊收看她的演出一邊按鍵即時截圖，記錄她每日髮型和衣著，純粹出於傾慕而非企圖……被便衣不斷誣衊，我感到異常屈辱，終於按捺不住反擊：「乜警察就有權侵犯人私隱？可以亂咁打開人嘅電話，同伙計一齊開心 Share 嘅咩？」

「而家唔係開心 Share，係搜集你嘅犯罪證據！我哋懷疑你用電話同示威者通訊！」
「吓乜搵通訊證據會睇人哋相簿嘅咩？」
「我哋已經搵到你幾張涉及龍和道暴動嘅相，你已經斷正！」

「你都 On 9！影龍和道就話係有組織部署，咁影天安門咪即係要反清復明？」

「嗱我哋而家有權告你多條辱罵警員罪！」

「嚇鬼呀？邊有辱警罪？我又冇妨礙警員執勤！你而家係咪因為唔高興就採取拘捕行動？」

「嗱我已經再三勸喻你同阿 Sir 合作，你係要繼續同阿 Sir 撐，我有權拎你返差館！」

「咩呀？你而家用主觀性取向執法呀？你因咩指引作出拘捕？」

「告你阻街、懷疑你教唆他人犯罪已經夠料 Charge 你！」

「咩呀？靠嗰兩張藍天白雲？」

「我哋仲懷疑你對呢個新聞主播有不軌企圖！」

「痴線！Cap 吓圖就有企圖，咁你屋企嘅 AV 係咪可以做證物？」

「我已經畀晒機會你你都冥頑不靈，我而家就要求帶你返警署作詳細調查。」

「我唔接納你個要求咁有點樣？」

「你可以聯絡你嘅律師，但為咗保存證物原整，我都會先帶你返警署。」

　　我被強行拉進一部私家車內…雙手被制服緊緊鎖在後，車上有三個便衣慈母，一左一右用肘壓著我肩，另一個負責開車。便衣把我的手提電話關掉，連同錢包、電腦、記事簿等個人物品一同放入一個透明膠袋。直至私家車到達警署，他們一左一右粗野

地脅迫我下車走入警署，他們跟接待處的人打了個眼色，便直接把我帶進一間房間，四邊都是隔音板，有一張深藍色木桌和三張木椅，就是經常在 TVB 出現的問話室。這裡很冷，他們把我帶進來便離開了，門被反鎖，我困在這裡快要冷死。

沒有手機，時間觀念頓破，或許是太冷的關係，腦筋開始遲鈍，只想眼前出現一件外套或一杯熱咖啡，但事與願違，又不知過了多久，我幾乎凍僵了⋯⋯

門終於再次打開，兩個便衣走進來，一個是剛才打開我電話那個混蛋，一個是新人物，他很親切地遞上一杯熱烘烘的咖啡：「呢度啲冷氣係大咗啲，飲杯咖啡暖吓身先啦！」

我速速接過然後咕嚕咕嚕喝光了。之後他遞上一份文件，叫《被捕人士須知》：「睇一睇先，冇咩問題就喺下面簽個名。」

然後又給我另一份文件，是已經填好了的口供紙：「再睇吓份口供有冇咩問題，冇問題，簽個名就走得！」

走得？真的嗎？！不要騙我了，口供提及我利用社交網絡呼籲和煽動他人到龍和道示威，並妨礙警員執勤，企圖襲擊但被警方 PC6653 制服⋯⋯就算這裡有多冷，那個便衣有多友善，我也

不會上當！當然不能簽！

「你唔簽就唔使旨意出呢間房！」那個混蛋便衣出言威脅。

「我都冇煽動他人示威！更加冇襲警！」此時最重要是據理力爭。

「放心我哋只係懷疑啫，唔係落簿 Charge 你嘅。」友善便衣加以誘導。

「咁我真係冇犯法，你可以話我佔中，但我一定冇煽動同襲警……」

「咁好吖！而家我就懷疑你藏毒，要搜你身！」混蛋立即走過來…

「唉，咁你再考慮吓先啦。」友善便衣轉身離開，剩下我和 PC6653。

　　不止一單淫警公然在警署總部非禮拘留人士的報導，但竟想不到我會成為第 N 單警署風化案的受害人……除了 PC6653，又多一個便衣走進來把我壓在桌上，PC6653 粗暴地把我的上衣扯脫，再脫掉我的涼鞋和皮帶，即將要把我的褲拉下來…不…不行……裡面盡是黏黏的…不…不要…不……褲子連同內褲被一併扯脫，這兩個是否傳說中的單性慈母，我又是否要在這間問話室被雞姦？PC6653 帶上手套檢查我的衣物：「嘩屌你竟然出咗嘢？！」被壓在桌上的我一言不發，因為人生最大的屈辱已經叫我無法再面對當下人生。

「嘩臭撚到…好撚核突呀屌！你一直都袋住啲精喟街？」、「果

然係袋住先呀吓！」、「一定係抅佢返嚟嗰陣射咗啦！」、「原
來係個M男，真係變態柒態！」兩個便衣以最輕挑的語氣對我出
言侮辱，此時他們要雞姦自尊盡破的我也不會再有反應⋯⋯

「條友冇料到喎，不過好撚核突⋯⋯」
「可能收埋咗隻杯喺屎眼度喎！」
「屌！你 Check 喇！」
「咁你攣撚大佢對髀先啦哈哈哈哈！」
「屌你，搞到人流馬尿喇！」
「佔中吖嗱！佔中佔到你咁真係幾折墮！」

　　眼淚已不由自主地落下，快點雞姦我⋯雞姦我⋯請你們爽夠
後放我走好了⋯⋯我被脫光光壓在冷冰冰的桌上，聽見他們打開
門跟友善便衣報告，然後一陣小聲說大聲笑後，友善便衣獨自走
進來：「哎呀⋯著返啲衫先啦，要唔要多張氈呀？你一俾警方拘
捕返嚟警署，如果唔簽份同意書，有機會被拘留四十八小時，使
唔使打俾律師？不過為咗呢啲咁小嘅事要嘥幾千蚊請個律師保釋
其實好唔抵。你知啦，佢哋搵錢嘅梗係同你斷分鐘計，又話咩深
夜外訪又要加錢，保釋金又要額外收費，唉⋯嗱，如果真係唔同
意嘅話，你就喺呢度再等多陣，會有同事帶你去另一個辦公室，
我出去攞張氈畀你先⋯⋯」

一軟一硬實在很難受，我冷得發抖，穿回衣物瑟縮一角，殘留在內褲的白膠漿依然嘔心……嗚…我沒有心存佔中搞對抗…我只是無家可歸，在馬路借宿的廢青…嗚嗚為何要誣衊我……但求時間快點過，拘留四十八小時？四十八秒都嫌多……

「點呀？係咪真係唔簽？唔簽就帶你去另一個雪櫃再急凍多四十七小時！」PC6653又來了。

　　四十七…這麼久才過了一小時？！我會不會患低溫症？會不會死在這裡？究竟有沒有人曾經死在警局內？我想一定有，只是被和諧了。這個國際大都會，原來都有如此橫蠻的管制，如此黑暗的處事，如此不文明的對待。我被帶到另一個羈留室，這裡有另一些人，一個大叔、一個小混混和一個跟我差不多年紀的青年。大叔是修頓球場旁邊的道友，小混混被控在路邊勒索泊車錢、年紀跟我差不多的青年同為佔領運動被拘留。

「最緊要乜都唔好簽！佢哋其實冇證冇據奈你唔何！」青年剛才都飽受煎熬，不同的是他的而且確是一個佔領烈士。

　　冷氣之大令人無法安睡，相比佔領區，硬队的羈留室更是難捱。面青口唇白的道友阿叔癮起不斷顫抖，小混混經常拍打鐵閘要求毛毯，青年和我有一點交談，他說到：「捱到嚟呢度已經算

贏咗，放心！佢哋知道搵唔到你做替死鬼交數，聽日就會放你。講真佢哋都冇咁多 Manpower 處理我哋呢啲良民啦！」他像是有很多經驗，大概是一名慣犯。

　　這裡沒有窗也沒有時鐘，只能定時詢問外面當值的警員才知時間。早上有個阿姐捧來一些溶溶爛爛的通粉，沒有味道也沒有溫度。中午是一盤像極嘔吐物的火腿飯，青年跟我說：「唔肚餓就唔好食喇，班狗冇人性㗎，兜飯一定加咗料！」我不敢吃，也沒有胃口進食，加上褲襠仍然黏著很不舒服，只祈求快點釋放我這個無辜市民，到港灣道洗一個熱水浴。縮起一團臥在石板上睡了又醒醒了又睡，見小混混被放走了，道友阿叔也被釋放了，直至一個晚上時分，我和青年分別被粗暴的警員捏著肩膊帶到問話房…噢又回來了……一個陌生的軍裝警員走進來，肩上有三個箭咀。

「我係沙展 4332 詹建業，駐守灣仔警署第一小隊，我而家同你補錄口供，你有權保持沉默，但你所講嘅嘢將會成為呈堂證供，你明唔明白？」
「……」
「明唔明白？」
「我…唔係可以保持沉默嘅咩？」
「可以。」

「你叫咩名？」

「孫啟元。唔係玩完個完，係元宵個元。」

「幾多歲？」

「32歲。」

「尋日凌晨二時，警員PC6653喺金鐘道捉到你利用電腦呼籲同煽動他人沖擊警方防線，係咪？」

「唔係，我冇呼籲同煽動，我嗰陣瞓緊覺。」

「即係你瞓覺之前利用電腦呼籲同煽動他人沖擊警方防線。」

「都話冇呼籲同煽動咯！我淨係喺佔領區瞓覺同食燒賣咋！」

「咁食完燒賣係咪利用電腦呼籲同煽動他人沖擊警方防線？」

「冇呀冇呀！我冇呼籲同煽動他人沖擊警方防線呀！」

「冇用電腦定冇呼籲同煽動他人沖擊警方防線？」

「冇用電腦呀！」

「即係用其他方法呼籲同煽動他人沖擊警方防線，係咪？」

「唔係呀！我冇呼籲同煽動他人沖擊警方防線呀！」

「警員PC6653仲控告你企圖襲警，有冇咁嘅事？」

「我俾佢襲擊就有，我一早俾佢用索帶縛起雙手，點襲警？！」

「即係，你俾警員PC6653縛起雙手之後，企圖用腳襲警，係咪？」

「冇襲警呀！佢哋有三個人，一嚟就搣咗我落地，郁都郁唔到！」

「警員PC6653已經去咗驗傷，並發現手肘有一處瘀痕，係咪你

做成？」

「痴線……佢自己整親就賴落我度？」

「係咪你做？」

「唔係！」

「咁你即係否認兩條控罪？」

「係！」

「好，喺度簽個名。」

「我要投訴！」

「投訴乜嘢？」

「個 PC6653 企圖喺問話室雞姦我！」

「點樣雞姦？」

「佢同另一個警員除晒我啲衫，撳我喺台上面。」

「之後呢？」

「之後我掙扎！」

「之後呢？」

「之後佢哋出言侮辱我！」

「點侮辱？」

「佢哋話要擘大我對腳！」

「最後呢？」

「最後冇，但我覺得好屈辱！」

「咁即係咩都冇做過啦？」

「有呀！佢除晒我啲衫侮辱我！」

「喺現時香港法例入面，暫時係冇侮辱罪。」

「咁除晒我啲衫呢？」

「檢查前只要警方有向你事先提出，係合乎情理嘅。」

「佢哋根本係主觀性取向執法！」

「係咪想阿 Sir 落簿？落簿嘅話你要等多一個程序時間。」

「即係點？而家冇得落？」

「呢個係另一單 Case，你要排多次隊。」

「……」

「係咪要落簿？」

「算啦咁……」

「咁你而家係咪否認兩條控罪？」

「係…」

「好，喺度簽個名。」

「阿詹 Sir…都話係元宵個元，唔係玩完個完！」

「阿 Sir 做嘢唔使你教。」

「咁你寫錯我個名，份口供都作廢㗎喝……」

「改咗，喺呢度同呢度簽個名。」

　　簽署後，這個姓詹的笨拙沙展帶我到辦公室進行保釋手續，
保釋…那豈不是要錢？沒有錢怎辦？會驚動家人嗎？我不想他們
知道…不想他們來警署保釋我…不想他們見到我折墮……由口供

室到辦公室，一路上擔心沒有盤纏怎樣保釋，走到辦公室，見一個西裝筆挺的才俊在席上守候，沙展稱他是佔領團體委託的義務律師，來替我和另一個青年保釋，Thanks God。

辦公室內有兩個警員，他們都穿上厚厚的外套保暖，而我只有一件單薄的 T-Shirt。警員從證物房拿出我的個人物品，並要求我點數簽署…錢包、手提電話、手提電腦、筆記簿……夠數。點算後，律師問：「有冇啲咩想講？」縱使滿肚怨恨，我還是嚥下肚，只想迅速走人。簽署後取回個人物品準備離開，他們說會保留起訴我的權利，並已交由律政署處理，由明天開始每天回來報到直至另行通知……步出警署急急把手機打開，發現 SIM 卡被取走了，馬上回頭詢問剛才那個職員，他說 SIM 卡會保留作證供，當控罪被撤銷自會歸還……那即是說，由今天開始我連網絡也連接不到？！

警署門外有兩位記者，他們上前向我提問一些事情，為免上報我決定拒絕受訪，還一試霸氣外露的回應：「有咩同我律師講。」我向義務律師致以衷心的道謝，他禮貌地遞上名卡：「下次有咩事可以搵我。」便繼續跟記者交談。

我看看名片上的名字，他叫 Ronald Mo……

PCCW 經理怒呵喪喊男

「都提返孫生，你上個月嘅月費到咗期，要唔要交埋？」

「唔…咁啱冇帶錢喺身，下次下次。」

「提返孫生，21 號都未及時繳交台費，電話會自動暫停服務。」

「吓…哦……」

「如果一旦被停機，再次服務會有一個開機費要收返。」

「吓…又要罰錢？」

「都係一個服務嚟。」

「罰就罰啦！咩服務費！」

「孫生，你份合約其實係有寫明，建議參考返第七十三點第二段。」

「你都知有七十幾點封你哋度蝕本門，呃我哋啲長期客戶？」

「孫生，我哋其實都係保障雙方利益。」

「屌根本就係你哋贏晒！」

「……」

「都同孫生講返，補領 SIM 卡方面我哋有一個 $100 嘅收費。」

「補領張卡仔要成嚿水？！Are you fucking kidding me？」

「孫生，合約上面都有寫到，建議查詢返第八十五點第三項。」

「Day one 冚人落搭嗰陣就乜都話 Free，而家就乜鳩都要收錢！」

「孫生請你先冷靜返少少先，補領 SIM 卡，其實同事都要做嘢，所以先會有個收費喺度。」

「唔好要撚我啦！嗰個同事咪係你囉屌！屌你！屌你！」

「孫生請你先冷靜返少少先，不如我搵分店經理幫孫生您協助返個情況……」

「咩呀？吹雞呀？我唔驚你呀！我同你講我俾人用槍指住個頭都試過呀！」

「請…請孫生您等一陣……」

「唔好意思孫生要您久等，我叫 Stephen，係分店經理。」

「Stephen？你基㗎？！你有冇俾人玩過屎眼？有冇同小斌女一齊做鴨？」

「咳咳…知道孫生你係嚟補領 SIM 卡，不過對個程序好似有少少誤會，所以都想了解吓。」

「我張 SIM 卡係俾班攔坦慈母扣起咗，唔係我自己唔見，我亦冇煽動人暴動！點解你哋個個都針對我？」

「唔…明嘅……係前晚龍和道衝擊？」

「係呀！我無端端俾人除晒啲衫，困喺間雪房俾兩個男人指住嚟笑！仲迫我食埋啲垃圾！」

「我都知道班警察真係冇人性……」

「我已經咩都冇晒！自尊！私隱！咩都冇晒！我淨係想見佢…但係而家連唯一見佢嘅方法都冇埋……」

「孫生，起返身先…明嘅……明白孫生嘅難處，補領費方面我可以先幫孫生你豁免。」

「真嘅？」

「好多謝你為香港嘅未來企出嚟。」

「嗚…嗚嗚………嗚嗚嗚嗚……………」

　　本來只是打算補領 SIM 卡，但竟在電訊店崩潰了。失業、失戀、失身，連月負面情緒一下子爆得一發不可收拾，雙腿不能自控軟起來跪在地上哭得更是歇斯底里。幸好有心地善良的 Stephen 悉心慰問，他猶如沙漠中的綠州、漆黑中的燈塔，我沒有理會旁人眼光鑽進他的懷裡盡情發洩，抽泣了不知多少時間。深知這個資訊爆破年代，一些異常情況便馬上被電話鏡頭攝下，迅雷不及掩耳，《PCCW 經理怒呵喪喊男》已經登上 YouTube，在高登一發帖，「瀛寰搜奇」、「派膠俠」、「花生台」、「環球膠報」和「100 毛」馬上爭相偷片搶點擊……最後由公海回到高登繼續公討，片段清晰可聽我和 William 的對話……

「我已經咩都冇晒！自尊！私隱！咩都冇晒！我淨係想見佢…但係而家連唯一見佢嘅方法都冇埋……」

「孫生，起返身先…明嘅……明白孫生嘅難處，補領費方面我可以先幫孫生你豁免。」

「真嘅？」

「好多謝你為香港嘅未來企出嚟。」

「嗚…嗚嗚………嗚嗚嗚嗚……………」

「孫生你要加油呀！香港嘅路要靠我哋自己，我哋要堅強！」

「嗚嗚嗚嗚……點解個世界要咁對我,我做錯啲乜嘢!!!!」

「係個政府做錯唔係你做錯!我同你一樣都對呢個政府呢個城市好失望!」

「嗚嗚嗚嗚嗚嗚嗚…我咩都冇晒喇……嗚嗚……」

「我又何嘗唔係?你估我喺呢度做得好開心?又要俾客鬧又要俾上面撃,每個月辛辛苦苦交條大數畀個老細 Boom 大啲明星個肚!」

「我無端端俾班攔坦告我煽動龍和道暴動,拎咗我返警署除晒我啲衫開行個冷氣折磨我嗚嗚嗚嗚!」

「嗰班狗嚟㗎!又話光明磊落,又話保護我哋市民,到頭來用催淚彈射我哋、攞棍毆我哋、用腳踢我哋!」

「嗚嗚嗚嗚嗚…點解……呢個究竟仲係咪我哋熟悉嘅香港!!!!!!」

「而家已經冇人會幫我哋,我哋唔自救,香港就玩完㗎喇!」

「嗚嗚嗚嗚嗚……點解個香港會搞成咁嗚嗚嗚……」

「起身先,張 SIM 卡我會幫你搞掂,月費嗰邊都會幫你諗辦法!」

「嗚嗚嗚…多謝你 Stephen…我真係好掛住佢好想見佢…冇得上網我就見唔到佢我就咩都冇晒……」

「冇問題,小事嚟!」

「好多謝你 Stephen……」

「唔好客氣,大家都係香港人…………喂你影咩!你呀你影咩!」

片段在 Stephen 喝止下終止，短短一分十三秒的激情對話一夜間在網絡瘋傳，雖然喪哭男儀態失禮，PCCW 經理的擁抱 Hehe 味濃，但片段意外地沒有成為恥笑食材，反而贏得全港掌聲：

「患難見真情，我哋都要加油！」

「講得好！起初以為又係濕鳩好戲量，之後竟然睇到喊！」

「男人與男人之間嘅真摯就係又基又型！」

「雨傘運動之下真係每日都有感人新聞！」

「同舟人，誓相隨，無畏更無懼！」

「喪喊男講晒我哋所有香港人嘅心聲……」

「唔知班狗官睇唔睇到？」

「又一佔中下嘅重要時刻」

「請藍絲帶回應一下！」

「慈母雞姦個仔是常識吧？」

「淫警淫人呵呵呵！」

「加油！香港人加油！PCCW 經理好波！」

「好想同喪喊男瘋狂傾訴！」

「有冇人知係邊間 PCCW？」

「小小超 Boom 大項少龍個肚 XD」

「PCCW 經理好嘢！推到佢上報！」

　　呼聲之高成為是日重點熱話，比上次芷兒淚灑主播室的反應

有過之而無不及。或許是天時地利人和，加上片段的長度和拍攝角度剛剛好，結集原創、時事、民意、友愛、煽情於一身的真人真事民間片段，被形容為 2014 年最賺人熱淚的本土片段。

影片被上載至 YouTube 後瀏覽率停滯在「301」一個晚上，第二天突然飆升至 43 萬，當中已排除那些專門私自偷片重新上載搶荷包的卑鄙 Facebook 專頁。那個上傳的路人做夢也想不到自己無聊街拍的鬧劇竟然得到空前絕後的成功，一天錄得 43 萬點擊率可是非常厲害的事，如果以 YouTube 瀏覽量回贈計劃來算，片段有 10 萬點擊之後每 1 萬點擊就有 $100 利潤，43 萬豈不是有 $3 萬多元落袋？不過大前題是要在上載前跟 YouTube 協議，允許 YouTube 把廣告置入在片段播放前的 Buffering 時間，這樣才能分享廣告收益。不是全職 YouTuber 或極度熟悉網絡條約的人大概此料不及，可惜。

40 多萬人看過這齣短片，作為當事人的我是感到非常不安，幸好有 Stephen 粗壯的臂彎把我擁在懷中，臉容沒有被攝下，只有 Stephen 一個七情上面。獅子山下的香港人除了擁有一股拼勁，還有一顆異常好奇的心。短短十二小時內，Stephen 已被極速起底，嶺大中文系畢業、家住香港仔石排灣邨、一兄一弟一妹，最小的妹妹就讀聖保祿中學，一個分店經理月薪連同分紅平均月入 $1 萬 4000，入職條件除了三年相關經驗，主要是能操純熟普通

話。Stephen 生活節儉、形象健康、性格隨和，深得同事愛戴，一位店員 Lisa 就形容 Stephen 是再世晏子：「Stephen 好 Take care 我哋，有時唔到數佢會幫我哋冚，仲好關心我哋，有咩麻煩客都會幫我哋頂，真係好似晏子咁好㗎！」晏子是誰？

在片段超過 60 萬點擊率後，Stephen 被封成新一代民間男神，不少人專程走到該店一睹其真身和讚揚他的真善美，有些還特意幫襯以表敬意，這個神奇現狀直接帶協該店收益，連日客似雲來，連報章都來採訪 Stephen。可幸這齣片段的焦點是 Stephen 而不是喪哭男因為賴死不支付 SIM 卡補領費。Stephen 應該沒有把我的身分供出，在動新聞見他說：「我相信其實每一個香港人都有呢個諗法，只係有冇公開講出嚟咁解。多謝各位推舉，咁大個仔都冇諗過自己會俾蘋果訪問，哈哈哈哈……」Andy Warhol 多年前曾預言過，未來每個人都會有十五分鐘成名時間，Stephen 足足爆紅十五天。男神容顏鋪天蓋地，每一個報導和訪問的留言同樣熱烈：

「男神 So cute!」
「真係謙，抵你紅！」
「李澤楷會唔會考慮加佢人工？」
「我今日見過佢，真人好高大！」
「好有爸爸 Feel！」

「好想俾佢瘋狂呵返！」

「其實幾靚仔！」

「有冇人想知喪喊男其實係邊個？」

「唔好話我話，叫親 Stephen 都一定唔嘢少！」

「喪喊男好似有個女朋友之類……」

「好撚慘，一個人咩都冇晒最絕望嘅時候淨係想見條女……」

「有冇人起到喪喊男個底？幫佢搵返條女！」

「影唔到樣，難 D ！」

「問 Stephen 咪得囉！」

「私隱嚟，Stephen 供出嚟隨時犯法！」

「應該唔會講！」

「Stephen 見字速回！」

「男神 Facebook：https://www.facebook.com/stephenpangke

ung.16?fref=nf&pnref=story」

「算罷啦，你喊成咁都唔想俾人搵到啦！」

「咁希望佢早日上網，見返條女！」

「應該係 Long D」

「我都試過 Long D，真係好 Sad ！」

「晚晚等電話，唉…」

「Stephen 話會幫喪喊男搞掂！」

「男神真係值得 Respect ！」

「Agger ！」

　　謝謝各位網民，你們繼續推舉 Stephen 當選十大傑出青年好了，不要起我底。

第四章第二十節
清場

● REC

「警方完成清理銅鑼灣佔領區,部署跟清理金鐘佔領區一樣,先勸喻佔領人士離開,之後拉起封鎖範圍,特別戰術小組隨即採取行動,用鐵鉗剪斷索帶,移離鐵馬。警員花了個多小時沿怡和街由西向東清除障礙物。封閉兩個多月的怡和街下午一時重開,而早前改道的巴士路線及電車服務,隨後亦恢復正常,另外有十七人拒絕離開涉嫌阻差辦公被捕。隨著銅鑼灣成功清場,佔領運動持續近八十日正式結束。」

「警方聯同法庭執達主任喺今朝九點開始清除中環禁制令範圍,現場大約有 200 人響應雙學呼籲不合作到底,留守添華道同夏慤道交界。警方部署 7000 警力喺下午四點後拘捕留守者。雙學成員、歌手何韻詩、壹傳媒集團主席黎智英同部分泛民議員均被抬走帶往警署。警方宣佈共有 909 名市民喺封鎖佔領區登記身分證後獲准離開,另外有 249 人被捕。由梁美兒報導。」

[▭▭▭] 00:00:00:30

　　今天,7000 個慈母終於連同法庭人員來到金鐘,光明磊落強行清場。之前重重複複端起一臉包容慈愛再三表明「只是㗎㗎㗎並不是清場」今天已一改口風,以強行態度脅迫佔領者離場:「你

哋而家係有三十分鐘時間收拾，同埋帶離你哋嘅個人物品，請你哋盡快有秩序地離開，你哋只有三十分鐘時間。」光聽到這番廣播是沒問題的，但在佔領區門外已經站了十多排機動部隊，拿著盾牌警棍蓄勢待發磨拳擦掌，像是等不及進來大開殺戒，鄰居們唯有紛紛執包袱撤退。

三十分鐘內，佔領區已被警方重重包圍，只准出不准入。十面埋伏四面楚歌，佔領人士不得不棄械投降。我也跟著同伴一起執拾，不想再經歷多次禁室培慾。激烈的阿強不知好歹揚言要留守到最後，寧被抬走被拘捕都不願自行離開：「而家走？咁我哋呢兩個月為咗啲咩嘢日曬雨淋捱更抵夜？」當然，除了阿權阿強這些為個人政見而豁出去的烈士，也有不少臨時趕來博見報的政棍。今早見梁家傑、AV仁、劉慧卿高調駕臨，聲稱身體力行為我們築起第一道防線，難得又有一班低智盲粉跟著他們一起叫囂「公民抗命，無畏無懼！公民抗命，無畏無懼！公民抗命，無畏無懼！」虛情假意、拿腔作調，令人作嘔。

持續的高調動作為他們帶來一大班記者，然後是慈母團隊。行動組慈母孔武有力，把佔領區邊緣的障礙物逐一拆毀，中型貨車和警車陸續駛入，一邊清除佔領設施一邊把人們迫到一處，並呼籲人們有秩序地離開佔領區。警方逐步進迫，不少人都受不了威嚇而投降，執拾個人物品後申請離場，我也在自助時段選擇離

開。一個背囊、兩袋物品，跟 900 人一同排隊輪候辦理離場手續，姓名：孫啟元；身分證號碼：Z0552345(3)；年齡：32；聯絡電話：66526188；地址：對了，地址是……最後填了一間我常光顧的網吧地址，還有舊公司老細的電郵。

離開是有一點不捨，畢竟生活了七十五天，雖沒有帶走甚麼，但留下的都是一份心意。離場後留在夏慤道橋上，看著最後一批堅持留到最後的人手牽手躺在地上，烈士有烈士默默死守，政棍和演員有他們繼續大龍鳳。見那些甚麼都沒有經歷過，只有定時露面抽水的政棍眼神堅定，一邊高叫口號一邊被慈母抬走，現場又響起掌聲為他們的「付出」表示敬愛和支持只能笑而不語，這城市就是講裝潢講包裝。明星是、歌星是、商家是、政棍是、政府也是。

黃絲帶和藍絲帶的攻防戰在黃昏後終於落幕，抽水的抽夠了攞彩的攞足了，人們都逐漸驅散了。拿著行裝和最後 \$37，實在不知情歸何處，眼見手機剩下 23% 電量，即代表我只剩下兩小時求助時間，兩小時後將會斷糧斷水斷電叫天不應叫地不聞，借電話？「嗰邊咪有電話亭囉！」現在不再以前般容易了。行裝隨著行走里數愈來愈重，肚子開始餓，打算到就近一間麥當勞吃二手飯充飢。此時電話傳來震動咿咿咿咿……咿咿咿咿……

「喂？請問係咪孫啟元先生？」

「唉我唔需要喇⋯係咁啦⋯⋯」

　　他媽的三字頭電話，究竟每一個香港人一天要收到幾多個推銷電話？為何 Cold call 如此不受歡迎，但時至今日還是來者不斷？那些電話推廣員一天被掛斷多次被怒罵多次才能下班？為何還有人從事這份職業？相信一天打出 500 個電話也沒有開一單，他們是靠底薪過活的嗎？離開佔領區，頓時斷糧缺水沒電的我，又是否要淪落到當電話推廣員？一個大學畢業、八年工作翻譯經驗的一等公民真要淪得如此折墮？此時電話再度震動咦咦咦咦⋯⋯咦咦咦咦⋯⋯

「喂？孫生⋯」

「唉都話唔要咯⋯咁夜仲打嚟⋯⋯」

「我係 Stephen 呀！呢⋯PCCW⋯⋯」

「Stephen？！」

「係呀！孫生，你點呀？我今朝睇電視見金鐘清場，想問你點樣⋯⋯」

「噢⋯Sorry 呀 Stephen，我以為係⋯」

「唔緊要，人之常情嚟，早知我用手提電話打界你啦！」

「因為我得返 23⋯係 22% 電，唔想再嘥電⋯⋯」

「唔緊要，咁你而家點呀？」

「我⋯⋯」

「你 OK 嘛？」

「唔⋯Stephen，老實講我而家情況真係唔係幾 OK⋯⋯」

「咁我有啲咩可以幫到手？」

「唔⋯我想食飯⋯⋯」

「哦冇問題，我今日收早，我可以去邊度搵你？」

「我⋯不如我過嚟搵你吖⋯⋯」

「都得！」

　　掛線後，世界回復希望，驚覺人間有愛，原來這時代還有「義不容辭」四個字。Stephen 是從六十年代穿越到來的楚仁嗎？一路走，一路想：「其實係咪想昆我 Join 個 4G 無限上網 Plan？」但人到深谷，已經 Nothing to lose，要是騙我都沒好處。

第四章第二十一節
明白有愛有家在

「好多謝你…我好耐冇食過真係一碗碗嘅白飯…」

「唔好客氣，你幫香港出咗咁多力。之後諗住點呀？」

「唔…因為佔中，我…辭咗份工，間劏房又退埋，而家連電話都就快冇電……」

「你咩機？我有個 2.4A 尿袋喎，半個鐘就又爆！」

「我…用 iPhone4……」

「真係喎！我都係喎！」

「吓？你做電話嘅，都用得咁舊？」

「哈哈哈邊個話做電訊公司就要追貼個 Trend 㗎！其實我都唔知點解啲人要排隊嚟買 iPhone6！」

「咁…咁我唔客氣喇……」

「咁你住邊？唔返屋企住？」

「唉我唔想佢哋擔心，加上屋企好細又多人，返唔到去㗎喇……」

「住酒店？」

「我身上得 $37，連買個飯盒都唔夠……」

「唔……」

「我諗住瞓幾日橋底，然後去社署申請公屋…」

「你唔夠啲新移民鬥㗎…」

「都要試，我諗社署唔會由我繼續瞓街啩……」

「佢哋咪又係打份工，做嘢慢吞吞，又唔識變通。」

「咁都冇計……」

「一係咁吖，我問問細佬，而家 Sem break，佢返咗嚟瞓，可以暫住佢個 Hall 度……」

「真…真係可以？」

「我打畀細佬問一問先。」

「OK 呀冇問題，你住住先！」

「多謝你多謝你…」

「之後你諗住點呀？」

「其實我一路有搵工，不過我好似喺呢個市場冇咩價值…」

「你做邊行㗎？」

「我做開翻譯同編輯嘅…」

「嘩咁厲害㗎？」

「唉咩厲害吖，見過幾份工，啲人真係會出 $9000 請我，仲要返 Shift…」

「咁…唔……咁都要做住先㗎啦，當騎牛搵馬囉！」

「我都咁諗，佔中後我會加緊見工。」

「加油呀！有一門專業喺手，應該唔難搵份工嘅！」

「多謝你…我會畀心機搵工。」

「唔好客氣，嗱呢度有少少錢，袋住先。」

「唔得…點可以要你啲錢……」

「袋住啦！出糧還返畀我咪得囉！」

「點可以呢…又食又拎好肉酸㗎…」

「我都要多謝你，公司升咗我職，我而家係灣仔區經理嚟㗎！」

「咁你本身份人好，遲早都會被賞識㗎啦⋯⋯」

「我下個禮拜仲會幫公司拍宣傳廣告！」

「你公司個 Marketing Department 都幾識把握機會⋯⋯」

「哈哈哈，始終我俾人捧紅咗，做咩都效果好啲嘛！」

「恭喜你，Stephen。」

「係你嘅功勞嚟，我而家幫返你都只係小恩小惠嚟之嘛！」

「多謝你⋯⋯」

「呃仲有，靜靜咃話你知，我幫你豁免咗上網費！」

「上…上網費？」

「係就係 3G 會慢少少，但我幫你 Upgrade 咗成為 VIP 帳戶，有個免費增值服務！」

「即係話以後我淨係要交通話費？」

「睇返記錄，見你唔多傾電話，所以我私自幫你轉咗 Plan，呢個係按分鐘收費。」

「按…按分鐘？」

「即係話你打一分鐘就收你一分鐘錢，換句說話，你唔打，就唔會收你錢。」

「咁我咪以後都唔打得電話？」

「哈哈而家 WhatsApp 都有通話功能啦！再唔係咪用 Skype 囉！」

「咁…即係話我只要唔打電話，就唔使交台費？」

「Exactly！」

「嘩……」

「咁你就煩少樣喇！」

「多……多謝你呀 Stephen！呢個真係好重要…上網對我嚟講真係好重要……」

「知你要同女朋友上網聯絡，我先諗出呢個方法哈哈哈……」

「嗚…嗚嗚……」

「做咩呀 Ching？」

「我好感動呀…Stephen……嗚嗚……」

「哈哈哈傻啦，舉手之勞嚟啫！」

飯後我拿著行裝乘過海巴士到理工大學宿舍。途中才想起，呀！沒有宿舍學生證，我怎進門？然後便收到一個陌生號碼的 WhatsApp：「Hihi，西翼大堂通常十一點三十分冇人守住，今晚先偷偷哋入去，不過十二點後唔好出房，會有侍仔巡。我聽日會過嚟畀張宿生證你 =) 我個 Roommate 用開 iPod 聽歌，條線應該唔 iPhone4 用；瞓覺建議閂窗，因為朝早車聲好嘈；櫃桶有餅同麥片，隨便食啦 ^^ Btw，我係 Stephen 個弟弟，多多指教～」

在低谷遇上人間有愛，眼簾特別淺，看著螢幕再看看窗外，眼淚無法自控流出來……身旁的男生或許未有發現，但坐在後方

的人一定能從車窗倒映中看到面容扭曲的我，尤其是巴士穿過紅
隧的時候。

第四章第二十二節
世界級奴工處

● REC

「大家好，我係允芷兒，歡迎收睇詳盡晚間新聞。前政務司司長許仕仁同埋新地管理層經過 113 日審訊後終有裁決，陪審團退庭商議四十五小時後以大比數裁定許仕仁、新地聯席主席郭炳江、新地執行董事陳鉅源同港交所前高級副總裁關雄生罪名成立，只有郭炳聯無罪。許仕仁被即時還押監房，成為歷來最高級嘅入罪官員。由梁美兒報導。」

「港鐵西港島線今日正式通車，面對新嘅競爭，巴士公司喺港島西區嘅服務會重新部署重組路線，務求達至雙贏。而小巴更加要減價迎戰，乘客會點樣揀呢？由羅致然講吓。」

「亞洲電視欠薪問題持續，執行董事葉家寶指公司仍未有足夠現金支付薪金，仍然欠 $1500 萬，而投資者王征亦表示已經完成對亞視嘅歷史使命。勞工處今日派人到亞視講解勞工法例，並與亞視管理層會面，促請佢哋盡快解決欠薪問題。由楊家敏報導。」

「今日下午，一架載有 $2 億 7000 萬中銀港幣嘅解款車押運途中，喺灣仔告士打道意外打開車門跌出三箱現鈔總值 $5200 萬，途人立即走出馬路執銀紙，經過中銀點算之後確定損失超過 $1500 萬，警方正著手調查，追查鈔票嘅下落，有律師就話，如果係拾遺不報就

在何文田的學生宿舍地理位置偏遠，但的確挺豪華。Stephen 的弟弟住十六樓，房間整齊，設計像一面鏡子，左右擺設完全對等，是桌上的東西有點不同。他的室友想必是個兼職小丑，因為他那邊的櫃台放了很多雜耍書籍和工具，除了 Juggling ball，還有花棍、捷克棒、搖搖鈴，連單輪車也有……而 Stephen 的弟弟甚麼個人物品都沒有，只有小雪櫃裡面的六罐紅牛，猜想他必定是個苦學生。

一層有幾十間房間，但不知是否因為假期間，宿舍人煙疏落，間中才有幾個同學向我報以疑惑的眼神望過來，我知他們一定心想：「呢個同學咁老嘅？」宿舍中庭有一個室外露天花園，環境優美。室內是類似客廳的地方，有沙發、電視、汽水機、書架等設施，白天會有小貓三四隻在這裡看書、聊天、打手機遊戲，晚上就只有我一個。真不明白環境如此好但人煙卻疏落得過分，是因為佔中嗎？雖然浴室花灑和馬桶水力不足，但還非常感恩能有這種潔淨寬敞的環境，能隨時洗澡、隨時看電視、隨時享受室溫

的生活。只是唯獨 Wifi 要輸入密碼有點失色，但我也不好意思再問 Stephen 的弟弟。

有一段值得一提的小插曲，一個七時多的晚上，我走出房間打算到露天花園呼吸新鮮空氣，驚見一幕香豔場面。一男一女正在露天花園角落肆無忌憚地敦倫，女的抓著圍欄被男的從後啪，啪啪啪啪啪鞭鞭有力啪啪啪啪啪狠狠有勁，可惜手提沒有隨身只能記在腦中。聽得出女的帶有北姑口音，噢是妓女？還是內地專才？兩者只差一線。女的爽到不行，不斷以半咸淡廣東話表達：「喔喔喔你唔使食住禾痛㗎，禾好爽㗎…怪啲屌…吖呀…屌呀怪啲…吖呀禾屌唔住喇屌唔住喇怪啲…吖呀…請你大力插呀…插呀吖呀吖呀…好膠潮喔好膠潮喔…禾刀唔豬屌 Hi 咁爽㗎…吖呀… 終於搵到感覺……我以前都唔豬咩係性膠潮咩嘢呀吖……真係爽死快啲屌死禾…唔…唔……事實上爽到不行……」男的力量驚人啪到發發聲，發到女的向著馬路毫不忌諱高叫爽皮，直到男的臨近頂點作出最後衝刺，跟女的一起抑天長嘆準備嗚呀呀呀呀呀……

緊張關頭，男的激情過盛把女的屁股端起，試圖以最霸氣方式對準目標發射，豈料女的被托高屁股馬步不穩向前一傾，整個人被男的推出圍欄，一聲高叫「招 Mean 喔哦哦哦……」從露天花園一滑墜下叫聲慢慢 Fade out…一秒多後聽到地下傳來「嘭」一聲，男的馬上穿回褲子一個箭步衝出花園，剩下我在暗角抖顫。

我走到圍欄前向下一看，已不見女的蹤影，只留下一處血印……過後，警察沒有來，也沒有新聞報導，這對男女好像人間蒸發，究竟是嫖客和妓女、是內地專才，還是扑嘢幽靈？不得而知，往後都不敢再到露天花園。

安頓好起居便要再次踏上求職之路，但臨近年尾可選擇的比之前更少，或許大家都想待到過年分花紅後才跳槽。jobsDB、JobMarket 裡面的選擇熟口熟面，真叫人懷疑那裡全都是人口調查、財務貸款、金融投資公司來騙個人資料的戲言，根本就沒有真正的職位空缺！

想到此，心便一離，之前發出過的一百封履歷真是私隱大解放，雖然身無一文沒甚麼好騙，但資料要是被賣到犯罪集團用作頂包，我不就準備洗屁股？這時候，我知道奴工處的價值，政府雖然處事守舊行動緩慢後知後覺，但起碼有一個官方保障，就算被騙也能向有關部門求助。在私營招聘網中伏，他們早以註明「jobsDB Hong Kong will not release Job Seeker's personal data to any Advertiser without his/her permission unless required by any authorized institution or obliged under the prevailing laws and regulations.」一句到尾事不關己。奴工處以招聘奴隸為名，且看有幾伏！

編號：32-14-000855 MI	
日期：10 / 12 / 2014	
職位：**翻譯員**	

公司 / 僱主名稱：**力生國際有限公司**

地區：**沙田**	行業：**進出口貿易**

職責：**負責起草文書及中英翻譯**

資歷：**中五程度；良好粵語；一般普通話；一般英語；懂英語、日語、韓語優先；懂讀寫中英文；持有翻譯學院學位；三年翻譯經驗；有責任心、主動、上進、刻苦**

待遇：**每月 $9000 - $11000；有準時獎賞；星期一至六；上午八時至下午六時，每週工作六天**

求職者可電郵：sunpower@yahoo.com.hk

如要索取收集個人資料聲明，
請與陳小姐（Tel：31500000）聯絡。

編號：36-14-000875 MI	
日期：28 / 11 / 2014	
職位：**翻譯員 / 編輯**	

公司 / 僱主名稱：**數碼科技有限公司**

地區：**上水**	行業：**科技工程**

職責：**翻譯及起草説明書**

資歷：中五程度；良好英語；良好普通話；懂德語；拉丁語優先；懂閲讀中文；懂讀寫英文；懂 Microsoft System Engineer (MCSE)；Familiar with Unix or Redhat Linux or Wintel、knowledge on Adobe Photoshop、Flash、dreamweaver、SQL、Oracle、DNS、Unix、HP and IBM Blades

待遇：每月 $9500 - $10500；有勤工獎；星期一至六；每週工作五天半；需要輪班

求職者可電郵：1211sales@gmail.com

如要索取收集個人資料聲明，
請與繆小姐（Tel：31824758）聯絡。

編號：11-14-000871 MI	
日期：3 / 12 / 2014	
職位：雜誌編輯	

公司／僱主名稱：時新報業

地區：柴灣	行業：出版

職責：編譯

資歷：大學程度；良好普通話；懂閱讀中文；懂讀寫中英文；懂 MS Word、MS Excel、HTML、CSS、PHP、ASP、MySQL、Database System

待遇：每月 $9000、有年終花紅；星期一至六；每週工作五天半；需長時間加班；輪班制

求職者可電郵：newtimeshk@yahoo.com.hk

如要索取收集個人資料聲明，
請與梁先生（Tel：31144610）聯絡。

編號：12-14-000867 MI	
日期：5 / 9 / 2014	
職位：**編輯**	

公司 / 僱主名稱：**良心紅酒**	
地區：**土瓜灣**	行業：**批發業**

職責：**銷售、宣傳及相關工作**

資歷：**大學程度；良好普通話；懂閱讀中文；懂讀寫中英文；懂 Outlook Express；懂 Microsoft office；誠懇有禮、有責任心、善於與人溝通，有銷售經驗者優先**

待遇：**每月 $7000、有佣金、酌情性花紅及員工購物優惠；星期一至六；上午十時至下午七時、每週工作六天**

求職者可致電 39870706 與良心紅酒梁小姐聯絡。

有夠伏了沒？單看他們留下的人事部電郵全是 Yahoo 和 Gmail 已夠世界級！內容更是一貫奴工處離地摘要，先是招聘中英翻譯但要求貫通中英日韓；寫明中學程度但下面又要求持有翻譯學院學位；翻譯員要懂得寫程式做設計在上水上班；又要輪姦又要長時間加班，待遇 $9000；名為招聘編輯，實質是營銷、訂貨、宣傳、擦客一腳踢萬能店員，當中「員工購物優惠」更是可惡，給員工打折頭像皇恩浩蕩的 Bonus。

愈望愈無望，如此劣質招聘廣告實在難以下手，眼見求職網一潭死水，前途也頃刻一片迷惘，最壞打算是投靠 Stephen 到 PCCW 當客戶服務。但就是不甘心，花上的三年攻讀翻譯，在編輯界打滾足八年，何以連一份像樣的工也找不到？我的履歷真是如此不滯？市道真的如此不景氣？政府公佈 2014 年失業率為 3.1%，即香港只有 22 萬人像我這樣無法找到工作，但只要跳進求職大海中，你會發現海上是有大大小小船隻停泊和經過，但全是一比一偽裝模型！就像農夫為嚇鳥而放置的稻草人、金田一為套料而假裝的幽靈、孔明為借箭而佈下的空船計，那些招聘廣告全是用來騙取個人資料！

2014 年最後一天，回想這年香港發生過的事很多，也是我人生最低潮一年。今夜獨個兒在宿舍的電視廳收看新聞報導，見到沉靜嫻淑素雅大方的芷兒依然氣定神閒處之泰然，實在感觸良多。

飽經滄桑、航海梯山、劫後餘生仍能在大台主播室屹立不倒，當中的苦澀和犧牲可不足為外人道。反觀我只是一粒自以懷才不遇、微不足道、不值一提的細沙，她值得在 300 多萬人前被欣賞，我卻被 670 萬人忽略。

「仲有唔夠半個鐘就到 2015 年，喺呢度先祝大家新年快樂，2015 年再見。」

但願明天陽光燦爛，妳的氣息能更好，2015 年再見。

NO S

NEWS 2015

302 – 309

新聞女郎
ANGELICA

三失青年

● REC

「大家好，我係允芷兒，歡迎大家收睇詳盡新聞報導。一間韓國化妝連鎖店今日突然全線停業，香港負責人不知所終，拖欠近 100 名職員嘅佣金、租金同管理費，估計涉及數百萬元。數十名員工已到勞工處求助。梁美兒報導。」

「德勤會計師行宣佈為亞視約百分之十嘅股份招標，潛在買家要先付 \$50 萬按金先可以上網瀏覽亞視嘅財政資料，希望月底前可以搵到適合投資者。德勤會計師行表示，除咗考慮價錢，亦會參考投標者嘅發展計劃，強調亞視唔算係一間財政太差嘅公司。羅致然報導。」

「政府已經接納咗最低工資委員會嘅建議，工資水平由時薪 \$32 至 \$32.5，增幅有 8.3%，最快今年 5 月 1 日起實施，預料會有 20 萬人藉此加到人工，委員會表示，加薪建議未有特別考慮佔中因素，純粹係以社會通脹而作出嘅措施，由王淑美報導。」

「勞資審裁處就首批亞洲電視前員工追討欠薪進行聆訊，雙方最後同意和解，亞視需要喺十五日前支付欠薪同代通知金。早前有十二個因欠薪而被自動遣散嘅亞視員工入稟追討欠薪。其中九宗喺開庭前達成和解，其餘三宗則要開庭處理。由楊家敏報導。」

00:00:01:55

　　在一個失業漢眼中，現在只有芷兒的聲音和勞資糾紛的新聞。求職路途相持不下膠著狀態，繼續守株待兔坐以待斃，所謂人窮志短，如果政府宣佈換領 RFID 身分證能獲獎金，我會毫不猶疑狗衝去申請，就算外界指 RFID 身分證是為進一步侵佔港人自由領域的副產品，我仍然會為之而響應。要是亞視回頭約見，我也立即躁飯應，就算不發薪，至少買多個機會，任亞視被收購又好、被對家收留也好，總之有危有機，說不定人們會認為我忠肝義膽，在亂世中闖出另一片新天。但⋯D7689 世界就是他媽奶滋的不公平，為何墨守成規漠視民意民望跌破新低都能繼續加薪，決意挑戰界限努力改變的我卻連變賣尊嚴都被冷落的失業漢？距離新學期剩下一星期，我必須找到工作⋯⋯重點是能夠預支薪水的工作⋯⋯

　　到了這階段，也無謂再為相關經驗偏執了，我決定跳出翻譯另謀其他工種，總之盡快營救負增長生活。快錢應到哪裡找？如果我是女生，你一定會建議我做雞，理所當然，我是男你一樣會叫我做鴨，可恨我不是那種油頭粉面韓系小白臉，也不是肌肉黝黑高大威猛的型佬，雖然百貨應百客，但我覺得入行盡浪費更多時間。所謂「How to face the problem，when the problem is your face？」你明白的。

　　黃賭毒快錢三寶，除了加入妓寨，就是走粉跳灰或過海博一

博，我不敢跳灰，聽説會判終身監禁，人生從此完蛋；至於賭博，連買引擎的成本都沒有，怎把單車變摩托？

「我沒有我沒有沒有，從運氣到信心到天空宇宙全屬某某，未明何處有售。」失業失戀失學失救，只有手提裡面一首首陳奕迅的歌陪我度過每一個灰暗的晚上。

失意時間，看得最多就是電視。看到一天播十萬次的美素佳兒廣告，想起那天在露天花園敦倫的國內專才，還有幾則新聞報導。一個落魄的黃昏，突然靈機一觸想出一個翻身機會！要不犯法不賣身不沉淪又能現金出糧的工作，在這個 21 世紀的香港，無疑只有：走！水！貨！無誤。怎樣入行，怎樣擠身水貨界佔一職位？我請教了一位 Facebook 網友。

當日會與她成為網友的原因是，朋友給她的露奶照讚好，我見挺養眼便 Add Friend 了。這個 MK 妹每天除了張貼自已的七三大頭自拍和轉載台灣治癒愛情飛機文，間中也會張貼一些另類招聘廣告如：「搵人帶貨，冇風險唔使賣身，日日出糧，想搵快錢可以 PM 我，最好 30 歲以上，非誠勿擾」、「有冇人住上水？唔使學歷，落個街就賺到錢，詳情可以 PM 我再講」、「有冇人搵緊工？深港速遞員，日日出糧，每日工作六小時，撩皮者止步」，明顯就是招聘水貨客。在法例未有嚴打之下，在社交網絡招聘水

貨客是可以有多明刀明槍。以前只當笑話一則，想不到今天竟然
要認真查詢……

「Hi，想問仲有冇深港速遞員職位空缺？」

「如果係記者就過主！」

「唔係，我失咗業三個月，急需現金解財困……」

「幾歲？」

「32 歲。」

「有冇經常中港來回記錄？」

「冇。」

「有冇試過俾海關周？」

「冇，我好少返大陸。」

「歡樂卡仲有幾耐到期？」

「三年。」

「Gd！」

「咁我幾時開得工？」

「係記者死全家！」

「我唔係記者！」

「聽日開工，留低電話，四半上水站等！」

「咁晏？」

「五點入境處交更。」

「OK，點搵你？」

「到時電聯你。」

「好，謝謝。」

「唔好諗住溝我。」

「吓⋯哦。」

「係記者死全家！」

「都話唔係記者⋯⋯」

第五章第二節
三文魚與水貨賊

● REC

「大家好，歡迎收睇晚間新聞，我係允芷兒。近年本港嘅教育同政治發展引起咗中學點樣教授中國歷史嘅討論，教育界對於中史應唔應該成為獨立必修科有唔同嘅意見。由羅致然報導。」

「施政報告強調要解決房屋問題，行政長官梁振英就表示喺多項措施之下對供不應求嘅房屋問題已經到咗尾聲，不過有學者質疑。由梁美兒報導。」

「泛民立法會議員杯葛第二輪政改諮詢，行政長官梁振英表示願意隨時可以同泛民進行理性溝通，但要喺憲制基礎之下，同埋人大常委會有關嘅決定之內。泛民就回應同梁振英公開辯論。由梁美兒報導。」

「世衛被指錯判冬季流感趨勢，令流感疫苗未能完全針對最流行嘅H3N2 瑞士型流感病毒，食物及衛生局局長高永文承認疫苗保護率下降，但仍然能提供一定嘅保護。」

「台灣國民黨舉行黨主席選舉，唯一嘅候選人朱立倫以高票當選。外界普遍認為目前行政權喺馬英九手上，立法權喺行政院長王金平手上，朱立倫有可能成為十年嚟最弱嘅黨主席。內地中央電視台晚

　　自從佔中以後，無視新聞已經很少提及上水的水貨問題，如果你是那些從新聞看地球的人，定會以為水貨問題已經在無聲無色間解決了，情況跟佔中一樣。但當你真正來到上水，你會發現這裡根本不是從前認識的上水。

　　上一次來到上水是為探望外公，他在新康街開設樓上影樓，在一幢四層高的舊樓，前舖後居。記得當年的上水樓房很矮、人不多、火車站附近有熟食小販，市中心都是一些士多、米舖、建築材料店、家品店、改衫店及金魚店做街坊生意，但今天故地重遊發現面目全非，步出火車站第一件看到的事物，是紙皮箱，第二件看到的都是紙皮箱。基本上，整個上水都被紙皮箱鋪滿了。除了一個個疊起的紙皮箱和紙皮箱，就是拖著紙皮箱手拉車的水貨客，和盛載一箱箱紙皮箱的貨車。站外人山人海車水馬龍，活像另一個三號貨櫃碼頭物流集中地。等待取貨的師奶、散貨中的阿叔，與及泊在路邊形成車龍的貨車來來往往，地上滿是煙蒂、

膠帶、飯盒、包裝紙、膠袋廢紙和痰涎，環境比新聞報導中惡劣百倍。

「畀份筍工你做都遲到！」

MK妹「等待戀愛ing的小蘇兒」判頭出現了！不…不是我遲到，是我根本認不出她的真身而一直呆等……嘩我想說…嘩……她真人比上鏡落差之大實在叫人…驚心駭目！雖知Facebook無真心，看得出照片落重美白、沙龍、柔光濾鏡，加上大眼仔大簷篷七三高抄角度、窄身低胸、怒擠雞心、叉腰縮肚等Treatment無容置疑，但以照片層面來說尚算可以，起碼肯露。但真人卻是一個壽星公額、羅茲威爾面、皮膚黝黑、身形像個大冬瓜肥肥矮矮的…MK妹，左手一部鑲滿水晶的手機，右手夾著一根卡碧，最要命是她身穿的粉紅色短裙，黑絲象腿加一對黑皮中靴…轟牙！完全把相簿中冷如冰寒如雪的美圖秀秀徹底粉碎……騙徒手法層出不窮，怪不得倫敦金愈做愈有……

「點呀？係咪唔想撈？」幸好是來求職，是相親的話早就拔足狂奔。
「唔係唔係，多謝蘇兒姐畀機會我！」人窮志短，叫我就地便溺也可。
「嘩我架Van仔過緊㗎，陣間你同我落晒啲貨先。」

「知道知道。」

「你叫咩名？」

「我叫恩沙基。」

「個名咁怪嘅？」

「叫慣咗就冇嘢㗎喇，蘇兒姐。」

「OK，車到，過去！」

　　車上是一箱箱益力多、紙尿片、月餅和洋酒，奇怪沒有最叫座的奶粉。我把幾十箱水貨從車廂和十數架手拉車搬到地上，MK妹命令我用束帶把三箱三箱水貨束緊，幾分鐘後便來了一班師奶，陸續認領一架架印有《長發》和號碼的手推車，MK妹很有條理地替每個師奶登記，然後一聲號令「出發」她們就提著手推車解散，走進火車站一去不返，剩下兩車水貨，大概是要由我和她親自運送⋯⋯

「嗱呢兩架車係你嘅，同我走轉羅湖，過到羅湖就有人接，嗰邊會認到你架車，佢會畀運費你，收到錢就返嚟，咩都唔使做就賺$200。」

「一個人拖兩架車會唔會好覺眼？」

「唔會。」

「咁⋯萬一我俾人捉到點算？」

「冇事嘅，只要唔超過一個額就唔算犯法！」

「啲貨寫到明係乜乜乜，擺明就係水貨，真係冇事？」

「得啦咁多嘢問，叫你行就行啦！做兩個鐘賺兩嚿仲想點？」

「哦係嘅蘇兒姐，咁…我出發喇。」

「醒定啲呀！仲有一轉，爽手仲可以執多劑！」

　　拉著兩部手拉車進入上水站，站內擠滿同樣拉著手拉車和紙皮箱的同行排隊進入閘口、升降機、扶手電梯。月台擠擁得根本無法站著腳，這裡比順豐更像一個分流區，人們像流水般從第三卡月台順延至第四卡、第五卡、第六卡、第七卡……直至第十一卡又逼滿人和貨，因為第十一卡是第二個分貨區，不同之處是由紙箱變成發泡膠箱。

　　到達羅湖站開始膽怯，我會否被海關扣留？貨會否全數被充供？這些是水貨不是行李，我還要拖著兩大箱異常礙眼，識捉一定捉我……但很奇怪，由通過 e-道到一步步離開香港範圍，海關都對我這個雙篋雄視而不見，為何正義朋友會對我這種害群之馬如此寬容鬆懈？689 不是口口聲聲說要打擊水貨客，還上水給居民的嗎？但老實說，羅湖站的人流比上水更誇張，以一秒鐘二十個人穿梭中港邊境的密度來說，實在不能每一個都截查檢察，水貨客成功用人海戰術擊潰海關的攻防術，我們就像一大群三文魚逆流而上，為抵達最上游的平靜湖面產卵而努力跳躍，當中有些會被急流衝走或撞石身亡，但只要抵達最上游就算成功，我就是

幾十萬尾三文魚其中一尾。

　　大陸入境關口更是無掩雞籠，守在關口的公安都懶洋洋地打呵欠看手機，連行李Ｘ光機都沒有開動。我順利抵達羅湖站出口，成功找到「長發」接貨區，跟其他三文魚一同排隊產卵。把六箱註名香港製造的麻油味出前一丁卸下，我便收到$200港幣，繼續迅速急步回到上水站落貨點，遠見MK妹站在路邊一邊抽煙一邊玩手機，直至見我走近。

「點呀？」
「搞掂晒，係咪…有第二轉？」
「有冇買二寶果汁糖畀我？」
「二…二寶？咩二寶？」
「屌唔係冇呀嘛？頭先咪叫咗你買囉！」
「吓？係？好似…冇喎……」
「屌唔撚係嘛？你真係當我流㗎喎？」
「真…真係冇喎…咁吖蘇兒姐，一係我走第二轉嗰陣幫你買吖！」
「屌我要而家食呀！」
「喈喈食完煙就啪糖？」
「你理撚得我啫？唉旨意你真係收得！」
「唔好意思蘇兒姐，我…我而家即刻去買…」
「唉唔使喇，我大把嘅，撳個輪有百幾二百包！」

「哦⋯⋯」

「唉死去將啲貨 Pack 好，拿拿淋走多轉收工唔想見到你！」

「係嘅係嘅⋯⋯」

　　有錢使得鬼推磨，我終於真正了解這句説話的真諦。的而且確，我被這個精神病 MK 妹篤著頭蓋當街潑罵，心裡也沒一絲恨意，只希望她既往不咎，讓我明天、後天、大後天繼續走貨。從前那個對文字抱有熱誠，為維護文字質素不惜劈炮的文青跑到哪去了？ Oh Yeah，眨一眼又跑到羅湖了。

搵樓易

● REC

「大家好，歡迎收睇呢次新聞，我係梁美珍⋯」

00:00:00:00

　　運輸工作令我錯過每一天的晚間新聞時段。五時開始工作，每天走兩轉，每轉來回需時三小時，十一時多才完成一晚工作，也剛剛錯過芷兒的曝光時間。新聞台還可看重播，但大台新聞可沒有這福利，過了就是過了。不能按時收看允兒的即時演出，每天少了不少期待和亮點。但犧牲尚算值得，第一晚我得到 $400 腳錢，錢包很久沒有被填補過，袋著四張 $100 感覺非常實在，安全感飽滿。雖然 MK 妹難頂，但我願意用面皮換鈔票。

　　如是者，往後一星期重複做同一件事，每天睡至下午起床，吃點東西便到旺角站乘火車到上水會合 MK 妹，被她辱罵幾句，然後開始打開貨車落貨、把貨分配十六架手拉車、給師奶們分貨，再親自拉兩架過關。排隊乘電梯、排隊等車、排隊擠進車廂、排隊走出車廂、排隊過關、快步走、排隊交貨，領取 $200，快步走、排隊乘電梯、排隊等車、排隊擠進車廂、排隊走出車廂，回到上水分貨點。一式一樣重複一次便下班，乘火車到旺角站再徒步回何文田宿舍。機械式的工作為我每天進帳 $400，三天已令身家回

復四位數。工作一星期，扣除兩餐和車錢，盈餘 $1700，剛夠我在開學前一天撤離宿舍，把鎖匙交還 Stephen 的弟弟，並請他吃了一頓理工新 Can 的晚飯。對了，從來都沒有真正介紹過，這位恩公叫 Kenny。

早有居住劏房的經驗，不消一天便找到駐腳點。找屋最重要是給自己訂下要求重點，沒有重點純粹憑感覺決定喜好，十年也找不到適合的。我要在一天內決定，首要條件就是能夠「即租即住」，其次是月租 $2000 以下，附加要求最好鄰近上班地點。今次情況比較幸運，因為上班地點在上水，北區樓價相對平易近人，應該 $2、3000 就有交易。但花了半天跟劏房中介人走訪上水、粉嶺和元朗，才知道樓價跟想象中有出入，同樣是北區，但原來最為偏遠的上水租金最高，退而其次是粉嶺和元朗。

習慣居住東九龍，對北區這片大地有著獵奇般的新鮮感。劏房中介人先帶我參觀一間位於元朗福慶村堪稱「傭人或單身全港最平」的筍盤參觀，他花上十足唇舌賣力推薦：「嘩真係唔係講笑，千祈唔好以為元朗就平，其實呢度就咁一個百幾呎單位都做緊 $6、7000，唔係嚇你，真係！所以呢個盤應該係同區盤王，月租 $1700，700 呎大到可以 BBQ 同養狗！仲跟晒 Wifi、獨立浴室有埋熱水同住客會所，唔係捱住層豆腐樓我都搬入嚟住唔係講笑！」嘩會不會……「放心，冇死過人，呃你我正契弟！」

到達村屋後一口氣走上三層，爬到第四層打開鐵門，吓？天台？實在稱得上是我 2015 年第一奇觀，「傭人或單身全港最平」竟然是個「帳篷租盤」，業主竟然利用天台的空間放置七個帳篷，散佈在不同角落猶如另一個石門露營區，那些帳篷…沒錯就是我佔中時睡在路邊用的帳篷，中介人解釋放置帳篷並不構成僭建，只要夠空間，放幾多個都沒有問題。設施方面更惹笑，先有一個行動公廁，裡面基本上跟郊野公園用的一模一樣，兩級樓梯走進去只有 4 平方呎空間，腳底是踎廁，上方是額外加裝的花灑頭，實現了我兒時希望能夠邊洗澡邊拉屎的狂想。公廁外掛了一塊小鏡，That's all。最趣緻是業主竟在不遠處放了一個吹氣游泳池和陳年單車機，相信是傳說中的住客會所。只要業主認為你人品好，便可免簽約免按金，出示身分證和住址證明即可入住……（但有住址證明的話還需要搬來住？）

「唔係講笑，呢度每日至少有二十個客嚟睇，仲要女性居多，七個住客分分鐘得你一條仔！」

　　第二盤是一幢七層高一梯兩伙的舊樓，沒有升降機只得在狹窄的旋轉樓梯中不斷向上轉，轉轉轉轉轉到六樓，門一打開…噢……大概是《見鬼》、《三更》、《異度空間》中出現過的凶宅實景。黑白格仔地磚、木椅、白鐘、綠色牆、黑色窗簾布，這種配搭不是要嚇走人，還有甚麼用途？中介人與剛才簡直判若兩人

語氣逆轉:「咁嘅格局咁嘅配套,都租緊 $5000 一個月,不過百貨應百客,總會有人貪呢種盤個 Mood 夠特別,好似啲藝術家呀畫家呀鬼佬呀咁,都鍾意呢類嘅!」嘩會不會⋯⋯「係,死過人。上一手已經係三年前,之前成家死晒上晒報紙。老實講,要搵間有百幾呎又喺正市中心,一定冇可能 $5000 租,因為呢度死過人先比市價低三成。你唔怕嗰啲嘢,幫你開 $4500 又點話!」

第三盤離開元朗,來到上水一幢二十年樓齡的私樓,大堂整潔、有看更、有升降機,劏房在六樓一個一劏三的單位。全屋新裝修,燈夠光、水夠熱還有一個小窗口遠眺火車站,即我公司。環境好到不得了。

中介人口吻又跟之前不同了:「係幾好㗎,出面有晒鐵閘,入面又有獨立門鎖,係就係要 Share 個廁所,但另外嗰兩間租客都係後生女,應該唔會搞到周地都係。業主仲會定期搵人上嚟搞衛生,真係有酒店級服務!」那麼⋯月租多少?「哦冇嘢嘅,所謂一分耕耘一分收穫,有得就有失,幾多件咪幾多錢,最緊要你鍾意嘅咋!老實講,冇嘢嘅,好似我買車咁,本來預 $5 買架濕鳩 Corolla 做腳車算,點知好衰唔衰有個 Friend 放架 Mark X 出嚟,TRD 大包圍,改埋電腦仔落埋 Tom's 大鮑魚行 Goodridge 迫力線,賣 $14,雖然 Budget 足足超咗一半有多,但慘得過我鍾意,咪辛苦少少囉!坐上架車度開心,咩都抵返晒啦吓話!」最後他

若無其事跟我説，這裡月租 $9000。

顯然地，這些根本就是地產佬的鳩屎銷售技倆，先帶你去一些水魚盤，再到一些離地盤，加上一大堆九唔搭八旁述混淆視聽，讓你重新考慮第一個水魚盤。第一個帳篷租盤，傻的嗎？ $1700 在人家天台露營？我何不自行到鶴藪水塘紮營？

中介人見我眉頭猛皺，於是帶我到最後一個「筍盤」，位於粉嶺華明邨…華明邨不是公屋來的嗎？怎麼會有劏房出租？！一個位於添明樓三樓的單位被改建成一開七劏房，我才知道公屋原來也有 600 多呎的大單位！究竟憑甚麼資格才能申請如此寬敞的私樓級數單位？為何我一家六口要迫在 170 呎之中，但有人能夠把自己 630 呎切成七份放租？這個政府究竟在做甚麼？房屋署那班垃圾職員是否每天冗在冷氣室打「神魔之塔」度日？

「$2300 全包，有晒廁所廚房，逼就逼啲，不過勝在有家嘅感覺，其他租客都係一家大細，通常係香港男人娶咗個大陸老婆，個仔又喺香港呢邊讀書，方便個老母中港來往先租呢度。我哋而家睇緊呢個係細房，不過你單身寡仔應該夠住啦，業主係獸醫嚟，知識分子講道理，可以幫你同佢傾傾可唔可以免按金嘅！」

「我…其實我 Budget 係 $1700……」

「$1700…都得，業主係獸醫，知識分子好易話為，見係你，等我打去問問佢啦！喂何生？食咗飯未先？哈哈哈你呢啲大忙人一日幾百萬上落一定食無定時啦！哈哈哈冇計啦大家都要搵食，係咁㗎喇！咦何生今晚跑馬喎，會唔會過馬場開個包廂咁呢？哦哦哦明嘅明嘅，唉係啦我都唔鍾意應酬，放咗工都係第一時間衝返去湊女哈哈哈哈…我？我係安居地產 CK 呀！哦冇，帶咗個租客睇你個華明邨一開七單位，咁嘅，個租客真係好有誠意，後生仔唔煙唔酒，係呀乖仔嚟㗎！不過佢 Budget 唔多，得 $1700，知你間細房最平都做緊 $2300 所以睇吓……明嘅明嘅明嘅，平！梗係平啦！何生你已經係同區最抵嗰個…係呀！不過個客急搵地方…係呀係呀……明嘅明嘅，都……都得！我同個客講吓，冇問題冇問題！極速 Get back 你！唔該何生！唔該晒 Thank You 晒！係係係！好嘅好嘅好嘅，再聯再聯！」

「嘮孫生你好彩個業主係獸醫嚟，知識分子講道理，佢而家畀咗個 Offer 你！」

「係？$1700 唔包水電？」

「點會呢！講明全包㗎嘛！不過個 Package 轉一轉，個 Term 屎有少少唔同啫！」

「係係係…總之 $1700 以內就 OK ！」

「嘮一句到尾，$1700 就 10 呎，呢度，朝笑晚拆！ 」

「呢…呢度？即係瞓廁所門口？」

「喂孫生，並唔多啦！所謂幾多件就幾多錢，$1700係呢啲喫喇！」

「咁…有冇床提供？」

「有有有！業主話老早就準備咗張帆布床，睇你…五呎九度，夠瞓有突！」

「唔……」

「咁諗吖，$1700全包有得瞓又有得煮食又有冷氣仲就近廁所，其實真係OK！」

夠了，Shut up and take my money！

$1700一張帆布床、一個棲身之所。由何文田五星級宿舍搬到這個新移民集中營，由望天打卦的飄泊生活著陸泊岸。這裡沒有甚麼好，也沒甚麼不好，白天看著三四個拿三糧綜援的大陸女人切橙聊天，連同八九個光頭單眼皮皮膚黝黑穿開浪褲的大陸小孩周處灑屎；晚上下班回來聽著雄壯的鼻鼾交響樂沐浴更衣開床睡覺。雖然朝笯晚拆私隱欠奉，但起碼外面滂沱大雨仍能安然在空調下作息。作為重新生活第一步已算不錯，至少兩餐溫飽，有瓦遮頭，只是欠允芷兒每晚情深的的晚安再結……

天文台表示協調世界時 Coordinated Universal Time 會在今年7月1日前增加一秒。

第五章第四節
水貨豪情

　　這夜我又再獨對夜半無人的空氣，格外地想妳。

「公司都幾滿意你嘅表現，所以決定升你職！」

「吓？走水貨都有職升？」

「你而家係運輸部行動主任，我會安排你踩第二條線。」

「咁會唔會加人工？」

「會，條線唔係人人都做到，呢個機會好難得，醒定啲！」

「多謝蘇兒姐！」

「今晚放工有冇地方去？」

「做咩呀？」

「冇，睇你飲唔飲嘢啫。」

「飲嘢？我同妳？」

「咩呀？唔滿意呀？而家係咪吊高嚟賣吖？」

「當然唔係啦！不過今晚放工約咗 Friend，下次吖！」

「噴！難得本小姐約你都推，真係唔識玩。」

「係嘅係嘅…Sorly Sorly……我去開工先！」

「高級行動主任 Fury 會帶你踩條新線。」

「知道！」

　　MK 妹不是在第一天就警告我別對她奢想嗎？現在竟然主動邀約……可惜她的壽星公頭、羅茲威爾面加上粗口爛舌、烏煙瘴氣的形象實在叫人避之則吉。每次見她的黑色象腿，心中也不禁想：腿這麼粗肉這麼厚，交歡時擘得不夠開，男方真有可能攻不

入去。

「做咩呀？眼甘甘望住我，過主啦！」噢我純粹以生物學角度思考物理問題，她竟故作害羞，馬上拉高衣領收起肥仔波，這個天大誤會從來未有過的醜陋，不是為工作為生活為一口飯為一張帆布床空間……過主的早應該是妳，臭西……

　　所謂高級行動主任 Fury 姐，其實是師奶黨的頭目，年介 50 身高五呎一的肥師奶，但絕非一般善男順女，見她形同坦克車有著遇神殺神遇佛殺佛一般氣焰拖著手拉車以震撼聲大嗌：「睇住呀！」硬闖人群之中強佔最佳位置，實在不得不佩她的專橫跋扈。每當有受害人被她推撞失足：「喂阿嬸你有冇搞錯呀！睇住啦，夾硬逼埋嚟撞到人喇！」Fury 姐都若無其事還擊：「咩呀？你邊隻眼見到我撞人呀？關你咩事呀？你厚多士喔！」火車站裡，Fury 姐比《戰逆豪情》的畢比特更有氣勢，要是生於二戰時代，一定是個英勇戰將。只可惜生不逢時，如今就算呂布再世，在這個年代都只能加入建造業做紮鐵工人。

「元仔，我哋要上呢班車！」
「吓…前面有成十幾廿人排緊隊喎……」
「所以我哋要一口氣撞入去！」
「吓…咁會唔會唔係咁好？前面好似有阿婆有大肚婆同細路…」

「做大事就唔理得咁多，鬼叫佢哋要喺上水站上車。」

「吓…如果搞出人命點算？」

「邊有咁易！」

「Fury 姐我……」

「有車嚟喇！準備好未？」

「吓？」

「睇住呀！」

　　車門還未打開，Fury 姐已經拖著手拉車衝鋒陷陣，以橫蠻霸氣遇神殺神驅趕擋路者，我就在後方緊貼步伐。有時候不得不感嘆劉德華一句「非常時期要用非常手段」亂世之中，最不合情理、荒謬絕倫、蠻不講理的事情往往是最奏效的方法，只能感嘆香港人普遍都被養馴了，人們都一廂情願以為自身的利益有法律保障、一廂情願以為彼此都奉公守法、一廂情願以為香港仍然是全宇宙最安全的城市。我想，由 2012 年梁振英上台以後，香港已不再是我們從前熟悉的香港。

　　Fury 姐果真硬闖成功，本要花十數分鐘等待三輪班次，現在兩分鐘完成。Fury 姐是過關常客，她揚言曾經試過一天來回二十次，只比香港紀錄保持者「流感華」一天來回二十六次少六次。但自從升職以後，要走的路長了，來回時間也相對長了。這令我想起電玩遊戲「Age of Empires」裡面開設市場後委派運輸工人

往來市場藉此交易賺錢，市場與市場之間距離愈遠，每程收益愈高。原來在現實世界同樣通用，又或者水貨集團的頭目是個 AOE 愛好者。

過關後轉乘深鐵，從羅湖去福田口岸站，到達後多走十數分鐘來到一個大型住宅區叫漁農村。別以為真是個窮鄉農民區，這裡有點像香港的將軍澳，是個早已發展非常完善的大型住宅區，裡面有像日出康城、緻藍天甚至天晉般的高級私樓，雖然氣氛依然一陣土味，但區內設施已算時尚先進，居民都說廣東話，聽說這裡有七成住客是港人。話雖是高級獨立住宅區，但跟我們一樣拖著手拉車的同行也滿佈路邊，因為這裡是繼羅湖站以外第二大接貨區。

來到一個叫金地名津的屋苑，Fury 姐猶如住客一樣出入自如，我們經過兩度門常開的保安站未有被截查，暢通無阻進入大堂，跟一個五人家庭等待升降機。看見這個一家五口便心想：他們是香港人嗎？父親一定是香港人，母親語音不準有點蝗味。姊姊大概 9 歲，其餘兩個弟弟 6 歲不夠，衣著光鮮，應該算得上是小康之家。那麼，小孩們是在大陸讀書嗎？還是每天穿梭中港的跨境學童？這個日落時間大概是父母接三姊弟下課回家吧？也真溫馨。

　　升降機到達十二樓，門一打開已有人群吵雜聲，相信這裡跟上水站一樣受水貨集團嚴重滋擾，但當局坐視不理居民求助無門。噢可憐的一家五口跟我們一同步出升降機，一幢三十多層大廈偏偏選中被水貨客佔領的這一層，實屬患癌一樣不幸。父親皺一皺眉向我報以不友善眼神，明白的、理解的，但我也只是為生活身不由己。七人一起向著同一方向走，Fury 姐當然走在最前，急步朝向傳出雜聲的單位報到。

「幾多件？」

「三件。」

「放低。」

「係……」

「喂下次爽手少少，你睇個箱開始出水。」

「吓？出水？」

「啲龍蝦好易臭，你唔快手啲，過到嚟啲貨都冇用。」

「龍…龍蝦？！」

「咁呀？你以為咩呀？梁齊昕呀？」

「唉咪咁多啲講啦，放低貨收咗錢就走，爭取時間走多轉呀！」

　　排在後方的 Fury 不耐煩把我拉開，把自己的貨卸下。接貨人一樣對她有所怨言，Fury 姐一於少理：「得喇得喇盡量啦盡量啦，快手畀錢快手畀錢……」果然，路程長短的確跟佣金多少有

關，這一轉中距離腳程我收到 $300。但真不敢相信紙皮箱包著的是另一個發泡膠箱，裡面竟然有梁太、青口和石班魚⋯⋯原來水貨集團已由乾貨發展到海鮮，看來屈蛇運野味寵物指日可待。但這個只是今天亮點的頭盤，最意想不到的，是剛才一家五口竟然都是水貨客！嗚呀痴撚線！

剛才未有為意五人都有一個共通點，就是都揹著一個背囊，爸爸把背囊打開，是十數條益力多；媽媽打開單肩袋，是三十多包出前一丁三盒金莎；然後媽媽替大家姐打開小背囊，拿出三罐奶粉；最過分是兩個小孩子的背囊裡面都裝了十多部 iPhone6，這對父母真夠過分，竟然連小孩子都利用！會有人想過一家五口一起走水貨的畫面嗎？今天我看到了，這個荒謬的城市，荒誕的世界。

「行快啲啦！趕到呢班車話唔定走多兩轉！」高級水貨主任 Fury 催促說。

第五章第五節
人車合一

　　自從升職為行動主任，每天收入比以前可觀，基本一轉已經穩袋 $300，把握時機多走一轉，收入乘二。$600 一天，每星期踩足七日，加上來的月薪足足 $16000，工時不長、收入可觀，不用「Well-organized」、不用「Solid knowledge & experience in 乜乜乜」、不用「Strong sense of 乜乜乜」、不用「Under pressure」、不用「Able to handle multiple projects」；只需「Work independent」和「Meet tight schedules」。工作條件比翻譯工作甚至鮮肉分割員更優厚！

　　當然，不是每天都有「主任級」工作，有時也要走回短途線，像空姐般短途跑量長途跑質，如果只是上水往羅湖線，我最高紀錄能跑四轉，日袋 $800！當然，新入行的同事會説不可能，對，因為他們未學到甚麼叫快狠準。跑水貨跑得好，重點是跑得快，跑得快的關鍵是要懂得掌握步速，空間感強、懂搶身位走快線，看準每一個空隙把握每一個機會，或許我在三文魚群中不是最快的一尾，但都一定是最早登陸上游的一批。我沒有 Fury 姐般的狠，但還有快和準，稍有一小空間，都能人車合一鑽入航道。對一個出色的水貨客來說，要等第二班車便等同失敗，所謂行頭執輸慘過敗家，墨守成規抱殘守缺不如當看更！神人流感華能做出一日二十六次來回紀錄，為何我們不能？當然，錄得二十六次紀錄已是兩年前的事，那時水貨生意還未成形，競爭相對未有如今般激烈，但這個神蹟記錄依然是水貨界的神話，是我們水貨從業

員的一個究極目標。

今天工作情況有異，MK妹揚言要把非常重要的任務交給我，要是順利完成，我即被升為高級主任，跟入行兩年多的Fury姐平起平坐。有別於平日，我被安排喬裝成傷殘人士，坐上一部加裝十多個儲物空間的廉價輪椅。路程由上水出發到向西村內一間港貨店。這條路線不是普通師奶能夠勝任，因為廉價輪椅顧名思義就是那種全人手推動的輪椅，講求對輪椅的控制力和維持航速的體力。輪椅明顯被水貨滿得滿滿，至少六七十斤。由上水驅車到羅湖關城的後梯，把輪椅摺好、鎖在鐵欄邊，再把散貨改以背囊裝載繼續上路直至到達目的地。

看似容易，但要由人來人往互不相讓的上水站拉到羅湖站大堂絕對不是一件容易的事。那為何要坐輪椅？除了能夠走傷健特快通道之外，今次帶的貨是一些被列入「一捉即啪」的香煙、洋酒和大麻，必須加強喬裝掩人耳目……

大麻……房祖名被搜出的的存貨隨時就是由香港運上去的A級貨！帶奶粉、金莎、公仔麵等的物品是走水貨，但帶香煙、洋酒和大麻可是走私！我已經由水貨客變成走私徒！天啊！我何時會升呢做殺手？MK妹輕描淡寫説海關對傷殘人士格外寬容，能走特快e-道之餘，被截停機會只有10%不夠。這程博到的話有

$1200 腳費。那…若果博不到被截查呢？沒事的，貨會被充公和被即時還押而已，死不了的……說得容易！我用手機翻翻資料，在 Google 打上「走私罪」兩字便得知大麻是一級走私品，首次犯罪通罰 $3 萬及監禁半年，勝訴是絕對的零。即是說，我用日薪 $1200 賭上 $3 萬罰款及監禁半年，未免太蝕了？但集團官方公佈過成功率是 87%。只因為香港海關一向是是但但，大陸公安又徇私枉法懶懶閒。

「醒定啲！你架車有 $20 萬貨！」

「我會㗎喇。」

「俾人拉咗冇人保釋你㗎吓！」

「我會扮埋弱智，進一步減低風險。」

「而家扮嚟睇吓！」

「姐……姐……姐姐…嘻…啫啫…啫啫…硬…硬…硬……嘻嘻…硬硬咗……」

「你呢啲叫痴撚線唔係弱智囉唔該。」

「哦…」

「今晚放工有咩做？」

「去…去去……去打打打打邊爐…食…食食食…食雞子…嘻嘻嘻……」

「屌咁冇嘢喇。」

坐在輪椅感覺已非常奇怪，數以萬計的貨更叫人異常膽怯，雙手開始用力轉動車輪，車輪一圈一步向前駛進閘口，從升降機到月台，在傷殘區等待火車到站。其間沒有任何人把我當成傷殘人士，沒有關愛、沒有讓位、毫無憐憫。單單是擠進升降機也等了四班才成功，到了傷殘的月台卡，根本沒有人理會地上的傷殘標記，依然擠滿手拉車、皮篋和同業。其實每晚一起跑線，就算不同公司也總會面善。我昨天才全場奔跑高速走位，今天竟然坐輪椅？傻的嗎都知我是裝殘，又怎會對我作出忍讓？少了一雙腿的我 MP 值大減，擠了四班列車才成功登車，上車前忘了鎖上車輪，差點就被人推到路軌，險象橫生。

好不容易來到羅湖關口，碰上那些熟口熟面的海關，膽怯得胸口幾乎爆炸：「你睇我唔到你睇我唔到你睇我唔到你睇我唔到你睇我唔到你睇我唔到你睇我唔到你睇我唔到你睇我唔到你睇我唔到……」原來一個健全人士喬裝傷殘是需要莫大勇氣，根本整個羅湖站的人都見過我、認識我、知道我是水貨常客，亦知道我是來裝傷殘帶大貨，但路途卻是出奇的順利，同業有同業急步走，海關有海關繼續 Hea，過了香港出境區鬆了一口氣，但接著來到大陸入境區，心跳開始起伏不定……剛才被搜出最多罰款 $3 萬監禁半年，但要是在大陸這邊被搜，搞不好隨時打靶……

打靶…即是死人！我竟然為了 $1200 出賣性命！倘若在第

一千次被捕，起碼之前已賺 $120 萬，$120 萬至少買到樓上車，被打靶也給家人留低一份心意，帶他們離開那磚 200 呎不夠的豆腐膶。但這可是第一次，再者我的 $1200 酬勞還未到手！

手一邊拉著車輪慢慢接近羅湖關口，心一邊十五二十地掙扎：「而家真係一直在玩命中 .jpg…而家割禾青仲嚟得切…死人喫！為咗千幾蚊值得咩…我大學生嚟喫…寧願俾警察打死都唔好走水貨死吖…俾阿嬤知道一定傷心死……唉但係我唔跑就冇錢，哪有錢你老母……呢份工嚟喫…邊有得揀 Job？一陣間失敗而回實俾MK 妹炒魷，到時我又瞓返街…我唔想瞓街…我仲想沖熱水涼……其實班公安點會 Check…好日都唔見佢哋截一個，我又紀錄良好，點會係我？都去到呢度…走咗呢轉，返去同 MK 妹講唔升職做返步兵…咁不如都係，而家折返啦…好地地 $300 咪 $300 囉，做乜要咁好高騖遠啫……」一輪又一輪掙扎盤旋，但見身旁突然駛過五輪跟我一式一樣的廉價輪椅，註：是一式一樣！即他們是以隊際形式出動……這…這樣會不會太明目張膽？

他們為我壯大了信心，看見他們強而用力的臂彎，滿懷自信一下一下推拉車輪，以極線性的速度向前進發，我知道這趟不會有事，因為他們比我更不像傷殘。我跟隨前方五部輪椅，保持距離靜觀其變，看看公安們是否對他們如此高調的攻勢依然視若罔聞…一股極致的專注力令我澹泊明志寧靜致遠，彷彿只聽見車輪

行駛轉動時的沙啦沙啦聲和公安們的聊天聲⋯⋯一千零一⋯一千零二⋯⋯輪椅隊伍已到通過傷健特快⋯⋯一千零⋯一千零十⋯我也經過了⋯⋯一千零三十一⋯一千零三十二⋯⋯隊伍已到達檢測站⋯⋯公安們談笑風生未有理會⋯一千五十八⋯一千五十九⋯我也到達檢測站⋯噗噗⋯噗噗⋯噗噗⋯噗噗⋯「腥生！」呃噗噗噗噗噗噗噗噗噗噗噗我被叫住了！

「腥生！」

「吓⋯我我我我⋯⋯⋯我？」

「詩呀！梨的包包未油關巧呀！」

「包⋯包包⋯⋯？」

「對喔！趕快把包包關巧，少先依頂！」

「些⋯些些⋯⋯」

　　原來人間有情，這位公安叔叔竟然提醒我要把袋口拉好，但真嚇得我幾乎窒息，心臟幾乎停頓，通過檢測站以後，背部被壓力汗沾得濕透，這 $1200 實在不好賺，但⋯總算過關了。通過關口以後，找一個暗角環顧四周便站起來，把座位下、輪椅底、輪子邊的暗格打開，找到二十條紅萬、兩支山崎 18、兩支白州 18、三支響 21 和一餅大麻，證明剛才怯得物有所值。我用兩個環保袋把它們裝起，再按指示把輪椅摺好，收藏到「水貨客輪椅停車場」，就是火車站的四號後樓梯一樓，這裡像極單車亭，輪椅整齊地被

摺好排成一線，有些被上鎖，有些則沒有。

揹著十多萬貨，乘 N14 巴士在陽光酒店下車到達向西村，聞名不如見面，這就是鼎鼎大名的《一路向西》取材處！拿著重重的貨來到村口一間港貨店，這裡賣的標明由香港直接入口的「真貨」，絕無戲言。價錢方面也真令人咋舌，一包出前一丁這裡竟賣上 $22，益力多更被注明「頂級藥用飲料」一排賣 $100，即 $20 一瓶，跟 Fancl Break and Burn 不相伯仲，怪不得水貨集團搶著要。開設港貨店是現在發達的不二之選，扣除必要開支和運輸費，利潤仍高達百分之五十，開業半年即回本，世上還有更好賺的生意？

這店店長看上去只是個一般的大陸女人，不是甚麼頭目：「是咪帶火過奶？」我都不知應該用廣東話還是普通話回答。我最後答了「斯」她便把貨接過手，拿出一本數簿點算一次，便在錢櫃數出 $1200 人民幣給我…哦？是人民幣不是港幣？比預期中得到更多，剛才的緊張、膽怯和恐懼一掃而空，興高采烈地些些道別。你知道 $1200 人民幣有多少？就是 $1501.6，我多賺了 300 個大洋！

回到上水站，MK 妹一如以往倚著欄杆玩手機，等待一架又一架載滿水貨的 Van 仔和一群又一群師奶團取貨上路。本打算跟

她表白不想升級，但又突然打消了念頭，因為這個「主任」職級的收入太好，每天 $1000，加起來月薪可達 $3 萬！這個末期資本主義時代，商家四處合法強姦，以榨取打工仔青春和勞力換取更多財富的時勢，還有幾多個月薪 $3 萬的港人？打工仔被剝削被欺壓被扼殺，換來只是剛剛夠維持生命的報酬，但現在的我不用再被剝削被欺壓被扼殺，轉以榨取香港僅有的尊嚴和消耗這裡的生態。是，我知我是契弟，連雞和公廁都不如，但我不做，還有大有人做，人不為己 _____！何不趁著這裡還有一點機會好好把握？以小博大、靈活應變、自強不息不就是老是常出現的獅子山精神？

三文魚一生為衝到最上游產卵而逆流而上，產卵後就結束激烈又拼搏的一生。所謂將軍難免陣中亡，經過這次主任級任務之後，我確信長此下去總有一天遭殃，跟三文魚同一下場。三文魚為繁殖，水貨客為利益。繁殖是天性，貪婪也是天性。水貨客可恥，我沒有面目見芷兒。

第五章第六節
運鈔奇俠

「今日上深圳福保街九十二號華福大廈四樓 B，搵個叫雀仔榮嘅人話係 Zoe 姐叫嚟！」

　　當一個高級行動主任，短短一個半月經歷卻是數年，因為工作範疇天天新鮮鑊鑊甘。逢星期一、三、五分別在皇崗、福田和落馬州拖兩轉乾貨；星期二羅湖至向西村走海鮮、星期四裝傷殘人士跑傷健通道走私，五天工作日其實已足夠讓星期六日休息，但欠下銀行一筆街數加上未雨綢繆的優良習性，周末還是希望被安排工作以增加收入。不過星期六日對水貨客來說不是開工吉日，因為往返旅客多，走私主線（即黃石碼頭、沙頭角、蛇口的水路飛航）又少在周末行動，變相加強了水貨路線的戒備。但好處也是因為站頭人頭湧湧多掩護促使白天也能開工，一天可跑五轉。MK 妹說過，周末工作需要自行承擔風險，萬一失手賠貨罰款都要自行負責。所以，周末的工作我多選走短線，利潤雖少但風險較低。如是者，每星期工作六日，我每月平均掙來接近 \$3 萬，這價錢是寫字樓工的高級主任價！今天是星期四，我沒有如常坐上六十磅輪椅，而被叫到深圳一幢商廈。

「嗨…我搵雀仔榮…係 Zoe 叫過嚟……」
「雀仔榮你叫嘅咩？叫浩榮哥！」
「係係係…我搵浩榮哥，係 Zoe 叫過嚟……」
「蘇兒？哦短腳熊！入嚟啦，直行第三間房。」

「唔該晒大哥……」

這間公司掛名印刷，從接待處走進去便知道是一個水貨分銷站，每間房間都放滿不同種類的貨品，人們都在忙著包裝和換包裝。滿以為第三間房是雀仔榮的房間，開門驚見四個被「包裝」了的阿叔，難道今次要運人？不，應該是傳說中的「鐵甲奇俠式」帶貨，要發生的始終發生，終於來到販毒跳灰。要是被無所不知無孔不入的公安突擊搗破，就真要死刑了……我只是個水貨客，也只想永遠走水貨…不想升職不想上位，不關我的事不關我的事我無辜的我無辜的……心裡一番掙扎，身體已被兩個大漢脅制……是白粉還是K仔……窺視旁邊四個 Ironman，發現盔甲包著的不是白粉，是…是是是是錢？！是一疊疊港鈔！我們…我們是運錢！

「畀張身分證我做登記。」

「哦……」

「知唔知嚟做咩？」

「唔…嚟做嘢…但而家應該唔知……」

「我哋要你同埋佢哋四個一齊帶啲錢落香港。」

「係…係係……」

「換咗呢啲衫佢，做識別。」

「係……」

「唔係嚇你，呢度成五十個！」

「嘩我…我驚我 Handle 唔到…」

「到咩話？」

「Handle……」

「咩到話？」

「我驚我搞唔掂……」

「唔使怯，怯你就輸成世。」

「吓哦……想問啲錢係……」

「用嚟買股票。」

「咁點解唔用網上理財？」

「畀啲仆街經紀抽佣不如幫你哋製造就業機會啦！」

「咁又係咁又係……」

「唔好諗住出古惑，我哋會全程股實你哋。」

「唔會！我最憎啲出賣兄弟嘅人㗎喇！」

「我哋唔係兄弟，你哋一出古惑就死全家。」

「嘩…唔唔唔唔唔使講埋個後果喎，唔會出古惑唔會出古惑……」

「呢度車票，過咗皇崗上車去灣仔，落車會有人帶你路。」

「嘩好似交贖款咁……」

「唔好諗住出古惑呀！」

「一定唔會！」

「事成後個接頭人會帶你去鬆身，然後你就收錢。」

「今次 Mission 會有幾錢到?」

「咩順話?」

「任務!」

「有 $360。」

「哦……」

　　今天才知道水貨界的報酬也不盡是按腳程和危險性收費。這次任務可是那種隨時上報的大茶飯!雖不是毒不是軍火,但如此龐大的真鈔掛在身上,搞不好其中一位隊員狀態欠佳慘被捉拿再導致全軍覆沒,我便跟他們一字排開被公安被海關被傳媒拍薄格寫真,題目是「螞蟻搬金搭牛市順風車,當中不乏 80 後中大學生」因為其餘四人沒有甚麼好說,亮點一定是我這個中大畢業的 80 後如何折墮淪為水貨客。見報後,高登名偵探們只花半天便製成拼圖,找出這名 80 後水貨客跟早前爆紅 PCCW 喪喊男的共通點,確定身分,孫 X 元立即被起底,高登解碼系統啟動,紅燈變成綠燈;騎兵變成步兵;薄格變成無碼,孫啟 X 成功躋身網絡大典。

　　但人生就是有很多事情身不由己,所謂:「出得嚟行預咗要還」要當一個月薪 $3 萬的港人,就得要付出價值 $6 萬的犧牲,這宇宙間哪有不勞而獲的事情?別人用學位、智慧、身體、性命去換錢,我也要用前途、名譽和尊嚴領薪。但計到底我是著數的,因為他們有高學歷、高智慧、美侖軀殼,而我是一無所有,以小

博大而非以物易物。

他們先把一疊又一疊 $1000 鈔票緊緊紮在我的胸膛、腰間、手臂、褲檔和大腿位置，滿城盡帶黃金甲，然後穿上他們給我準備的老土杏色西裝。除了衣領傳出陣陣臭味，衣不稱身的情況非常嚴重，我像回到九十年代賭神年代，肩位很闊衫尾過長褲也太寬，真的沒問題嗎？要知道一個九十年代的人在 21 世紀的通道上行走，比 21 世紀的人在九十年代的通道上行走礙眼得多！九十年代的周星星被特異功能送到四十年代的上海不夠誇，現在我穿上賭神西裝從皇崗到灣仔才最異相，加上關節都被鈔票阻擾，動作極不自然，Ironman 比我的步伐更流暢。

「咁樣真…係 OK ？」

「定啦！」

「你肯定我咁樣真係 OK ？」

「個個都係咁㗎啦！」

「吓我…真係未見過有人著到咁樣過關…」

「你見識少啫，大把人帶多一百個喺身呀！」

「班公安真係唔理？」

「冇人會理你！」

「咁點解唔索性拖篋？」

「識條春咩你！拖篋先容易俾人捉！」

「你肯定我著到咁…行成咁就唔會俾人捉？」

「一定唔會有事！」

「呃…都係八卦吓…如果真係俾人捉到，我會點？」

「冇事冇事，最多唔畀你出境啫！」

「唔使打靶？」

「傻嘅！深圳邊有打靶㗎！」

「乜深圳冇打靶嘅咩？」

「冇事冇事，捉到最多罰錢。」

「咁啲錢邊個畀？」

「公司會決定！」

「公司…會決定……？」

「冇事冇事，咁耐都冇人中過！」

「個個都著到咁行成咁？」

「你行得已經算係好嗰班！」

「咁佢哋呢？」

「十隻手指各有長短，你哋路上要互相照應，出發！」

　　老實説，今次早已打定輸數會卡關，那怕他們只是出於關心見我行動有異是健康所致，發現這個怪客身上紮了 $50 萬鈔票全屬意外收穫。話說回頭，這六十三天帶著不同違禁品在兩岸進進出出進進出出都沒有一次中標已算倒賺，所謂獵犬終須山上喪、

將軍難免陣前亡，水貨客都有一天被關進牢。「初犯會輕判的。」每天出發前都跟自己說一遍，只要一天是處男，一天還有安全網。至於運奶粉、運毒、運手機、運鈔票的刑罰是否同等就不得而知。掙錢必須膽大心細，特別是 Easy money。

我跟四位鐵甲威龍、鐵甲奇俠一起出發，大家一拐一拐地進入皇崗關閘，實在不明白為何要安排五個同樣衣著怪異行動可疑的賭聖組團南下，是方便被公安一網打盡？還是愈危險的漏洞才是最安全的掩飾？五人以二二一戰術進入戰區，無論心情如何急促，還是無法把動作做得流暢，這套鈔票盔甲實在太重，加上四肢都被填得滿滿，關節被束緊得無法自主。執行經理到底有沒有為行動安排過？有沒有用心考慮過這種團體戰術的弊端？五個穿得一式一樣的一拐一拐，如此明顯地保持隊形，我就不信捉得初號機會放過二三四五號機！

到達自助過關機，隊友們連成一道平行線，同一時間抽出歡樂卡同一時間放進掃描器閘門同一時間打開同一時間打指模同一時間步出過關機，要是加上特別音效，場面猶如《復仇者聯盟》一樣浩蕩。如此明目張膽地掩飾一些不能見光的事，叫人難以接受。但更摸不著頭腦，是公安視而不見，還是我們氣勢浩大出奇制勝？五人順利通過出境處，拿出車票輕鬆登上穿梭巴士。滑稽的，是登車時要走幾級樓梯，聯盟中一個道友阿叔一個掃地阿嬸

腳力不夠，生硬的關節滯留在四級樓梯之間，阻擾人龍進度。我聽見車上有乘客冷嘲熱諷竊竊私語：「屌綁住咁多貨梗係上唔到樓梯啦！報串捉鳩呢啲人就啱！」我心當堂離一離……

　　過了大陸這關已是神仙，香港是沒有入境現金上限管制，只要你喜歡，是能光明磊落拿著十箱歐羅走進香港境內。話雖攜帶現金不算犯法，但作賊心虛，踏進香港海關大堂還是心驚膽戰，當然，他們也能把我們遣返到大陸交由公安發落，所以還是要好好走路不能掉以輕心。水貨客夾雜中港旅客魚貫入場，我們都是一尾尾為天性傾力掙扎的三文魚，只要到達目的地才能休止的宿命。我是三文魚…我是三文魚…我是三文魚……一把嚴肅而陌生的聲音突然響起把我嚇一大跳！

「先生。」果然是海關！
「係！」
「你哋係咪識嘅？」復仇者聯盟其中一員被截查了。
「咩識？」
「你哋係咪一齊過關？」我們一式一樣的制服，實在不得不認。
「哦係呀，佢係我舅父，我哋啱啱喺廣州落返嚟！」
「外甥多似舅喎！你哋連衣著都咁襯！」
「呃係呀哈哈哈，套西裝一齊做㗎！」
「仲有冇親戚同行？」是試探嗎？

「哦有呀，姨媽同舅母好似喺前面⋯⋯」

「成家人上廣州做咩呀？」

「浸溫泉！碧⋯碧碧碧碧碧水灣溫泉度假村！」我竟然說得出！

「你可唔可以叫你舅父除低頂帽？我哋講咗好多次佢都聽唔到。」

「吓⋯⋯哦哦哦哦⋯係呀佢對耳唔係幾聽到嘢⋯⋯」

「因為我哋要用熱能器檢測每一位旅客嘅體溫。」

「哦哦哦係係係⋯⋯」

　　此時，有兩頭長耳朵的緝私犬急步走到我腳邊嗅嗅嗅⋯⋯到牠沒有進一步發現後，海關亦沒有再三阻攔：「走啦。」嗚呀！連基本搜身都沒有。我道謝過後，便拉著舅父一拐一拐離開檢查區，通過關卡實在抹一額冷汗。跟四位隊友登上往返灣仔站的穿梭巴士直接抵達目的地，踏出車門手臂就被抓著了：「一二三四⋯五隻，夠數！」我們被三個大漢帶到灣仔電腦城一個拉了閘的舖位，躲在裡面鬆縛卸除裝備。眼見一疊又一疊 $1000 鈔票，就如眼見杉原杏璃在面前一件又一件脫下但無法伸手觸及一樣，有得睇冇得食是世上最煎熬的事。

「一、二、三，三百⋯二十、四十、六十！」

「著到成隻　咁都係得 $360⋯⋯仲慘過做雞⋯⋯」

「係㗎！但係雞要俾人屌，你唔使俾人屌喎！」

「唉之但係我隨時俾人拉呢⋯⋯」

「定啲嚟啦！十鳩幾年都冇人中過 Block！」

「唔係你運你梗係唔知當中有幾緊張啦……」

「屌你啦！我接柯打跑線嗰陣你都未中學畢業！」

「原來師兄你都做過 Ironman？」

「畀啲心機跑好條線，有朝一日你都坐到呢個位！」

「純粹好奇，師兄您嗰位係咩位？」

「執行經理！」

　　哦，原來就是這條契弟。

第五章第七節
回娘家派花紅才是正經事

● REC

「今日係年初二，我允芷兒先祝大家新年快樂，羊年萬事如意。署理行政長官林鄭月娥今日到大埔林村出席香港許願節開幕禮，又點燈為香港祈福，希望今年羊年本港政通人和，香港社會共同願望係落實普選，佢同香港人一樣都希望政改可以獲立法會通過。由徐浩文報導。」

「另外，劉皇發等人今日到車公廟求籤時，同行嘅行政會議成員葉劉淑儀發生咗一個小意外。佢同劉皇發等人踏入車公廟嘅時候被表演緊嘅麒麟撞到即時倒地。但葉劉淑儀就表示自己並冇跌低，冇受傷，並祝願香港新一年順順利利。」

「唔少市民趁住農曆年假外遊度歲，今日機場人頭湧湧。有旅行社就話今年市民報團外遊較以往為多，熱門旅行團一早就爆滿，年初一起程嘅旅行團更要加開，喺今日年初二起程嘅旅行團亦都供不應求，梁致全就去到機場了解過。」

「政府計劃擴建灣仔會展，紓緩會議場地不足問題，政府委托咗顧問預測，估計未來十五年需要額外起多八成會議及展覽場地空間先足夠應付未來會議同展覽，如果唔增加相應設施，期內經濟損失最高可達 $630 億港幣。亞洲國際博覽館旁邊早已預留土地，但發言

人表示未有計劃擴建，由徐浩文報導。」

「今日再多兩個人因為流感而死亡，2015 年累積死亡個案 236 宗，截至到今日八點鐘，新增四宗成人感染流感而需要入住深切治療部嘅個案，衛生防護中心呼籲市民要注意個人衛生，接種流感疫苗同勤於洗手。」

「啱啱有一個調查發現，雖然數碼攝影普及，但原來有四成受訪者從來都冇影過全家福，冇影過全家福嘅有六成人就話生活太忙，而有一成人就指同家庭成員關係唔和諧。有精神科醫生認為唔少人都忽略咗全家福嘅意義，佢建議喺農曆新年期間爭取同家人影全家福有助情緒支援。由徐浩文報導。」

　　今天是年初二，有幾件事值得一提。

　　第一件事，一直以為走水貨全年無休，意想不到也有休市的時候。MK 妹說今天全市休業一天，即是就算想開工也沒有相應配套，沒有貨車送貨來站頭亦沒有交收接頭。於是我得來一天假

期，一個能觀賞芷兒「晚間新聞」的晚上。

　　第二件事，是連六點半新聞都由芷兒主持。也許新年期間人手緊絀，意外為我帶來一天見她兩次的福利。

　　第三件事，是今天一打開 Facebook，人們都瘋傳一張非常硬銷的啤酒品牌祝賀圖，朋友甲乙丙丁ＡＢＣＤ人人 Like & Share，連坐擁 100 萬讀者的蘋果專頁都有報導，好奇之下終於細讀內文，才發現字裡玄妙之處，在於該啤酒品牌叫麒麟啤，尋常的賀年圖配以一句不尋常短句：「年初二咁高興，開年飯梗係要同親朋戚友飲返罐麒麟，感謝佢今日為我哋帶嚟最開心、精彩同一番爽快嘅時刻！」簡單一句「感謝今日佢」輕描淡寫隱喻了今天葉瘤遭麒麟ＫＯ事件，還能巧妙地把品牌的「一番爽快」植入其中，是值得廣大網民獻上 7000 個讚好、1700 個分享、1000個留言衷心嘉許，也證明了葉瘤是有多神憎鬼厭。

　　第四件事，是我回娘家過節。因工作關係，我錯過了團年飯和開年飯，但作為一個為人民服務為公義揭露真相的傳媒人，只需一句：「做嘢好忙冇假放」就能輕鬆過關。憑著這個美麗的謊言，我仍是嫲嫲的寵兒、父母的欣慰、弟妹的偶像。今晚，我以「百忙中抽空」、「冒著被老總責備」、「放下香港的包袱與家人團圓」凱旋回歸華富邨，嫲嫲一知我初二回來吃飯，早早買一隻鮮

雞慶祝，連初一也不吃，就是留給這位大學生長孫。我也不負眾
望拿著一萬個大洋回家大派花紅，先是有史以來第一次雙倍家用、
然後是 $1000 生果金、$1000 潮服津貼和 $1000 BigBang 演唱
會津貼。

　　有錢就是任性，今天我有雞髀吃、有人斟茶按摩，連語調都
比平日自信。成員收到花紅以後臉帶歡欣，樂也融融，連怒漢老
闆都比平日開懷：「做嘢嗰度係咪升咗職？」這是三十二年以來
第一次對我的關心。一家六口吃過飯後一起欣賞煙花匯演，老爸
一邊溫習馬經一邊喃喃自語：「屌佢老母年年放兩三次煙花一放
就射幾千萬上個天度，又唔係好睇⋯⋯」

　　二弟不忘抽水搭訕：「咦你唔係好支持政府嘅咩？」以下
犯上，怒漢又怎沉得住氣？把馬報撒在餐桌目怒凶光：「你呢啲
廢青食米唔知米貴是非不分！啱嘅我一定撐，錯嘅我就鬧到佢反
艇！」

　　細妹又亂入助攻：「如果共產黨接手香港日日放煙花，你撐
唔撐？」怒漢大力拍打餐桌：「你哋兩個算咩態度？咁樣同老闆
講嘢？！」

　　嫲嫲終於出面調停：「唉新正頭相嗌唔好口呀⋯⋯」但怒漢

的火焰未被撲熄：「係呀！相嗌唔好口，夠薑就隻揪吖！」全屋頓時鴉雀無聲，老爸一臉輕佻勝利姿態。

此時，我記起芷兒提及過的全家福…回想起我們一家六口也真的從未試過齊齊整整地合照，上次表姐結婚，老爸要開工趕貨而缺席；上上次大舅父的孩子滿月，細妹去了韓國旅遊；再上上上次…是外公去世，那天我們一家最整齊，但就不是合照好時機。擇日不如撞日，就今天實行這個小活動，說不定真能增進家庭成員之間的感情！

「咦放完煙花喇喎！今日咁高興不如…一齊影張相吖！」我鼓起莫大勇氣提出。

「影乜鳩呀？有錢人先搞呢啲無謂嘢嘅啫！」怒漢是有一種貧窮自卑。

「影張相之嘛，執好啲嘢用手機之嘛！」循循善誘。

「唉我著成咁影咩相呀！陣間又要洗碗又要抹枱！」老媽也拒絕了。

「冇所謂啦，又唔係拎去賣廣告……」我再加嘴頭。

「唔喇，我冇化妝，加上呢排皮膚唔好，唔上鏡㗎……」細妹亦拒絕了。

「冇所謂啦一家人……」我仍然努力堅持。

「唉毒撚有咩好影，咪盞俾人笑唉……」最後一個成員都拒絕了。

「喂呀……」一家人上下不能一心，很是氣餒……

「唔緊要啟元，嚟嚟嚟！嫲嫲同你影！」

　　最後，我和嫲嫲自拍了一張，並放上 Facebook，前女友讚好了。

第五章第八節
縱火烈士

　　走水貨的日子就是每天賭上自己來換取可觀收入。雖然不能作喻，但我終於了解為何會有女生甘願下海被一身臭汗的地盤工人和肉騰騰的肉檔屠夫壓著操，做一些原本只跟自己喜歡的人才會做的事。看著地盤工人午膳的菜還夾在牙縫之間，嗅著屠夫刺鼻的狐臭還要裝出一臉爽快一腔渴望，錢是不易掙，但生活總算比以前當清潔工人、樓面侍應、紡織女工改善了。而我，也起碼收支平衡，把借貸交還，支付床租，和繼續支付兩老家用、細佬妹零用。只要他們不知道錢從哪裡來，我這一家之柱仍然英明神武，在爸爸媽媽心目中仍是靠文字維生的好孩子；在弟妹眼中仍是博學能幹的好大哥；在嫲嫲口中仍是大學畢業，推動社會繁榮的有為青年。只要他們不知道錢從哪裡來，孫家上下仍是快樂。

　　每晚來到上水，見棄置的紙盒包裝袋和發泡膠箱掉落滿街，宛如盂蘭節的路祭，心裡總是內疚。雖不沒有殺人放火傷天害理，但我確是破壞這遍土地生態環境的其中一個兇手。但為生活，我選擇了自私，埋沒良心。只怪香港生活難、政策差、機會少，更難得是政府為了中港關係共融，一直對水貨活動視若無睹，兩地海關徇私枉法達至和諧。所謂金玉其外敗絮其中，這個大都會璀璨燈火以外，盡是迷惘。

「恩沙基！喺邊？」
「月台……」

「出咗事，快啲返嚟！」

「吓做乜？」

「後欄著火呀！公司吹大雞！」

「著咩火？」

「有人燒我哋啲貨！」

「嘩咁大鑊⋯⋯」

「即刻碌去海禧！」

「係⋯知道⋯⋯」

　　十五分鐘後到達海禧廣場，火勢仍然猛烈，如此大件事竟未有任何警察和傳媒到場，只有幾個公司職員不斷打水救火：「仲喺度睇？幫手啦！燒緊第四批貨喇！！」這個地理位置相當欠水，要走入廣場廁所打水非常費時，除了水貨職員奮力搶救，街坊都冷眼旁觀，還有不少冷嘲熱諷：「抵呀抵呀！再燒旺啲，燒晒佢就唱喇！」

　　事與願違，火勢開始受到控制，飄來的黑煙有一陣陣樂家杏仁糖香味。我負責打水，先花兩分鐘把兩桶水充滿，然後跑到轉角交給二號職員，他馬上把另外兩個水桶交給我，我又再跑回男廁打水。我用兩分鐘打滿兩桶水，再用兩格能源快速運送，人家卻用一秒把這副心血倒進火場，很是心痛。火勢終被撲熄，警員徐徐到達：「發生咩事？睇唔睇到邊個縱火？有冇人燒傷？使唔

使 Call 白車？呢幾日有冇見到可疑嘅人？有冇仇口？」一堆無無謂謂的詢問後就把現場封鎖。

　　甜甜的糖果味傳遍整條新康街，想不到縱火案間接製造出如此夢幻的情景，但街坊只顧落井下石：「燒得一間真係少！班仆街阻撚住晒，應該燒晒佢就啱！」

　　之後記者開始採訪，但眾多傳媒記者之中，只有《蘋果日報》和《明報》的記者會做街訪，看得出水貨事件跟政治取向真有關係。救火後我躲在一角觀察四周，一是怕被上報，二是怕被街坊點相。雖然我們的貨倉被燒焦，但其他同行一於少理，吃一輪花生後又再運作，卸貨的卸、點貨的點、送貨的送，在濃濃的杏仁味當中繼續幹活，這場大火只令時鐘停頓數秒。

「喂！」

「係…係……」

「睇 WhatsApp 啦！公司吹大雞返晉科呀！」

「晉科？」

「公司喺嗰度嘛！」

「總部？」

「算係啦！呢度有啲龜睇住，冇人敢再搞事。」

「哦…咁而家過晉科？」

原來總部在晉科中心！入行這麼久今天才知道。跟 MK 妹走上三樓一個大單位，裡面的包裝發泡膠箱和紙盒疊上八呎，儲貨量驚人，不敢想象水貨集團到底投資了多少。MK 妹所謂的吹大雞，加起來只得十三人，嘖…還以為像黑社會的社團聚會，幾百個黑衣大漢戴金鍊執大刀叫口號……原來只得十個男丁加三個 MK 妹，造型更是毫無霸氣，充其量只是美沙酮診所外一班道友們。頭目是一個穿金利來上衣，個子矮小且寒背的金髮阿叔叫 Sunny，滿口煙屎牙，說話斷斷續續。

「而家差佬做緊嘢，新康個倉封咗冇得攞糖……」道友 A 說。

「屌屌你老母西，畀畀我知邊個個做，我我劏撚咗佢餵狗！」Sunny 陰聲細氣自言自語。

「會唔會係行家做？」道友 B 問。

「阿鼠見到係鹹仔嚟！」道友 C 說。

「鹹仔？屌你你係咪啲乜乜鳩熱熱熱…熱狗呀？」Sunny 是有一點漏口。

「咩熱狗？嗰啲冇冷氣嘅巴士？」MK 妹只懂轉珠和自拍而不多留意時事。

「嗰啲乜乜…乜鬼社民連呀嘛！」道友 D 說。

「熱狗咪係嗰個咩長毛囉！成撚日聲大大冇貨賣嗰條友呀！」道友 G 說。

「咁個熱狗都幾串喎，竟然放火燒我哋後欄！」道友 J 說。

「定係嗰嚦仔就係熱狗呀？」道友 K 問。

「屌總總之我唔撚理！今晚要要要照常出貨唔好畀畀畀佢
停！」Sunny 漏口嚴重。

「咁唔揾條仆街出嚟？」道友 D 問。

「啲龜龜會做做做嘢！」Sunny 漏口嚴重。

「班龜曾唔曾是但交個人出嚟息事寧人就算喫？擺明就係熱狗做
啦！」道友 B 肯定了。

「屌你唔撚畀係係係同行？唔撚撚畀係生果基？唔唔撚畀係電視
明？」Sunny 生氣了。

「拿我同阿鼠去收吓風先，睇吓邊路人做。」道友 B 說。

「我肯撚定係熱狗！」道友 J 和道友 B 都肯定了。

「喂呢呢呢呢條嗰仔咁咁咁撚生面口邊邊邊邊撚撚個嚟？」
Sunny 指著我。

「哦佢係我下屬，表現幾好啱啱升咗做高級主任！」MK 妹把我
介紹返。

「Sunny 哥你好我叫恩沙基，我好做得嘢喫，以後多多關照多多
關照！」

「你以為自己係邊邊邊撚過？敢敢敢叫我個名？叫我總經理
呀！」Sunny 生氣了。

「係嘅 Sorry 總經理⋯⋯」Sunny 真是個有嚴重階級觀念的人。

「唔唔唔撚好話我唔提提醒你，醒醒醒定啲呀！」這個是他們 MK 界的潮語。

「係嘅係嘅⋯⋯」唯有這樣回答。

緊急會議在八時多結束，結論是沒有結論，純粹吹水。我繼續跑短途線走海鮮到金地名津，MK 妹也繼續倚在欄杆玩手機遊戲，上水站繼續車水馬龍，只是車廂裡面多了一些共同話題：「咦海禧廣場個倉係咪你公司㗎？」、「聽講燒到撼撼聲㖭」、「啲人真係無聊」、「最憎啲廢青出嚟擾亂社會秩序」、「其實係咪關佔中事？」、「好似係長發個倉嚟」、「陰公咯咁就燒咗十幾萬」、「啲差佬都唔理㗎啦」業界人士都對事件表示關注，但縱火案並沒有阻礙地球轉動，太陽如常由東方升起，一車車水貨一隊隊步兵依然徐徐往來兩岸，以螞蟻搬貨連接兩地貨源，保持中港流通。

直至警方宣佈三個縱火徒相繼落網，得悉不是同行惡性競爭、不涉及黑幫滅門，由初步在匪徒家中搜出有關政治團體單張，打算砌生豬肉入有關政治團體數，到慢慢變成廢青無聊滋事，一日千里間告一段落，連一絲痕跡都沒有，21 世紀的人類實在非常善忘。身為水貨集團其中一員，我竟然對三位烈士暗暗表示敬意。他們燒掉幾百盒糖果，同時也燃起北區人內心的怒火，雖然事件看似完結，但這一把火似乎喚醒了北區人「今日上水，明日香港」

這八個大字。雖然上水防衛戰不力,但粉嶺、元朗、屯門甚至沙田人都醒覺了,歸位了。三位上水烈士沒有白白犧牲,但願他們在牢獄中會受老同們款待。

拉麵保衛戰

● REC

「今日中午，數十名市民響應『拉麵保衛戰』，去到位於上水新康街一間拉麵店聲援同光顧，以打擊附近霸路嘅水貨客。直到下午四點幾，有水貨客店主同聲援人士發生口角同推撞，其間有人聲稱要斬人，亦有市民嘅相機被打爛。大批警察持盾牌趕到，並拘捕三人，被捕者包括一名女學生同水貨店東主，水貨東主涉嫌刑事恐嚇，案件由大埔警區刑事調查隊第九隊跟進。北區水貨關注組發言人指出，上水水貨客滋擾問題從未解決，曾提出過取消一簽多行，而中央又曾要求港澳研究香港旅客承載力，至今仍未有下文。佢相信政府一日唔處理水貨客問題，衝突會陸續發生。貓新聞記者，何金榮報導。」

「今日大批市民響應網上號召去到沙田新城市廣場高叫口號抗議自由行及水貨客，有部分激進示威者喺示威其間同警方發生衝撞，場面一度混亂，警方唯有出示紅旗警告示威人士唔好再衝擊警方防線，並施放胡椒噴霧驅趕人群，衝突中雙方有人跌倒受傷流血，更有示威者同內地旅客對罵，甚至阻止內地客購物，旅客批評示威者自私。一個首次來港購物嘅東莞旅客就話感覺好差，聲稱唔會再嚟香港旅遊。On9TV 西網電視新聞報導。」

「光復元朗，劉皇發叫大家包容吓？今日有團體喺西鐵朗屏站舉行

● REC

『光復元朗』反水貨客示威，接近 400 人響應，而警方派出至少 500 個警員維持秩序。其間大批元朗鄉民同自稱藍絲帶嘅反示威人士爆發衝突，600 人發生多次街頭混戰，示威者兩度衝出元朗大馬路令交通癱瘓，數十間商舖包括麥當勞要落閘防衛，警方多次施放胡椒噴霧。衝突持續逾六小時。鄉議局主席劉皇發就話警方嘅水貨客行動只係『循例搞吓』所以日漸令元朗鄉民不滿而發生今日嘅示威活動：『想搞事嘅朋友希望可以縮縮手，凡事以大局為重。生意佬想賺多啲錢，市民就希望生活唔受滋擾，唉⋯希望雙方都可以包容吓。』蘋果動新聞。」

「數百人響應網上號召下午『光復屯門』，示威者下午到仁政街藥房外及屯門時代廣場對開阻塞通道，警方一度展示黃旗及紅旗要求群眾疏散。至下午五點幾，屯門時代廣場二樓爆發衝突，警員一度展示紅旗並出動警棍，又向商場內聚集嘅市民施放胡椒噴霧。現場消息指多名市民『中椒』受傷。現時警方封閉屯門時代廣場北翼出入口，五部救護車喺屯順街等候。遊行活動由熱血公民、本土民主前綫、學生前綫同屯門人屯門事發起，警方喺整日行動中拘捕咗九男四女，年齡介乎 16 歲至 74 歲。Hot 新聞報導。」

00:00:02:08

縱火案之後，北區相繼爆發抗蝗示威，就如古時的民間革命，在一個弱勢政權下，人民都團結起來在一個又一個據點燃起一處又一處煙火，對無能的掌權人表示不滿，決意光復被越界踐踏的家園。在多次光復行動中看出不同媒體有不同角度、不同政見以至藏著不同傳播訊息，左膠傳媒會去除「光復」一詞，過濾示威一方聲音，偏頗報導示威活動所造成的損失和反示威者的意見；中立網媒以第三身視點報導事件，避重就輕把一堆資訊串連成一宗報導論述；立場鮮明的反共傳媒繼續敢言，以批判角度入手，用諷刺言詞增加觀賞性，對親中及保皇人士加以抨擊。

三種報導手法也吸引三種意向讀者，保守建制派、資訊閱讀派和抗爭獨立派。多一事不如少一事，主張和平理性非暴力的老爸喜歡讀白粉報，亦狠批毒果擾亂社會；貫性收看師奶鳩劇的老媽只關心黎耀祥有沒有幫你個仆街日日賺，除了士多啤梨蘋果橙的定價高低，是毫無政治立場，也不覺得無視新聞報導偏頗，只是洗碗後睡覺前的一個電視節目；弟妹是學聯支持者，是Facebook 的二十四小時用家，也是蘋果專頁 140 萬個追隨者之一，每天會在自己的帳戶分享即時新聞，還不時在報導中留言，明知在海量留言中不會得到關注，他們仍是以「多一個人發聲便多一份力量」支持蘋果立場。我也偏向蘋果一方，除了堅定的政治立場，重點是蘋果的報導手法比左派傳媒有趣得多，圖文並茂深入淺出用字辛辣，在這個資訊爆破的 21 世紀，平均只得三秒的

閱讀時限中，成功吸引讀者多十秒的注意，記者和編輯們足智多謀應記一功。

　　姑且勿論誰與誰偏頗，引用十一年前的一齣電影《A1頭條》，飾演總編的梁家輝一句：「我哋係唔講個信字！個『信』字係教會先至用。我哋做傳媒係負責監察、查證、挑戰，甚至估！就係唔負責信。信同唔信係由讀者自己去決定返。」所謂甚麼傳媒養出甚麼讀者，這個烽煙四起的香港就有三班各執一詞的人。

　　網絡發展一日千里，政治早早已由街頭搶票轉戰到光纖網戰，多個政治團體反政府黨派已有非常成熟的網頁專頁和論壇，以供發佈消息，佔中和光復運動就是其中一個網戰的成功例子，網絡力量之大令一向默守成規、後知後覺的政府不知所措，上兩年一直捱打，689幾乎下台，政改三人組無限龜縮，以至一些智力不高的政棍如市政垃圾筒劉局長、白宮發言人馮統籌、知書識禮鍾議員蔣議員等人頓成過街老鼠受盡恥笑，雖然他們聲稱心情未受影響，但其負面形象早已在政壇上消音，有名無實。這班連中共國旗上的五星意思都不懂就去舔共的政狗，猶如 Facebook 上得啖笑維穩專頁：港人講地、理性撐國民教育、我哋係中國香港人、香港人中國心、香港良民力量、港膠所等……陳腔濫調指鹿為馬混淆視聽顛倒是非令人憤慨，但另一方面又愚昧得來夠詼諧，為腥風血雨的政局添上幾份喜感，他們每天一小笑每周一大柒啟發

網民無限創意，促使我們樂此不疲地創作，萌生層出不窮的意念，算是歡笑多於唏噓吧……

可惜幽默感無助左右政局，人民有人民嘲諷，政府有政府依然故我倉促上馬漠視民意利益輸送，一片恥笑聲背後，香港的前途仍是一片黑暗。新型的國產人群管理用途車仍是繼續把貧富懸殊、地產霸權、官商勾結、薪酬剝削、超時工作、通貨膨脹、在職貧窮、環境污染、噪音纍纍、教育迂腐、政棍橫行、蝗蝻連連、年齡分化等社會問題連同八十八磅水柱，向手無寸鐵的香港人顏射口爆，任憑社會各界怎樣反對、抗議和批評。我們因為政府的迂腐而反彈，卻被警方利用為買強力國產水炮車的借口，如此的一個野蠻政府，距離他們以守城理由引入核武的的日子不遠矣。想到此，我開始內疚，那些為私利而蠶食香港前途的政棍是可恥，但我這個為了一時可觀收入而跑去走水貨的廢青又何嘗不是在蠶食香港生態？我是光復上水、光復元朗、光復屯門、光復沙田的誘因之一，也是這個腐化著的城市其中一個小毒瘤。

「喂！你入唔入㗎？！」
「屌你啲水貨撚日撚撚阻鳩住搞到我哋連車都冇上！」
「搞撚錯呀，我仲要走多轉，行快兩步好冇？」
「咳咳咳咳咳咳咳，Sorly Sorly！」
「嘩屌有病咪撚搭車啦！」

「戴返個口罩啦想害死人咩！」
「唉都係下架喇，同呢啲病君同車真係死咗都唔知咩事⋯⋯」

　　要驅散人群，只需作狀咳咳咳咳幾下即成。流感情況嚴重，政府已經無法掩蓋疫情，現在人人自危，特別在人多擠迫的環境，只消一個噴嚏一下咳嗽，人們立即退避三舍。月台前，我收起冥想，拿起手拉車繼續跟龍蝦、金莎和奶粉逼入車廂走訪兩地。深知愧對香港，但不走水貨又能到哪？水貨是失業當中唯一出路，是雙失困境唯一曙光，但走水貨卻為上水生態帶來災難性瘟疫，迫香港步入無望死角。放過香港難為自己，但現在難為了香港，自己也不見得好過。是夜，在茶餐廳叫一枝青島，望進杯內黃色的啤酒，我看不透，亦看不清究竟這個世界還有幾多事是能夠掌握得到，我很迷惘。

咪郁！再跑我就開槍

● REC

【本報訊】電視廣播有限公司宣佈裁減五十多個職位，主要來自非戲劇製作分部、節目發展分部、製作統籌部及品牌傳播科，集團總經理李寶安下午發信息給員工表示，本港零售業銷售額下跌影響廣告收入增長，收費電視業務受盜版行為影響，而未來新免費電視持牌人的加入亦加劇競爭令成本上升，因此有需要提升效率重整運作模式及節目資源。

而在雨傘革命期間，無視新聞部總監要求刪除七黑警毒打示威者片段中最初使用的「拳打腳踢」旁述，受新聞部員工聯署抗議。事件引發「秋後算帳」，新聞編輯主任被調離『早晨新聞』，另一主任亦被調任「首席資料搜集員」。據《明報》報導，港聞採訪組已有五分一人辭退，於新聞組工作長達二十年的新聞編輯主任亦決定4月離職，前助理採訪主任亦相繼請辭，另多名記者亦已請辭。香港記者協會主席岑倚蘭批評，無視新聞部多名資深記者同時離職實屬「不尋常」情況，相信是跟秋後算帳事件有關，離職潮嚴重打擊新聞部同事士氣及影響新聞質素。

00:00:00:51

哼唔…想不到無視新聞部今次震到地動山搖，勞動階層幾乎

全數瓦解，人工高福利好的高層也鮮有異變，能夠想象無視今次的內政矛盾非同小可，跟上兩次新聞小花爭寵、高層婚外情花邊新聞迥然不同。大逃亡有機會造成斷層，小則影響公信，大則刪減內容甚至停播，我最期待的畫面出現了！一間壟斷收視的電視台突然停播新聞會否成為國際笑話柒出宇宙？無視也終一嘗逆境滋味。現在庭內兵荒馬亂，芷兒會過得怎樣？已有兩個月沒跟她見面⋯⋯

「先生，麻煩過一過嘥⋯先生⋯喂！咪走！！」

　　這晚在彩蒲苑對外如常分發貨件後與手拉車準備上路走線，途中被兩個疑似便衣探員跟蹤，見他們尾隨兩條橫街，我亦進入戒備狀態。今次雖則不是第一次被盯上，但每次只停留在觀察階段，到第三條街便退兵，今次鮮有地跟足全程，直至將近上水站他們急步上前搭訕，第一句已知是慈母或海關，二話不說拔足狂奔，他們由彬彬有禮的「先生麻煩過一過嘥」馬上變成「喂咪走」命令式追捕，我棄貨全力逃跑，追逐幾百米依然未脫身，上水這麼多水貨客，為何偏偏選中我！

　　嘎嘎⋯⋯嘎嘎⋯嘎嘎嘎嘎⋯⋯跑喔跑⋯⋯嘎嘎嘎嘎嘎⋯嘎嘎嘎⋯嘎嘎嘎嘎跑喔跑⋯⋯後面傳來一聲：「唔好再跑！再跑我就開槍！」痴線，大街大巷開槍？如果說「再跑就陽萎」我反而會考慮停步。一於少理繼續狂奔！喪跑期間，不其然想起 Discovery

Channel 裡面的野生動物節目，原野幾百頭傻呼呼羚羊盲春春吃草，為何獵豹偏偏盯上其中一頭？我猜想其實沒有甚麼理由，純粹不幸。現在，我就是那頭不夠運的羚羊，只要被行動組逮捕，我便再次被關在拷問室誘姦迷姦強姦輪姦雞姦，再放給傳媒大肆宣揚警方嚴打水貨客。

「十多名水貨客在行動中被捕，當中包括 80 後中大畢業生（圖二）。水貨青年立即被高登起底組認出，然後又是跟早前 PCCW 喪哭男拼圖認人發現眼眉、耳珠和喉結不謀而合，圖二的 X 啟元一夜成名，登基上任成高登每月之星、香港網絡大典其中一個恥笑經典……」不要！我不能成為高登每月之星！不能讓弟妹知道……

　　漫無目的向前狂奔直到後方再沒有快速移動的身影，我找了一個暗角停步喘息嘎嘎…嘎嘎嘎嘎…嘎嘎嘎…嘎嘎嘎嘎…嘎嘎嘎嘎我到底跑了多久……感覺嘎嘎嘎嘎比五千公呎賽跑更喘氣嘎嘎嘎嘎嘎…嘎嘎嘎…嘎嘎大概出於本能地逃跑嘎嘎嘎…嘎嘎嘎嘎…腎上腺素激增程度遠超陸運會賽跑嘎嘎嘎嘎……我…我……嘎嘎嘎嘎…我連啜奶滋的力都使出了嘎嘎…嘎嘎嘎嘎……現…現在就算浸大 E 神在面前寬衣，都沒氣力把頭鑽進去洗臉…嘎嘎…嘎嘎嘎嘎嘎……

　　這次追捕行動確實突破了我的危險線，之前無論是輪椅行軍

或復仇者聯盟都只是跟官方你眼望我眼，今次可是一場大追捕。我不知道便衣為何選中我，是緝私還是問路，靜下來以後心情仍是忐忑不安，我這樣一跑逃得太揚，應該已被上水站一帶行警通緝。令我掙扎要不回站頭向 Associate administrative manager（即 MK 妹）報告狀況，還是一走了知即日離職？心裡不斷想起羚羊和魚，那頭不夠運的羚羊和一群傻的嗎三文魚。

　　或許三文魚不知道自己為何要向上衝，亦不知道當它抵達最上游產卵後便要死，結束堅毅艱辛的一生。但我知道只要一天繼續當水貨客，就總有一天像三文魚一樣死在湖面。不同是三文魚死在最上游的湖，而我就會被捕於上水的石湖墟。三文魚為傳宗接代死得壯烈死得絢麗，但我只是為私利而擾亂上水出賣香港，定必被一傳一萬的網上法庭中出鞭屍。我不想再當三文魚了⋯⋯

「喂？你去咗邊呀？！」

「我⋯⋯」

「班龜玩嘢，專捉長發啲人！你嗰邊環境點？」

「俾⋯俾兩個便衣追，冇⋯冇晒啲貨喇⋯⋯」

「屌唔使怯喎，你喺香港呢邊揸住啲貨都冇犯法，你走乜鳩？」

「吓⋯佢追我咪走囉⋯⋯仲點會咁理智諗到個法律權益邏輯⋯」

「你真係冇撚用，我升你就係以為你醒過啲師奶，原來同師奶一樣咁撚蠢！」

「Sorry 蘇兒姐…我……我其實都有好幾次差啲俾人捉到，可能有陰影啦……」

「你有病就去睇醫生，有陰影就咪撚返工啦！而家啲貨冇晒你賠畀我？」

「嗰部解款車跌咗 $1500 萬落街，係咪嗰三個石 Q 賠錢？」

「我唔理！你嗰度成萬蚊貨，你跑三十轉補返條爛數！」

「吓……」

「吓咩？你個死蠢連師奶都不如！」

「……」

「就咁。」

「我用自己條命去幫你哋跑，你而家竟然咁對我。」

「我冇出糧畀你？呢啲嘢你情我願，你唔撈大把人爭住做！」

「……」

「點？係咪要繼續駁嘴？盞你自己肉酸！」

「我唔做喇。」

「俾人話兩句就唔做，正廢柴！」

「呢兩個月多謝你畀機會我，再見。」

「我屄撚醒你咋傻仔，呢個市道想搵咁嘅……」

「Bye。」

　　恩沙基辭職了。

第五章第十一節
一周一行

● REC

「大家好,歡迎收睇晚間新聞,我係允芷兒,詳細新聞內容:禮賓府今日舉行開放日畀市民進入參觀同賞花。有示威者試圖打開黃傘同示威橫額試圖進入禮賓府,被警員阻止。警方表示一共帶走二十一人,指佢哋涉嫌阻差辦公。行政長官梁振英一度現身,同傳媒及市民合照,晚上更新網誌,指責示威者滋擾市民賞花,令人反感,質疑另有政治目的。楊志權報導。」

「新居屋今日中午進行攪珠儀式,決定一百個候選人嘅揀樓次序,總共收到 13 萬 5000 份申請書,但係可以選購嘅單位只得 2000 多個,預料只有首十個攪珠號碼嘅綠表申請人先可以揀樓。至於白表申請者除非屬首兩個揀樓次序嘅幸運兒,否則就未能一圓置業夢,房委會資助房屋小組主席黃遠輝稱,未來會研究調整綠白表比例及為單身人士設配額。楊志權報導。」

「擴大膠袋徵費今日正式實施,全港超過十萬間零售店舖即日需要向每個索取膠袋嘅顧客徵收 $0.5,涉及食物衛生及隨服務提供嘅膠袋則可獲豁免。由李家文同大家講吓。」

「亞視執行董事葉家寶接受專訪時透露,如果再冇股東或投資者注資,最壞打算將會喺 5 月 29 日結業。商務及經濟發展局回應指,

亞視作為持牌機構，係有責任喺餘下牌照期內繼續按規定廣播。黃麗雅報導。」

「內地當局調整深圳居民赴港『一簽多行』嘅政策，即日起新申請嘅簽證改為『一周一行』，每次來港最多逗留七日。行政長官梁振英表示去年 6 月已經向中央政府提出『一周一行』政策，又指近期反水貨客遊行令特區政府工作加添困難。黃麗雅報導。」

「為刺激旅遊及零售業，優質旅遊服務協會籌辦名為『開心·著數大行動』，有過萬商舖、食肆及景點參與，將於今月 27 日起一連五星期提供優惠，部分更只為港人而設。市民認為優惠好壞參半，但係有旅客直指優惠如同雞肋，認為大抽獎更吸引。由李家文同大家講吓。」

　　失業的唯一好處，就是能再次跟芷兒每晚見面。闊別整整三個月，發現無視新聞報導愈見偏頗維穩，其選擇性報導更為嚴重。現在的新聞內容都只有禮賓府賞花、抽居屋、$0.5 膠袋徵費、亞視執笠這些師奶才會關注的項目，其他的都是雞毛蒜皮小題大做，

隻字不提港視復活、警方購入強力水炮車對付示威者、暗角七警司法覆核、牛牛樂園假奶騙案,就連頭號梁粉張震遠欠薪被捕都沒有提過。其政治立場愈見鮮明,佔中後已名正言順成為只顧維穩的右派傳媒。

禮賓府賞花的焦點都落在示威者破壞氣氛,根本與盲目追隨建制派、斷章取義抹黑反對派的港人講地沒有兩樣,只是港人講地乃政府的維穩自瀆器,而無視新聞是一間商營傳媒。白宮發言人可以繼續用納稅人的錢請五毛打手槍,但身為傳媒機構應該對社會有承擔,私心能有但絕不可過於偏頗。可惜,2015 年的香港已不談行業守則又或專業精神,受盡壓迫的政府已有破釜沉舟的決心,當機立斷實行高壓統治,先以順我者昌為誘,令有影響力的人和事臣服於其政權之下。資本制度也在瀕危邊緣,只要順利過度,接下來我相信便是共產黨的逆我者亡,鐵幕即將伸展到這塊最後拼圖。

新聞背後叫人難過,我已不能憑著新聞報導得知天下事,只能收看政府想我們接收的資訊。但也有可喜的事,光復運動得到社會各界的關注,最終成功迫使政府正視問題,想出深圳一周一行簽證方案疏導嚴情,有官員指措施短期內對現況並無作用,是治標不治本的做法。可幸地,措施明顯降低了原本蜂擁而來的蝗蟲數量,連同光復運動對內地客的惡性打擊,入境處公佈內地來

港旅客在兩星期內降低至少三成，蝗蟲數量大幅減退，水貨店迅速身陷險境，生意額銳減四成，相繼叫嚷「哪有錢你老母」。找換店、金店、手袋店、藥房、手機店、化妝品店陸續貼上即將結業字條，揚言業主不減租兩成便要「榮休」。上水站也再沒有空前逼爆盛況，等待過磅的拖篋客龍不再，北區各大商場人流密度開始放緩，屯門市廣場暢通無阻、大埔焦急城四通八達、新都廣場耳根清淨、新城市廣場一馬平川，連專為蝗蟲而設的 VCity 中港接駁巴士都只有小貓三數隻，今天的香港真正回復幾年前的「港人港地」。居民終於小勝一仗，但對整個旅遊業來說可是業界的末日寒冬。

　　一周一行真有如此大作用？找回數據發現 2014 年竟有 1485 萬持一簽多行的大陸人來港，加上 1650 萬個自由行和旅行團來港購物，合共 3000 多萬人次在香港出出入入，單是從大陸來港的數字已經如此驚人，難怪令這小島四肢癱瘓。大陸人之所以討厭，除了人品差質素低，最大原因是他們為數實在太多。深圳公安更乘勝追擊，在一周一行實施後大力打擊水貨活動，於漁農村進行大規模掃蕩，令水貨基地陷入瓦解邊緣。這月對水貨界來說可謂屋漏偏逢連夜雨，被深圳公安大力抽擊之同時，另一邊廂再被火燒後欄，長發和聯興在石湖圍開設的奶粉大倉失火，$60 多萬的奶粉山（雖然報導只說 $20 萬）被一把火燒光，警方指起火原因無可疑，純粹電線短路引致。但疑心滿滿的 Sunny 一定冥思苦索

是哪路人馬下的毒手。他們一定又聚在晉科總部指手畫腳打邊爐圍威喂零結論。看著水貨界終被大挫，頃刻心涼。

一周一行對我們港人來說無疑利多於弊，沒錯大陸客能到就近省城申請來港證，但路途迂迴已夠影響主要流量。措施所造成的商業損失令政府成為眾矢之的被轟成炮灰，順得哥情失嫂意，要重獲人民支持，就必需得失資本者利益。再說，那些蠶食我們香港資源，在灰色地帶撈水的水貨店這些年都賺夠了吧？藥房老細駕法拉利、化妝品店二手手袋店連鎖上市、金舖開得四步一間多過些粉，都賺夠了吧？今天的末世已算姍姍來遲，如果政府是管治有方，那就連漏洞都沒有，水貨活動根本不可能存在。或許措施略有小成只不過是急功近利，所謂「道高一尺，魔高一丈」，長遠之計還是得要控制入境配額，全球每一個國家其實都有這個基本制度。但我明白香港政府無法抗衡中共施下的壓力，只能在當中尋求最低平行點，減輕中港矛盾的痛處，左瞞右瞞連哄帶騙，直至 2047 年正式回歸中共。宏觀而論，一周一行也算得上「袋住先」的姊妹作品。

我不是左派者，並不完全反對政府施政，只是對指鹿為馬、是非不分的維穩人和事感到極度反感。我討厭區議員小題大造的橫額海報、討厭「港人講地」盲目維穩、討厭官商勾結的《白粉報》、討厭為聲望騎劫政治的周李二人組、討厭橫蠻無理出爾反爾

的政改三人組，更討厭壟斷資訊黑箱作業的無視新聞。但偏偏在這個時候收到一個如此的電話……

「喂係咪孫生？」

「唔要優惠喇我……」

「哼唔，我係無視電視人力資源部打嚟。」

「無…無無無無視？」

「我之前同你見過面，記唔記得？」

「吓…見…見過面？」

「Anyway，今次打嚟係想問你仲有冇興趣嚟我哋公司 Interview。」

「In…Interview？你上次唔係已經 Reject 咗我啦咩？」

「冇，我只係叫你等消息，會再安排一個時間畀你。」

「吓…都…都差唔多成半年喇喎……」

「冇辦法，我哋新聞部經理真係好忙。」

「我…今次真係肯見我？」

「我細心睇過你份 CV，發覺你幾適合我哋呢個崗位。」

「係？我係咪見外電編譯？」

「係呀，你唔係一直都做開翻譯嘅咩？」

「係呀係呀我 OK 喫！」

「咁我幫你約個時間……下星期三晏晝得唔得？」

「得呀得呀！」

「OK，咁下星期三四點見，今次唔好再搭港鐵喇！」

　　原來是盧苑茵！這個曾經令我動過殺機的女人竟然在這個時間給我一道亮麗的曙光，實在此料不及，不得不驚歎人生無常！我連曾經趕到無視應徵一事都幾乎忘了，在一日千里的城市裡，竟能在半年後得到回音，是我這個人生失敗家終被神察覺而得眷顧的神蹟。那處如今兵荒馬亂蜀中無大將，一定急需新血，尋求一個廖元儉重振江山，事隔半年，我猜我的 CV 早已頓成籮底橙，想象到形勢是如何的急切。失業後為生活而假估中、走水貨，想不到今天還是要繼續違背良心，加入一間背棄職業道德和社會責任的機構。麵包和尊嚴，還是選擇了麵包⋯⋯

「係⋯係嘅係嘅，星期三，四點準時到！」

I love you OK？

「你叫咩名？」

「我…叫孫啟元，可以叫我 Richard。」英文名比較親切。

「幾多歲。」

「32 歲。」CV 裡面不是寫了嗎？

「之前做過咩？」

「我本身喺雜誌社做翻譯，做咗都有八年。」CV 裡面不是寫了嗎？

「點解唔做？」

「想轉換吓環境，體驗唔同工作模式。」又怎會告訴你是因為跟
老細鬧翻。

「而家有冇做嘢？」

「冇。」即代表可以即日上班。

「你上年 10 月辭職到而家都差唔多半年，點解唔做嘢？」

「我去咗澳洲 Working Holiday，啱啱至返。」完美答案。

「Working Holiday 唔係至少一年？點解半年就返嚟？」

「屋企有事，要提早返嚟……」完美答案 II。

「我哋都見咗十幾個人，你有咩過人之長我哋要揀你？」

「唔…我中小學都做過班長，細個已經好有團隊精神……」三歲
定八十是沒有錯。

「仲有呢？」

「我次次影班相會坐喺班主任隔籬……」羨煞旁人的位置。

「咁叻？」

「哈哈哈可能我生得矮啫……」風趣幽默,加分!

「點解當初會揀翻譯呢行?」

「因為細個嗰陣爺爺送咗本《三國演義》畀我,睇完就想從事文字工作!」完美答案 III。

「咁你中英文程度 OK 㗎可?」

「當然當然。」廢話。

「而家我哋會畀個 Writing Test 你做。」

「冇問題,其實可以叫我 Richard。」親和力,加分。

      CCTVB Translation reporter (reports from foreign) Lv.2A writing test:

1. HRW said it had evidence that the bombs were used at least twice against Houthi rebels. There were no reports of casualties. Cluster bombs spread small bombs over a wide area and can leave unexploded munitions buried in the ground. They are banned under a treaty signed by 116 countries,but not Saudi Arabia. The US and the other countries in Saudi Arabia's military coalition are not signatories of the 2008 treaty either. The US does however bar the sale of the weapons to countries that use them in civilian areas. HRW,which is based in the US,said one of the alleged cluster bomb strikes occurred in the al-Amar area of al-Safraa.

2. Prince William on Saturday departed the hospital where wife Kate Middleton welcomed their second child，a baby girl，and returned with a very special guest—the princess' big brother Prince George！Both dressed in blue sweaters，the 32-year-old Duke of Cambridge and the 1 and 1/2-year-old infant were seen making their way into St. Mary's Hospital in London hours after the Duchess gave birth，waving at the scores of excited fans who had flocked to the area in recent weeks in hopes of catching a glimpse of the royal family.

3. Manchester United fell to a 1-0 defeat at Old Trafford to a stubborn West Bromwich Albion on Saturday in the Premier League. Robin van Persie missed a penalty after Jonas Olsson inadvertently deflected in Chris Brunt's free-kick. United desperately needed an injection of intensity – but with Fletcher, Mulumbu and Claudio Yacob presenting a formidable shield in front of the West Brom back four，the home team were reduced to moving the ball from side to side without any dangerous intent.

　　噢…測驗也真不易，還要在四十五分鐘內完成。快讀三條題目，最困難是第一條。原因是主題圍繞中東戰亂，最大問題是我不熟悉中東地方的名詞，以及開首第一個「HRW」是甚麼。憑

猜測，H 大概代表 Human，但 R 不可能解 Resources 吧？ W 又是甚麼？再看下文，是關於反對空襲政策……不，主題大概是 Cluster Bombs，幸好我曾在軍事雜誌讀過，它叫榴霰彈。然後是一個叫 Houthi 的地方被空襲兩次造成龐大死傷，引申到全球有 116 個國家已經簽署禁止用榴霰彈條約，但沙地亞拉伯並沒有在其中。Brabababa……憑短短一分鐘速讀，邏輯 1999。

第二條題目，講述英國凱特王妃誕下第二胎，威廉王子帶同小王子佐治抵達醫院探望。是非常簡單的描寫文，完全沒難度。第三條題目更顯淺，是周六一場英超，曼聯在主場戰敗西布朗。

我整理好思緒後便要落筆，人說執筆忘字，習慣鍵盤打字，重新體驗久違的書寫感覺，霎時間令腦袋無法同步，我的字跡不算工整，原子筆也沒有 Backspace 功能，令字符非常凌亂，賣相毫不吸引。但我必須整理一下正確思維，現在不是單純一篇學院派翻譯測驗，而是新聞業的外電編譯招聘考試，不能搬字過紙有碟譯碟，必須貼近報導模式，以入屋度和可讀性為重點取向。於是，我決定破格地以口語作答：

1. HRW 團體有指 Houthi 武裝分子曾兩度被榴霰彈高空轟炸，但當地未有即時報導。榴霰彈被飛機拋出空中後會解體成更多細小炸彈，喺一個非常廣闊嘅區域上釋放碎片造成非常龐大嘅傷害

性。榴霰彈已經被全球 116 個國家禁止使用，不過沙地亞拉伯就冇簽到協議條約，而美國亦唔係簽字國之一，身為美國組織嘅 HRW 指出，其中一宗榴霰彈空襲事件曾喺 AL-Safraa 嘅 Al-Amar 區發生，就軍事侵略層面上必須正視。

2. 英國凱特王妃今日誕下女嬰，今年 32 歲嘅劍橋公爵威廉王子帶住一歲半嘅小王子佐治一同著上藍色衫前往倫敦聖瑪麗醫院探望。在場有唔少支持者揮動橫額同叫喊口號，祝福皇室家庭。

3. 英超曼聯又輸一場。星期六喺主場奧脫福迎戰作客西布朗，雲佩斯射失一球關鍵性嘅十二碼之後，雖然繼續強攻進迫，但都未能成功。西布朗搏得一球自由球由布隆特主射，球射向反人牆改變方向，令迪基亞欲救無從，成功領先。之後主隊九攻不入，最後喺主場落敗。

　　自覺寫得非常傳神，這是經常收看新聞報導的成果，一邊寫還一邊幻想是由允芷兒讀出，心裡不其然甜了一口，嘻！四十五分鐘轉眼便過，盧苑茵過來收卷，然後叫我在房間多等一會，新聞部的高級採訪主任會來跟我會面。唔…高級採訪主任，見報章報導，不是早已走光了嗎？還有這個階級的人存在嗎？剛才只顧埋頭書寫作答，還未環顧四周，這間房間非常簡潔，四道白牆，灰色地毯上放了一張木桌三張黑色膠椅。冷氣很大，令我想起那

間拷問室，那個面目猙獰的便衣警察和一片混亂的不快經歷……

　　等待期間非常納悶，但未敢把手機拿出來掃閱，呆呆看著那道木門上的鎖頭何時有動靜，腦裡不斷回顧這半年發生過的事，跟仆街老細鬧翻而失業、二百封應徵信苦無回音、山窮水盡搬離劏房假佔中睡在街頭、被警察無理拘捕，困在問話室受辱、被拍上 YouTube 後瘋傳，成為全港大起底之頭號目標、到大學宿舍借宿目睹男女敦倫墮樓、加入水貨集團每天走訪中港兩地、搬入廉價集中營朝笁晚拆、深入水貨集團虎穴、被海關追捕、再度失業到今天重遊故地，這半年經歷已夠我寫本自傳，書名會是……「咔擦」噢是門聲！有人來了！

「嗨…」

「孫生吓話？」

「係係係！」

「睇咗你份 Writing Test，做乜寫口語？」

「我認為呢份係一份讀稿而唔係單單一份翻譯，所以寫口語等讀稿嘅人容易啲睇。」

「哼唔。你知唔知你係第一個寫口語嘅人？」

「吓…唔知……」

「都幾 Impressive 呀吓！」

「多…多謝多謝！」

「留意返先，我哋除咗翻譯外電之外，仲要幫手讀埋㗎喎！你而家讀一段嚟聽吓。」

「哦…唔…曼聯喺星期六主場奧脫福迎戰作客西布朗，雲佩斯射失一球關鍵性嘅十二碼之後，雖然繼續強攻進迫但都未能成功。西布朗趁機搏得一球自由球，由布隆特主射，球射向反人牆改變方向，被譽為聖基亞嘅曼聯門神都欲救無從，西布朗成功領先。球賽後段主隊九攻不入，最後喺主場落敗，頭四位置岌岌可危！交返界你允芷兒。」

「哈哈哈哈哈哈哈哈唔錯唔錯仲記得我哋同事個名！不過好似仲爭啲嘢喎！」
「呃…係咪……英超曼聯又輸一場？」
「哈哈哈哈你鍾意睇波㗎可？」
「鍾意鍾意，所…所以我先自行決定加埋聖基亞落篇讀稿度……」
「十分好，我哋最需要嘅就係有獨立思維嘅同事！」

「咁樣，你覺得而家個政府點？」
「唔…我覺得其實唔錯喎！」
「唔錯點解又咁多人鬧？」
「唔…嗰啲唔願意守法嘅人一定話警察唔好，正如唔愛香港嘅人梗係話政府唔啱，呢個好自然！」

「對政改、起高鐵同三跑有咩睇法？」

「我覺得係求變嘅唯一辦法，親近中國事在必行！」

「可唔可以實在啲講吓你對普選嘅睇法？」

「2017 一定要得，講完。」

「好！你幾時可以返工？」

「隨時都得！」

「好！咁就聽日啦！」

「聽日咁快？好…好呀！」

「我哋返 Shift，分三更，一個禮拜早一個禮拜中一個禮拜晚咁輪。」

「哦可以呀！」

「15K 有冇問題？」

「唔…唔……過咗 Probation 可唔可以加返去 16K？」

「16K…呢個價係 Senior 價嚟㗎喎，你 In 緊呢個 Post 係 2A 級，即普通外電 Editor…」

「唔……」

「咁啦，我會留意你嘅工作表現，OK 嘅話會同你向 HR 申請。」

「多謝你呀！」

「唔，咁我哋聽日見咯喎，Richard。」

「聽日見聽日見！」

現在正
我孫啟
滄桑
式加入

佈宣式

盡歷元

正於終

新視無

部記

電記跟

是同事

聞部

外電

點是

做同

跟

事

職位者重
允芷兒

心情之興奮非筆墨所能形容，唯有如此表達……

　　憑主任的面試問題，我就深信我是他們眼中的不二人選。這個年頭要招聘一些熱愛文字、富獨立思考、關心時事新聞的人，而要對政府不反感，支持警察愛港力，就如北極熊一樣稀有，接近瀕危。相信盧苑茵口中的十幾個應徵者沒有一個能答得對「你覺得而家個政府點？」這條關鍵性問題，因為大部分人都有良知。我也有，但麵包蓋過所有。亦相信這條問題不是主任本人意思，但無論如何，我答對了，是萬中無一的正確答案。主任嘴角上翹，彷彿暗示：「終於都有人答中問題！」我被聘用了！

　　友善的高級採訪主任帶我離開房間，送我到大門去：「聽日見！」很是窩心。現在五時五十分，剛剛錯過五分鐘前的班次，下一班要等到九時十五分，唯有另找其他離開辦法。正當為交通苦惱之時，我見一部計程車從大門駛入，在迴旋處前停低，立刻把我的焦點吸引過去，是哪一個超級巨聲大明星？一個女生從車門步出……卜卜……一身白色ＯＬ服、卜卜卜……紮起一個美人髻、卜卜……手挽黑色 Chanel 手袋，卜卜……一定是美女……豈料她一轉身，卜卜卜卜卜……發…發現她就是那那那那位令我神魂顛倒神思恍惚如痴如醉心蕩神搖朝思暮想不能自持牽腸掛肚念念不忘心馳神往的迷失在 .＊ 這場 ... ×° 愛情遊戲的女神，允芷兒！允芷兒，是允芷兒！！！卜卜卜卜卜卜卜卜卜卜卜卜卜

卜 Doo……………………從來只能欣賞她的上身，今天終能一睹其腳！不負所望是 A Grade！A Grade 質素！我整個人都被凝住了，我整個人好比急凍處理凝住了，焦點無法離她半厘米………

門關上，結束了允芷兒在空氣中曝光的十三秒零三，十五秒零七開始，那股真實感已經消失，剛才片刻記憶立即褪成印象，由再迅速化成幻象……已經不再確實相信允芷兒曾經出現過在三十碼以內。更不能相信由明天開始，我們便能成為同事大概總帶著愛……Sugar in the marmalade……越夜越有機……Get ready get get get ready 讓世上事變儘是美麗事 I love you！今天愛妳一生都愛妳，終可跟妳成為知己，今天愛妳多麼深愛妳，此生充滿了無限趣味。別呆著，似總覺得…樣樣像乏味 I love you OK？

明天開始，我們便是同事了，Angelica。

《新聞女郎》

全書完

新聞女郎

ANGELICA

新 · 新聞女郎

曲：王雙駿　　詞：鄭敏

小店講 舖租困難 港鐵九巴加價
你分析細緻獨到 已經足夠我盛讚

主播室 有幾個如你 工作未曾怠慢
強烈颱風 都吹不倒 怎會出破綻
然後太記得 維港煙花燦爛瞬間
誰極震驚都須報道 那突然海難

提及亞視政改 或踏入元旦
睇少半晚都不慣

這一天 我用盡了心睇新聞報道
穿起的恤衫與閃鑽吊墜都足可細數
你語帶著嘲諷做得好 堅決走不妥協的路
亂世中有份態度

當佔中 要觸發時 聽你報足七晚
學生克制變習慣 警方竟要武力驅散

轉眼間 已早晚重播 水貨禍與患
你可會知 去到末路 貧窮須發難
誰為著兩餐 而拖箱水貨在過關

零食奶粉統統變賣 惡俗而絢爛

提及軟弱政府 疫病又流散
聽出你有種感嘆

這一天 我用盡了心睇新聞報道
穿起的恤衫與閃鑽吊墜都足可細數
你已變成主播做得好 簡潔清晰也有風度
無奈坐下來讀稿

當偏頗反智報道 日日發生
這都市怕亦太陌生
誰自說是慈母 濫權包庇禍根
是我聽出這聲音憤慨就如在震

不甘心 再坐在你的忠心觀眾席
我發覺 要為你出力 覓尋新聞的正職
我與你 同心揭露反擊 使你激起鬥志積極
和你竭盡全力

不再需 隔空掛念 我們會終相見

新聞女郎

ANGELICA

新聞女郎

ANGELICA

作者	于日辰

總編輯	Jim Yu
編輯	Venus Law

設計	Katiechikay
製作	點子出版

出版	點子出版
地址	荃灣海盛路 11 號 One MidTown 13 樓 20 室
查詢	info@idea-publication.com

印刷	海洋印務有限公司
地址	香港仔大道 232 號城都工業大廈 4 樓
查詢	2819 5112

發行	泛華發行代理有限公司
地址	筲箕灣東旺道 3 號星島新聞集團大廈 3 樓
查詢	gccd@singtaonewscorp.com

出版日期	2015 年 7 月 15 日
國際書碼	978-988-13612-4-0
定價	$88

Printed in Hong Kong

點子出版
IDEA PUBLICATION

TO BE CONTINUED ...

新聞

ANGELICA

女郎